시의 탄생, 설화의 재생
―한국 현대시의 설화 수용 연구

오정국(吳廷國)

1955년 경북 영양에서 태어나 중앙대학교 예술대학 문예창작학과를 졸업하고 동대학원 문예창작학과 박사과정을 졸업했다(문학박사). 1988년 『현대문학』 시 추천으로 등단했으며, 시집 『저녁이면 블랙홀 속으로』(세계사, 1992), 『모래무덤』(세계사, 1997), 『내가 밀어낸 물결』(세계사, 2001)을 펴냈다. 대한매일신문 기자, 문화일보 문화부장을 거쳐 현재 아리랑TV 기획위원으로 재직중이며, 중앙대·동덕여대에 출강하고 있다.

청동거울 문화점검 ⑱

시의 탄생, 설화의 재생
—한국 현대시의 설화 수용 연구

2002년 11월 15일 1판 1쇄 인쇄 / 2002년 11월 20일 1판 1쇄 발행

지은이 오정국 / 펴낸이 임은주
펴낸곳 도서출판 청동거울 / 출판등록 1998년 5월 14일 제13-532호
주소 (137-070) 서울 서초구 서초동 1360-28 익산빌딩 203호 / 전화 02)584-9886~7
팩스 02)584-9882 / 전자우편 cheong21@freechal.com

편집장 조태림 / 편집 조은정 / 북디자인 이미선 / 영업관리 정재훈

값 10,000원

ISBN 89-88286-85-5

오정국 시비평집

시의 탄생, 설화의 재생

한국 현대시의 설화 수용 연구

청동거울

청동거울 문화점검 ⑱

백수광부는 왜 물에 빠져 죽은 것일까?
그 푸른 물결이야말로 하나의 메타포가 아닐까?

시를 쓰면서 우리 고전시가의 배경설화에 늘 관심이 있었다. 그런 관심이 확장돼 이 시비평집을 내게 됐는데, 1910년대부터 1990년대까지 설화를 수용한 시를 찾아내는 작업이 간단치 않았다. 게다가 텍스트 생성의 뚜렷한 의의를 보여주는 작품을 선별해내야 했다.

모두 42편의 시를 상호텍스트인 설화와 비교 분석했는데, 텍스트를 분석하는 재미가 없었다면 논문을 끝내기 어려웠으리라. 이 연구를 통해 한국의 주요 시인 중 설화를 시의 소재나 모티프로 삼지 않은 경우가 거의 없다는 걸 확인할 수 있었다. 그것처럼 설화는 한국 현대시의 자양분이자 핏줄이며, 무한한 상상력의 보고(寶庫)이다. 그러나 이에 대한 통시적(通時的) 연구는 시도되지 않았다. 필자는 이에 흥미를 느끼고 힘을 얻어 논제를 정할 수 있었다. 그리고 밤마다 소쩍새 우는 소리를 참 많이 들었다.

한국 현대시의 설화 수용의 변별적 양상은 앞으로 전개될 '설화의 시적 변용'에 관한 적지 않은 과제를 던져 주는데, 파격적이고 비판적인 계승이 이뤄져야 할 것으로 보인다. 또 설화를 당대의 현실로 옮겨와 새로운 문학적 전통을 세우려는 노력도 필요하다 하겠다.

　이 시비평집을 쓰면서 못내 아쉬웠던 점은 1990년대 시와 젊은 시인들의 작품을 면밀하게 살피지 못했다는 것이다. 후일 이 부분을 보완해 제대로 된 연구서가 되도록 하고 싶다.

　필자는 두 번째 시집을 내고 나서 편협된 시의 시각을 좀 바꿔 보고 싶어 뒤늦게 대학원 학생이 되었는데, 그 동안 한량없이 이끌어 주시고 깨우쳐 주신 감태준 교수님께 어떻게 감사를 드려야 할지 막막하기만 하다. 또 부족한 글을 일일이 지적해 주신 윤재근·이동하·김수복·이승하 교수님께도 머리 숙여 감사드린다. 이 책을 성심껏 만들어 주신 청동거울 편집진도 마냥 고마울 따름이다. 이 시비평집을 쓰고 나서도 의문은 여전하다.

　백수광부는 왜 물을 건너려 했던 것일까?
　강물 너머 그 어떤 세계가 펼쳐져 있었던 것일까?

2002년 11월
오정국

차례

책머리에 ● 4

제1장 서론

1. 연구 목적 ● 11
2. 선행연구 검토 및 문제제기 ● 15
3. 연구 방법과 범위 ● 20

제2장 설화의 재연(再演)

1. 설화 수용의 일반적 패턴 ● 27
   1) 전경화(前景化) ● 28
   2) 동일화(同一化) ● 31
   3) 율격화(律格化) ● 32

2. 인물을 통한 재구술(再口述) ● 34
   1) '죽은 누나'의 재생(再生) : 김소월의 「접동새」 ● 34
   2) 일편단심의 비극 : 김영랑의 「春香」 ● 38
   3) 춤과 웃음의 해학 : 서정주의 「처용훈」 ● 42
   4) 기다림의 한(恨) : 조지훈의 「石門」 ● 46

3. 사건 재구술(再口述) ● 52

　1) 꽃과 미(美)의 은유 : 서정주의 「水路婦人」 시편 ● 52

　2) '서러운 웃음'의 미학(美學) : 박재삼의 「흥부夫婦像」 ● 65

제3장 설화의 확장(擴張)

1. 인과적(因果的) 확장(擴張) ● 69

　1) 매[鷹]의 눈물 : 서정주의 「無題」 ● 69

　2) 불의 재생 : 서정주·김춘수의 '지귀(志鬼) 설화' 시편 ● 73

　3) 일편단심의 변주(變奏) : 박재삼의 「春香」 시편 ● 81

　4) '옥중(獄中) 수난'의 극대화 : 전봉건의 「春香戀歌」 ● 90

　5) 사회 비판의 메신저 : 송수권의 「춘향이 생각」 ● 97

2. 비유적(比喩的) 확장(擴張) ● 100

　1) 끊어진 오작교 : 김소월의 「春香과 李道令」 ● 100

　2) 환원(還元)되지 않는 한(恨) : 박재삼의 「葡萄」 ● 105

　3) 풍요로운 익살 : 서정주의 「小子 李 생원네 마누라님의 오줌기운」 ● 108

　4) 곰나루에 선 아사달 : 신동엽의 '백제계 설화' 시편 ● 111

　5) 현실비판의 거울 : 이승하의 「遇賊歌를 읽는 밤」 ● 121

제4장 설화의 전환(轉換)

1. 모티프의 변용(變容) ● 128

  1) 신화적 세계로의 통로 : 서정주의 「春香」 「娑蘇」 시편 ● 128

  2) 되풀이되는 가락지의 굴레 : 강은교의 「춘향이의 꿈노래」 ● 146

  3) 화냥기 같은 사랑의 생명력 : 송수권의 「南原韻文」 ● 150

  4) 낙천적 생사관(生死觀) : 박제천의 「月明」 ● 153

  5) 신화의 세계, 세속의 세계 : 김춘수의 「處容」 시편 ● 156

2. 인물 패러디 ● 173

  1) 민중적 투사로의 변신 : 최하림의 「春香悲歌」 ● 175

  2) 햄릿적 욕망의 대변자 : 윤석산의 「처용의 노래」 ● 177

  3) 향락적 물신주의의 전형(典型) : 황지우의 「徐伐, 셔블, 셔볼, 서울, SEOUL」 ● 180

  4) 산업공단 근로자의 열꽃들 : 정일근의 「취재수첩·16」 ● 183

3. 모형(母型) 해체 ● 187

  1) CM, 전자오락, 섹스 : 황지우의 「徐伐, 셔블, 셔볼, 서울, SEOUL」 ● 187

  2) 미군부대 주변의 제비꽃 : 이하석의 「처용의 딸」 ● 190

  3) 헝겊조각인가, 역신(疫神)인가 : 문정희의 「처용 아내의 노래」 ● 194

제5장 결론 ● 199

참고문헌 ● 204

시의 탄생, 설화의 재생

한국 현대시의 설화 수용 연구

제1장 서론

제2장 설화의 재연(再演)

제3장 설화의 확장(擴張)

제4장 설화의 전환(轉換)

제5장 결론

서 론

1. 연구 목적

이 논문은 한국 현대시의 설화(說話) 수용 양상을 통시적(通時的)으로 탐색해 설화가 한국 현대시에 미친 영향을 밝히는 데 그 목적을 두고 있다. 설화는 특정 언어집단이나 민족의 문화권 속에서 구전(口傳)되어 오는 이야기, 즉 '신화·전설·민담'[1]을 통칭하는 말로 여기에는 그 집단의 생활과 감정, 그리고 풍습 등이 담겨 있다. 또 이런 요소들이 반영된 상상의 세계를 담고 있어 특정 언어집단의 의식구조와 상상력의 원형질을 탐색해 볼 수 있는 귀중한 자료가 된다. 뿐만 아니라 설화는 문학, 특히 시(詩)의 모태(母胎)로 여겨지고 있다. 일찍이 불

---

1) 신화·전설·민담 등을 통칭해서 설화라고 한다.—장덕순, 『韓國說話文學硏究』, 박이정, 1995, p.4.
　　설화를 신화·전설·민담으로 구분하여 이를 기준으로 일관성 있게 설화의 개념과 갈래와 명칭 문제를 논의하면 매우 편리하고 유익하며 타당하다.—강재철, 「설화의 개념·갈래·명칭」, 華鏡 古典文學硏究會 編, 『說話文學硏究(上)·總論』, 단국대학교출판부, 1998, p.218.

핀치(T.Bulfinch)는 '전설은 시적 자료의 보고(寶庫)'라고 했고, 그림 (W.Grimm) 형제는 '민담은 시적(詩的)'이라고 말했다. 또한 노드롭 프라이(N.Frye)는 '신화는 현재에도 그렇듯이 문학의 종합적 요소'[2]이며 '신화의 생명은 항상 스토리라는 시적 생명이지 공리(公理)라는 교훈적 생명이 아니다'[3]라고 말했다.

1910년대 이후 한국의 현대시는 설화를 시의 소재나 모티프[4]로 삼은 작품을 꾸준히 내놓았다. 그러나 그 작품은 양적으로 그다지 많지 않았고, 설화를 수용한 시인 또한 시단(詩壇)의 일부에 불과했다. 게다가 설화 수용의 의의와 성과에 대한 논의도 활발하지 못했다.

한국의 설화는 한국인의 생활과 감정, 풍습 등을 담아 구비 전승되어 왔고, 문자로 기록되어 문헌설화로 정착되기도 했다. 그러나 한국의 현대시는 서구 문예사조의 유입(流入)과 더불어 시작됐기 때문에 한국 시가문학(詩歌文學)의 전통을 제대로 이어받지 못했음은 물론 한국 설화를 적극적으로 수용하지 못했다. 따라서 설화를 통해 한국인의 근원적인 의식구조와 상상력의 원형질을 탐색하는 데 미흡했고, 설화를 새로운 작품 창조의 원동력으로 받아들이는 데 소홀했다.

그러나 설화를 시적 상상력의 원천으로 삼은 시인들은 설화의 '집단 서사'를 시인의 '개인 서사'로 변용해 개성적이고도 독창적인 시 세계를 구축해 왔다. 무려 200여 편의 시에 설화를 수용한 서정주를 비롯해 김소월·박재삼·신동엽·전봉건·김춘수·송수권 등이 그들이다. 그들은 독자들의 폭넓은 공감을 얻기 위하여 다양한 방법으로 설화를

---

2) Frye Nodrop, 최정무 譯, 「신화 허구 변형」, 『문학과 신화』, 예림기획, 1998, p.78.
3) Frye Nodrop, 김병욱 외 譯, 『문학과 신화』, 대현출판사, 1981, p.90.
4) 모티프(motif)는 '이야기'를 구성하는 핵심 요소가 된다. 그러므로 모티프는 '이야기'를 구성하는 기본 소재일 수도 있다. 같은 유화들을 한데 모아 분류하다 보면 공통 부분이 하나 혹은 여러 개 발견되는데, 이것은 모티프로서 '이야기'가 구전해 가는 동안에도 변화하지 않는 특성이 있다. 만일 모티프가 변화되면 이미 다른 '이야기'로 변이된다.—최인학, 「한국 설화의 모티프 분류」, 華鏡古典文學研究會 編, 『韓國說話文學研究(上)·總論』, 단국대학교출판부, 1998, p.393.

수용해 이를 자아화(自我化)했고, 대상의 자아화를 통해 '개인적 정서'를 '보편적 정서'로 확장시켰다.

일반적으로 모든 시는 '텍스트 이전에 존재하면서 텍스트 형성의 기반이 되는 언어군'을 갖는다. 소쉬르는 이를 '선언어군(先言語群, hypogram)'이라고 불렀다. 선언어군은 텍스트의 하부 텍스트(sub text 또는 infra text)가 되는데[5] 선언어군이 문학 텍스트(literary text)로 존재할 경우, 이를 '선행(先行) 텍스트'라고 부른다.

자신의 시 작품에 설화를 수용한 시인들은 주로 『三國遺事』와 『春香傳』을 선행 텍스트로 삼아 '상호 의식적인 교류'를 행했다. 모든 문학이 그러하듯 설화 또한 인간과 인간의 상호 의식적인 교류를 목적으로 한다. 『三國遺事』『春香傳』『三國史記』『大同韻府群玉』 등의 문헌설화를 비롯해 구전설화가 여러 장르의 문학작품으로 재생되는 것처럼, 설화는 현대시에도 창조적 에너지를 공급하는 핏줄과도 같은 문화유산이다. 따라서 설화가 현대시 속에서 어떻게 융해되어 새로운 텍스트로 태어나고, 그 효과가 무엇인지 밝히는 작업은 시문학 연구의 중요한 과제 중의 하나가 될 것이다.

본고는 문헌설화를 비롯해 구전설화를 시의 소재로 삼은 시인들의 설화 수용 동기와 그 형태를 살펴 텍스트 생성의 의의를 밝히고 나아가 이 같은 시작(詩作) 활동이 시인의 시 세계는 물론 한국 현대시를 얼마나 다양하고 풍요롭게 했느냐를 검토하고자 한다.

시인들의 시적 대상은 무궁무진하다. 이들 시인은 왜 시에 설화를 수용했던 것일까? '서정적 자아'인 시인이 서사물인 설화로부터 '서정적 충동'을 받았기 때문일 것이다. '사건의 서술'을 뜻하는 서사[6]는 인과관계를 기본축으로 진행된다. 시인이 서사구조의 틀을 지닌 설화에서

---

5) Sander.C, 김현권 譯, 『소쉬르의 일반언어학 강의』, 어문학사, 1966, pp.102~103.

'서정적 충동'을 받았다는 것은 '텍스트의 의미는 상대적이며, 또 그것은 영원히 불확정적일 수밖에 없다'[7]는 것을 말해준다. 만약 텍스트가 텍스트 산출자의 의도를 텍스트 수용자에게 그대로 전달하기만 한다면, 그것은 어떠한 의미도 생산하지 못하는 하나의 도구에 불과하다. 텍스트의 의미 생산은 텍스트 산출자의 약호와 텍스트 수용자의 약호가 일치하지 않음으로서 가능하다.[8] 이들 약호 사이에 존재하는 해석장애(untranslatability)는 오히려 텍스트의 의미 생산의 바탕이 되는 것이다.[9]

유리 M 로트만이 말한 '해석장애'가 곧 '서정적 충동'을 불러일으킨 셈인데, '서정적 충동'은 '심리적 투영'을 거쳐 새로운 텍스트로 태어난다. '심리적 투영'이란 시적 오브제, 즉 객관적 대상물에 비유나 풍자, 또는 상징을 가미하는 행위를 말한다. 이 같은 대상의 자아화를 통해 시인들은 설화에 담긴 한국인의 근원적인 의식구조와 상상력에 당대적 체험을 결합시켰다. 이 같은 과정을 도출시키는 '해석장애'는 두 이질적인 약호 즉, 선행 텍스트 또는 선언어군과 시인 사이의 대화를 요구한다. 이 같은 대화는 설화의 전승 가치를 드러내는 일이기도 하다.

한 민족이나 언어집단의 정신적 유산인 설화는 집단적이고 관습적인 양식이기 때문에 장르론적 개념이다. 오늘날 장르의 개념은 고정된 틀로서가 아닌 변화하는 과정으로 간주되는 경향이 있다.[10] 이른바 '탈

---

6) 서사라는 것은 일차적인 의미로 '사건의 서술'을 뜻한다. 서사의 형식은 다양하고 그것이 의존하는 매체 역시 그러하다. 즉, 서사의 종류는 소설, 서사시, 극, 신화, 전설, 역사 등의 언어적 서사물을 의미한다. 그러나 문학적 서사로 국한된다면 필수불가결한 두 가지의 요건은 이야기의 내용과 이야기하는 역할인 화자이다. 이 말은 문학적 서사는 사건이라는 내용과 서술의 행위에서 성립된다는 것이다. 그러므로 비문학적 서사인 설명문, 산문이나 사건기사와 비언어적 서사인 영화, 연극 등은 문학적 서사물에서 제외된다.―이상설, 「三國遺事 人物說話의 小說化 過程 硏究」, 명지대 박사논문, 1994, p.2.
7) 송효섭, 『설화의 기호학』, 민음사, 1999, p.14.
8) 앞의 책, p.15.
9) Lotman Yuri. M, University of the Mind: A Semiotic Theory of Culture, Ann Shukman, trans, Bloomington & Indianapolis : Indiana University Press, 1990, p.15.
10) 송효섭, 앞의 책, p.38.

(脫)장르' 시대를 맞아 설화는 물론 시 역시 '고립 속의 규범'에서 벗어
나야 한다는 지적이 많다. 게다가 그리스 신화 등 서구 신화에 대한 호
응은 높아가지만 한국 신화의 상징성과 전승가치에 대한 논의는 찾아
보기 어렵다. 첨단과학 시대를 맞아 인문학의 위기와 더불어 시문학
위기론이 대두된 지도 오래되었다.

  본고는 한국 현대시의 설화 수용 양상을 살핌으로서 한국인의 정신
적 원형질과 상상력이 시문학은 물론 당대적 삶을 어떻게 비춰 줄 수
있을 것이며, 한국 현대시의 설화 수용의 한계와 새로운 가능성에 대
해서도 논의해 보고자 한다.

2. 선행 연구 검토 및 문제제기

  한국 현대시의 설화 수용에 관한 연구는 크게 두 가지로 구분된다.
시인들의 특정 작품을 통해 설화 수용 양상을 파악한 경우와 특정 설
화가 시인들의 개별적인 시작품에 어떻게 수용되었는가를 살핀 사례
가 그것이다. 시인들의 특정 작품을 통해 설화 수용 양상을 파악한 논
저는 설화를 시인 개개인의 작품 세계를 밝히는 해석소를 삼아 시인의
시적 개성을 밝히는 데 치중하고 있다. 기존의 연구자들은 특히 서정
주·김춘수·박재삼의 시 세계를 밝히는 데 중점을 두어 왔으며, 김소
월·전봉건·신동엽·송수권·박제천 등의 시도 거론되었다.

  이 같은 논의 중 서정주의 시를 연구 대상으로 한 논의가 압도적으로
많은데, 정형근은 시집 『질마재 神話』를 구조주의적 관점에서 분석해
서정주의 시를 사회 방언에 변형을 가한 개인 방언이라고 보았다.[11] 김

---

11) 정형근, 『질마재 신화 연구』, 서강대 석사논문, 1999.

경희는 서정주의 설화 수용 의의를 동일성(同一性)의 회복으로 보았으며,[12] 주옥은 서정주가 설화를 수용할 때 그 구조를 수용한 것인지 아니면 내용 전체를 염두에 두었는지를 살폈으며, 서정주의 시를 통해 인류 보편의 상징을 찾는 원형의 탐색을 시도하였다.[13] 김선학은 『질마재 神話』의 분석을 통해 설화의 시적 변용 문제를 살폈다.[14] 김선학은 서정주의 시가 '구전설화'와 관련을 맺을 때는 '설화의 시적 수용'이 발생하고, '문헌설화'와 관련을 맺을 때는 설화의 시적 변용이 발생된다고 보았다. 그러나 『질마재 神話』가 주로 구전설화와 관련을 맺고 있다고 보면서 『질마재 神話』 전체가 '시적 변용'보다는 '시적 수용'에 치우쳐 있다는 결론은 설득력을 잃고 있다. 서정주가 스스로 텍스트 내에 출처를 밝힌 문헌설화도 있을 뿐 아니라 출처를 밝히지 않은 문헌설화도 존재하기 때문이다. 게다가 세시풍속과 관련된 운문들에 대한 논지를 전개하지도 않은 채 『질마재 神話』 전체를 구전설화로 채워진 산문시로 규정한 것도 문제점으로 지적된다.

이용훈은 『질마재 神話』의 설화 수용에 대한 연구의 필요성을 제기하고 수용 방법을 정리하였으며,[15] 허영자의 연구는 서정주 시의 바탕이 되는 설화의 출처를 밝히는 자료 정리적 성격이 강하다.[16]

오세영은 서정주의 「귀촉도」를 분석하여 서정주의 시에 설화가 어떤 방식으로 수용되고 있으며, 아울러 '한(恨)'의 정서가 설화의 시적 도입에서 어떤 매개 역할을 하고 있는지 살피고 있다.[17]

김소월 시의 설화 수용을 살핀 논저는 「접동새」를 모성 상실 의식의

---

12) 김경희, 『미당 시의 나타난 설화적 모티브 연구』, 동아대 석사논문, 1981.
13) 주옥, 『서정주 시의 설화 수용양상 연구』, 서강대 석사논문, 1983.
14) 김선학, 「설화의 시적 수용 — '질마재 신화'를 중심으로」, 『한국문학연구 제3집』, 1981.
15) 이용훈, 「미당시의 설화 변용의 양상 — '신라초'를 중심으로」, 『한국해양대 논문집』, 인문사회과학편, 1981.
16) 허영자, 「현대시에 나타난 신화의 세계(상)」, 『성신여자사범대학 연구논문집 8』, 성신인문과학연구소, 1975.
17) 오세영, 「설화의 시적 변용」, 『미당연구』, 민음사, 1994.

측면에서 분석한 오세영의 논문[18]을 비롯 김소월 시의 무속적(巫俗的) 구조를 살핀 사례가 있다.[19]

김춘수의 시 세계를 설화와 관련지어 파악한 논문은 대부분 '처용(處容) 설화'와 관련된 논의들이다. 처용을 김춘수의 유년기의 콤플렉스의 표출로 보는 논의[20]와 '처용'을 예술적 완벽주의와 절대주의를 표명하는 객관적 상관물로 보는 연구가 있다.[21] 또 '처용'이 연작시 「處容斷章」의 통일된 형식과 의미를 부여하는 기호가 되었다는 분석도 있었다.[22]

또 박재삼 시의 설화 수용을 살핀 경우는 시집 『春香이 마음』을 대상으로 '춘향(春香) 설화'의 수용 형태를 검토했으며,[23] 신동엽의 경우를 고찰한 논문은 '곰나루 설화' '영지(影池) 설화' '서동(署童) 설화'를 인유한 사례를 중심으로 신동엽의 시 세계를 탐색했다.[24]

특정 설화가 시인들의 작품에 수용된 사례와 그 성과를 살핀 논저는 몇 편에 불과하다. 『三國遺事』와 『春香傳』의 시적 수용을 논의한 경우가 그것인데, 이들 논저는 『三國遺事』와 『春香傳』이 근원설화를 가진 텍스트란 관점에서 출발한다. 『三國遺事』의 시적 수용을 살핀 논저들은 '처용 설화'에 집중되어 있는데, 홍경표는 '처용가'에 깃들인 신라

---

18) 오세영, 「母상실 의식으로서의 恨 — '접동새'를 중심으로」, 『김소월 연구』, 새문사, 1986.
19) 이몽희, 『한국 현대시와 巫俗的 연구』, 동아대 석사논문, 1988.
20) 김   현, 「김춘수와 시적 변용」, 『김춘수 시전집』, 서문당, 1986.
　　　　, 「김춘수의 유년시절 시」, 『현대문학』, 1980년 7월호.
　　　　, 「신화적 인물의 시적 변용」, 『문학과지성』, 1970년 겨울호.
　　김주연, 「몽상적 집중과 추억」, 『김춘수 시 연구』, 흐름사, 1989.
　　　　, 「시적 무의미의 의미」, 『나의 칼은 나의 작품』, 민음사, 1975.
　　박철석, 「김춘수론」, 『현대시인론』, 학연사, 1983.
　　장광수, 「김춘수詩에 나타난 幼年 이미지의 變容」, 경북대 석사논문, 1988.
21) 김준오, 「처용시학」, 『김춘수시연구』, 흐름사, 1989.
　　　　, 「변신과 익명」, 『가면의 해석학』, 이우출판사, 1987.
　　구모룡, 「완전주의적 시정신」, 『김춘수시연구』, 흐름사, 1989.
22) 서준섭, 「전통의 수용과 시적 재창조」, 『계간 시안』 2000년 겨울호.
23) 양혜경, 「박재삼 시의 설화 수용 양상」, 『수련어문논집』 제25호, 1999.
24) 박화선, 「신동엽 시의 설화 수용 연구」, 동아대 석사논문, 1995.

인들의 정신을 '처용의 인간화'와 '처용의 예술화'라는 두 국면에서 파악하고, 이를 다시 현대시에 적용하여 신라 정신의 현대적 재현을 살피고 있다.[25] 또 송정란은 서정주·김춘수·박제천, 그리고 진단시 동인들의 작품을 통해 시적 변용 양상을 살폈으며,[26] 황지영은 구조주의적 비평의 잣대로 '처용 설화'와 '처용 설화'를 수용한 시를 비교, 분석해 개성적 논점을 던져 주었다.[27] 이 논문은 주로 서정주·김춘수·신석초의 시를 텍스트로 삼았다.

『춘향전』의 수용 양상을 고찰한 경우, 오세영은 '춘향 설화'가 현대시로 변용된 방법을 정보 전달을 목적으로 하는 내적 소재와 독자의 심리적 효과에 호소하는 외적 소재로 나누어 살폈다.[28] 또 강경화는 시에 투영된 춘향의 모습을 '사랑'과 '기다림', '항거', '순절' 등으로 분류해 텍스트의 의미구조를 밝히고 있다.[29]

이 같은 선행 연구들은 맨 처음 현대시에 담긴 설화의 출전을 밝히는 데 집중됐고, 차츰 설화가 현대시에 어떤 형태로 수용됐는가를 논의하게 되었다. 그러나 기존의 연구들은 아직도 미흡한 수준으로 판단된다.

그 이유는 첫째, 일부 시인의 작품 세계를 살피기 위한 단편적인 논의에 그친 경우가 많다는 것이며 둘째, 설화의 시적 변용을 시인별·주제별로 분류해 그 양상을 유형화하고 있다는 점이다. 셋째, 1990년대 들어서자 한국 시단의 설화 수용 연구가 거의 이뤄지지 않고 있으며, 다양한 방법론도 도입되지 못하고 있다는 사실이다.

그리고 그 무엇보다 주목되는 사항은 한국 현대시의 설화 수용 양상을 통시적으로 고찰한 연구가 진행되지 않았다는 점이다. 그나마 임문

---

25) 홍경표, 「처용 모티브의 시적 변용」, 『현대문학』, 1982년 6월호.
26) 송정란, 「現代詩의 三國遺事 說話 收容에 관한 연구」, 동국대 석사논문, 1998.
27) 황지영, 「韓國 現代詩의 處容說話 受用 樣相 研究」, 서강대 석사논문, 1996.
28) 오세영, 「고전의 시적 변용」, 『현대문학』, 1980년 7월호.
29) 강경화, 「현대시에 나타난 春香의 수용 양상」, 건국대 석사논문, 1987.

혁이 김소월·서정주·전봉건·김춘수 시의 설화 수용 문제를 다루었으나, 수용 양상을 분류하는 데 논리적인 근거를 제시하지 못했다.[30] 즉, 각 시인들의 설화 수용 양상을 인용·인유·상징·유추·비교·대조·패러디 등으로 유형화했는데, 연구의 객관적 방법론을 보여주지 못했다. 그러나 대상 시인들의 설화 수용 동기와 문학적 성과를 검증해 한국 설화와 대상 시인들의 시를 방대하게 고찰했다는 점은 평가받고 있다. 하지만 이 연구 역시 특정 시인의 설화 수용 양상을 살핀 한계를 벗어나지 못했다.

따라서 본고는 1910년대 이후 한국 현대시의 설화 수용 양상을 통시적(通時的)으로 고찰해 설화가 한국 시에 미친 영향과 의의를 밝히고자 한다.

사실, 문학작품 속에 나타난 설화에 관한 연구는 전통의 계승이라는 차원에서 그 동안 국문학자보다는 오히려 민속학자의 영역에 속해 있었다.[31] 문자로 정착된 문헌설화의 근원설화에 대한 연구도 마찬가지다. 『삼국유사』의 설화에 대한 연구는 불교 연구나 역사 연구에서 많이 다루어져 왔으나 근래에 와서 문학으로서의 연구가 본격화되었다.[32] 『삼국유사』가 한민족의 가장 많은 설화를 담은 문헌설화임에도 근래에 와서 비로소 문학적 텍스트가 된 셈이다.

이 같은 상황 속에서 한국의 시문학은 민족 언어집단의 정신적 원형질과 상상력의 보고(寶庫)인 설화의 시적 변용을 활발하게 논의해 오지 못했다. 또 한국 현대시는 소설이나 희곡 분야보다 설화를 폭넓고 다양하게 수용하지 못했다.[33]

융(C.G.Jung)은 걸작품이란 집단 무의식으로부터 그 자료를 모은 것

---

30) 임문혁, 「韓國 現代詩의 傳統 硏究」, 한국교원대 박사논문, 1992.
31) 장덕순, 앞의 책, p.40.
32) 조동일, 「삼국유사 설화의 문제와 방향」, 『삼국유사 신연구』, 서경문화사, 1991.

이며, 그 작품이 의식적 문화적으로 이해될 수 있는 형식을 갖춰 개인적 경험과 종족의 경험을 융합시킬 때 작품으로 성공을 거둔다고 말했다.[34] 이를테면, 괴테의 「파우스트」나 셰익스피어의 「햄릿」, T.S. 엘리엇의 「황무지」, 폴 발레리의 「젊은 파르크」, 말라르메의 「반수신의 오후」, 예이츠의 「오이진의 방랑기」 등은 설화를 모티프로 했거나 변용시킨 세계적 걸작들이다.

이 연구는 이 같은 사례에 대한 한국 현대시의 반성적 측면도 제시하고자 한다.

3. 연구 방법과 범위

본고는 한국 현대시의 설화 수용 양상을 통시적으로 탐색하기 위해 먼저 설화에서 소재나 제재, 모티프를 따왔거나 설화를 패러디한 작품을 연구 대상으로 삼고자 한다. 다시 말해, 한국 시문학사의 모든 작품을 연구 대상으로 하되, 설화를 수용해 개성적인 시 세계를 구축한 시인의 작품을 일차적인 논의 대상으로 삼고자 한다. 게다가 불과 몇 편

---

33) 장덕순은 『韓國說話文學硏究』(박이정, 1995)를 통해 설화가 소설에 수용된 경우를 책 전반에 걸쳐 소개했다. 고대소설로서는 『흥부전』이 '방이(旁怡) 설화', 『토끼전』이 '구토지설(龜兎之說)', 『심청전』엔 '거타지(居陀知) 설화'와 유사한 삽화가 들어 있으며, 『임진록』『김유신전』 『홍길동전』 등의 작품에서도 설화의 편린을 발견할 수 있다고 말했다. 장덕순은 설화를 수용한 근현대소설로 다음 작품들을 예로 들었다. 꿈(이광수); 조신몽 설화, 귀(방기환); 공처(供妻) 설화, 차라리 내 목을(황순원); 천관녀 전설, 해랑사의 경사(정한숙); 해랑사 전설, 비늘(황순원); 명주가(冥州歌) 전설, 아랑의 정조(박종화); 도미 설화, 실걸이꽃(오영수); 실걸이꽃 전설, 황토기(김동리); 풍수 설화, 장수 설화, 돌(한무숙); 장자못 설화.
    최운식의 『한국설화연구』(집문당, 1991. p.119)는 설화를 수용한 희곡 작품을 다음과 같이 예시했다. 여명기(이광수); 단군 신화, 나의 당신(오영진); 진가쟁주(眞假爭主) 설화, 동굴 설화(원갑희); 지하국대적퇴치 설화, 달달박박(이언호); 『三國遺事』의 달달박박(怛怛朴朴) 설화, 도미(원정희); 도미 설화, 어디서 무엇이 되어 만나랴(최인훈); 온달과 평강공주—은혜 갚은 까치와 종소리, 옛날 옛적에 훠어이 훠이(최인훈); 아기장수 전설, 봄이 오면 산에 들에 (최인훈); 문둥이 설화, 둥둥낙랑둥(최인훈); 호동왕자와 낙랑공주.
34) Grebstein. S. N, 박철희 · 김시태 譯, 「신화주의 비평」, 『문예비평론』, 문학과비평사, 1988, p.431.

의 작품에 설화를 수용했지만 텍스트 생성의 의의를 뚜렷이 보여주는 시인의 작품도 분석하고자 한다. 선언어군, 또는 상호텍스트에 대한 체험과 해석이 독특한 경우가 그것이다.

설화는 말해지는 것이면서 동시에 말하는 것이다.[35] 시대에 따른 설화의 변용은 곧 설화의 생명력을 고양시키는 작업이다. 설화가 끊임없이 연행되는 것처럼, 설화를 접한 시인들의 창작 욕구 또한 끊임없이 계속된다. 그 욕구가 독창적인 결과물로 나타날 때, 본고는 특정 시인의 소수 작품이라 할지라도 분석의 대상으로 삼고자 한다.

본고는 한국 현대시의 설화 수용 양상을 '설화의 재연(再演, resurrection)', '설화의 확장(擴張, expansion)', '설화의 전환(轉換, conversion)'으로 구분하여 본론에서 다루고자 한다.[36] 그 이유는 설화가 하나의 서사물이기 때문이다. 서사 텍스트는 읽혀지는 순간부터 텍스트에 대한 텍스트, 즉 메타 텍스트로 기술된다. 체계의 일관성이 또 다른 체제의 일관성을 낳게 되는데, 이를 서사 텍스트의 해석과정이라 부른다. 이 같은 과정이 거듭됨으로서 그 이전의 해석에 대한 자기 반성적 해석이 포함되는 메타적 해석이 생성된다.[37]

이 같은 메타적 해석은 전적으로 텍스트 생산자, 즉 시인의 '자의성(恣意性)'에 따른 것인데, 문제는 선언어군인 설화의 모형(母型, matrix)을 준수(obey)하여 생성되었느냐, 아니면 위반(disobey)하여 생성되었느냐는 것이다. '모형'은 텍스트를 생성시키는 동인(動因)이자 서사구조의 핵심을 이루는 최소한의 문장이나 단어로 표현된다.

미카엘 리파떼르는 모든 텍스트는 선언어군의 확장과 전환을 통해서

---

35) 송효섭, 앞의 책, p.35.
36) 본고는 선언어군이 문학 텍스트(literary text)로 존재할 경우, 이를 '선행 텍스트'라고 부르기로 한다. 구전 설화가 문헌설화로 정착되며 '鄕歌'나 『春香傳』 등의 문학작품으로 바뀐 경우가 이에 해당된다.
37) 송효섭, 앞의 책, p.26.

생성된다고 보았다.[38] 이에 본고는 선언어군의 모형을 준수한 경우를
'설화의 확장'이라고 부르고, 그 모형을 위반한 경우를 '설화의 전환'
이라고 칭하기로 한다.

본고는 이 같은 '확장'과 '전환'이란 두 항목에 '재연'이란 항목을 추
가해서 한국 현대시의 설화 수용 양상을 살피고자 하는데, 그 이유는
일반적인 텍스트와 달리 설화가 시적 상상력과 은유구조를 갖고 있기
때문이다. 따라서 그 인물이나 상황을 그대로 옮겨 놓는 재구술의 경
우가 많다. 본고는 이를 '재연'으로 칭하기로 한다.

텍스트 생산자의 자의성에 근거를 둔 이 같은 분류는 기존의 시인별
또는 시대별 분류의 편의적 패턴을 극복할 수 있으리라고 본다. 게다
가 특정 설화가 시에 유입된 경로를 살핀 단편적 연구의 한계도 지양
할 수 있을 것으로 판단된다.

이 연구를 위해서는 무엇보다도 설화와 시를 비교 검토해야 한다. 문
제는 설화가 구비전승을 특징으로 하는 유동적인 텍스트라는 점이다.
'구전되는 이야기'인 설화는 구연자에 따라 이야기의 세부나 형태적
요소들이 변형될 수 있다. 설화가 가지는 이런 유동성 때문에 텍스트
로서의 설화의 원형을 찾는 일이란 불가능하다. 말하자면 소설 텍스트
라는 말은 가능해도 설화 텍스트라는 말은 성립될 수 없다.[39] 따라서
본고는 문자화된 설화를 상호텍스트로 삼아 시의 진의(眞意,
significance)를 파악하고자 한다.[40]

그 진의는 가장 단순하고 순수하게 집단 무의식의 심리를 담은 설화
가 동일한 언어집단의 원형적 심상으로 어떻게 재생되고 변용되는가
를 보다 면밀하게 보여줄 것으로 보인다. 텍스트의 진의는 한 언어집

---

38) Riffaterre Michael, 유재천 譯, 『시의 기호학』, 민음사, 1989, p.83.
39) 한용환, 『소설학 사전』, 고려원, 1992, p.239.
40) 상호텍스트란 텍스트에 선행하는 텍스트를 뜻한다. 진의란 명백하게 표현된 '의미'가 아니라
'미묘하고, 숨겨진 어떤 것의 함축'을 뜻한다.—앞의 책, p.41.

단의 전통에 관련된 문제이지만 결국 시인의 개성, 나아가 동시대 시 문학의 다양한 개성적으로 귀결된다.

　본고는 시와 설화를 비교 검토함에 있어서 다음 두 가지의 물음을 중심으로 텍스트를 분석하고자 한다.

　(1) 어떻게 의미를 구현하는가?
　(2) 어떠한 의미를 구현하는가?

　(1)이 상호텍스트를 받아들이는 방식에 관한 문제라면, (2)는 텍스트가 새롭게 구현해낸 의미를 밝히는 작업이 되겠다. 본고가 (1)을 통해 설화가 시로 이행(移行)되어 가는 과정을 살피게 된다면, (2)는 텍스트 생성의 총체적인 의미를 말해줄 것이다. (1)에서 (2)로 넘어갈 때, 무엇보다도 설화의 특수성을 감안해야 한다.

　설화란 하나의 이야기이기 때문에 서사구조를 지니고 있다. 설화는 언제나 인물과 사건, 그리고 배경을 지닌다. 그리고 각 인물들이 갈등을 빚으며 사건을 진행시킨다. 따라서 본고는 상호텍스트의 서사구조를 우선적으로 살피고자 한다. 서사구조는 '대립구조' '대칭구조' '병렬구조' '순환구조' 등의 유형을 지니는데, 이 같은 구조를 시의 의미 구조와 비교 검토하고자 한다.

　설화의 서사구조는 대립되는 인물의 갈등을 통해 구축된다. 그 갈등은 정반합(正反合)을 거듭하면서 마침내 하나의 결과물을 남긴다. 이것이 '종체적인 의식의 지향점', 즉 주제가 된다. 본고는 두 텍스트의 서사구조가 빚어낸 결과물을 비교함으로서 최종적으로 텍스트 생성의 의의를 밝혀낼 수 있을 것이다. 그러나 여기에는 하나의 난점이 있다.

　설화가 인과관계로 연결된 서사물이라면, 시는 인과관계를 뛰어넘는 서정적 운문이기 때문이다. 따라서 두 텍스트의 서사구조만을 비교할 경우 무리가 따른다. 이에 본고는 두 텍스트의 핵심 모형, 그리고 텍스트의 마지막 추출물인 '의식의 총체적인 지향점'을 비교 검토함으로서 시인의 설화 수용의 방법과 의의를 논하고자 한다.

본고는 이를 위해 현상학적 비평의 관점으로 텍스트를 분석하고자 한다. 현상학적 비평만큼 다른 많은 이름을 가진 비평도 드물다. 현상학적 비평이란 하나의 포괄적 명칭에 불과하다. 이 비평은 '의식비평'이란 용어를 공통분모를 매개로 하되, 다양한 특성을 지니고 있다. 이 비평은 실존적 비평을 비롯해 정신분석적 비평, 형식주의 비평, 구조주의 등 다른 비평의 갈래들과 부분적인 동질성을 공유하고 있다.[41]

따라서 현상학적 비평은 아직 정리되지 않은 비평의 한 갈래이다. 그럼에도 불구하고 본고가 현상학적 비평의 관점으로 텍스트를 분석하려는 이유는 현상학적 비평이 문학을 '미적 대상'으로 보지 않고 '체험'으로 보고 있기 때문이다.[42]

여기서의 '체험'이란 언어로 표현된 작가의 체험, 즉 '텍스트 속의 체험'일 뿐 아니라 '독자의 체험'까지 말한다. 다시 말해, 독자가 작가의 작품 세계를 독자 자신의 현실로 '다시 산다'는 것이다.

현상학적 비평은 실존주의 철학으로부터 많은 관점을 차용했으며, 특히 하이데거의 존재론과 훗설의 현상학을 그 규범으로 하고 있다. 독일의 철학자 그리제바하는 현상학적 비평을 해석학으로 보았다. 작가의 언어란 '무엇인가 의도된 것'이고 '무엇인가에 대한 의미'이기 때문에 현상학적 비평은 언어로 표현된 작가의 의식의 지향성을 밝히고 해석하는 작업이라는 것이다.

이 같은 관점은 라웰에 의해 '의식비평'이란 말로 정리되는데, '의식

---

41) 김준오, 「현상학적 비평의 수용과 문제점」, 『한국 현대쟝르 비평론』, 문학과지성사, 1990, p.346.
42) 현상학적 비평은 작품 내재적 접근이면서도 문학을 '미적 대상'으로 보지 않고 '체험'으로 본다.—Lawall Sara, Critics of Consciousness, Harvard University Press, 1968, pp.1~2.

비평'은 텍스트를 통해 전달되는 작가의 '체험'을 특히 중시하는 비평이라는 개념이다. 따라서 설화를 수용한 시의 경우, 설화의 내용을 접한 시인의 '체험'이 텍스트 분석에서 가장 중요시된다고 하겠다.

라웰은 또 '비평가가 텍스트를 다시 살아야 한다'는 견해를 제시했다. 이는 텍스트에 대한 비평가의 비평적 태도를 지적한 말이 되겠다. 즉, 비평가는 더 이상 텍스트를 '거리를 둔 대상'으로 보지 말고 텍스트 '속'으로 들어가 자기의 주관을 투사해야 한다는 것이다. 라웰은 '비평가가 작가의 체험을 다시 산다'는 말로 이를 요약했다.

이 같은 견해들을 정리하면, 현상학적 비평이란 언어로 쓰여진 '작가의 체험'에 '비평가의 체험'을 투사하여 작가가 지닌 '의식의 총체적인 지향성', 즉 주제를 밝혀내고 해석하는 작업이다. 이 비평은 또 텍스트에 대한 비평가의 적극적이고도 주관적인 해석의 길을 열어 두고 있다.

본고가 현상학적 비평의 관점으로 텍스트를 분석하려는 이유는 이미 밝혔다시피 문학을 '미적 대상'으로 보지 않고 '체험'으로 보기 때문이다. 본고가 앞으로 분석할 시편은 모두 설화라는 선언어군을 갖고 있다. 텍스트 생산자가 설화로부터 얻은 체험이야말로 텍스트의 진의를 파악하는 데 가장 중요한 단서가 된다. 따라서 본고가 현상학적 비평의 관점을 택한 것인데, 이 비평이 비평가 또는 독자들에게 텍스트 해석의 길을 좀더 넓혀 놓았다는 점도 선택의 한 원인으로 작용했다.

본고는 문헌설화는 물론 구전설화까지 인용하게 되는데, 구전설화는 문자로 재록된 경우에 한한다. 구연자(口演者)에 의해 이야기로 전승된 설화가 문자로 정착되면서 소설이나 시가(詩歌) 등 문학작품이 된 경우도 많다. 이를 과연 텍스트와 비교, 분석할 상호텍스트로 볼 수 있겠느냐는 문제가 발생할 수도 있다. 그러나 이 같은 상호텍스트가 '근원설화'에서 비롯됐고, 또 근원 설화의 서사 모형을 그대로 담고 있기 때문에 텍스트의 상호텍스트로 삼고자 한다. 이를테면 『춘향전』은 '관탈민녀형(官奪民女型) 설화' '암행어사(暗行御史) 설화' '신원(伸寃) 설화' 등의 '근원 설화'를 지니고 있으며, '관탈민녀형 설화'와 '신원 설화'가 중심이 되고 '암행어사 설화'가 종속적으로 결합되어 이루어졌다.

설화와 문학이 핏줄처럼 유기적 관련을 맺고 있다는 건 이미 무수히 지적됐다. 1940년대의 문예지 『文章』(1941년 3월호)에도 '설화는 그 자체 내에 문학성을 포함하고 있다 하겠거니와, 설화문학 자체가 그러한 설화를 모태로 한 것이며, 또 그것을 문학에 재현시킨 것'이라고 나타나 있다. 따라서 설화에서 비롯된 문학작품도 설화의 서사 모형을 지니고 있기에 본고의 논의 대상이 될 수 있다고 판단하였다.

본고에서의 '설화의 수용'은 설화를 시에 인용 또는 인유했거나 패러디의 대상으로 삼은 경우, 그리고 설화를 시의 소재나 제재, 또는 모티프로 채택한 경우를 뜻한다. 텍스트로 채택된 시편 중 판본이 다를 경우, 최초의 시집이나 최초의 전집에 수록된 작품을 인용하며, 표기법도 여기에 따르기로 한다.

제 2 장

설화의 재연(再演)

1. 설화 수용의 일반적 패턴

설화는 한 민족이나 언어집단의 의식구조와 생활감정을 담아 전승되는 하나의 이야기이다. 설화는 특별한 조건 없이 '이야기하는 사람' (口演者)과 '듣는 사람' (聽者)만 있으면 언제 어디서나 쉽게 전승된다.

그러나 이 같은 설화를 시에 수용하려면 압축과 요약 그리고 율격화(律格化)가 필수적이다.[43] 설화가 이야기 구조를 가진 서사물이라면, 시는 서정적 운문이기 때문이다. 따라서 설화의 줄거리를 압축하거나 생략하고, 율격화시키는 작업이 필요하게 된다.

설화는 항상 이야기 구조를 지니고 있다. 이야기는 한 주체의 변천을 수행하는 메시지이다.[44] '주체'는 곧 이야기의 주인공이며, '변천'을 수행하는 도구는 사건이나. 즉, 이야기는 인물과 사건을 통해 하나의 메

---

43) 임문혁, 앞의 논문, p.19.
44) **Jenny Laurent**, *Le poetique et le narratif*, Poetique, 1988, p.440.

시지를 구축한다.

　따라서 설화를 수용한 시는 설화의 특정 사건이나 그 주인공을 등장시키기 마련이다. 이때 전경화(前景化) 작업이 필요하게 된다. 언어학의 프라그학파(Prague Circle)에 따르면, 전경화란 문학 텍스트가 어떤 언어요소들을 강조하고—혹은 전경(前景)에 배치하고—나머지 요소들은 희생시키는 방식이다. 특히 시는 은유적 언어를 전경화하는 경향이 있다.[45]

　설화는 인물과 사건을 통해 주제를 구현해나간다. 시인들이 설화를 시에 수용할 때, 대부분 설화의 주인공을 직접 작품에 등장시킨다. 이때, 흔히 동일화(同一化, Identiication) 작업이 이뤄진다. 동일화란 텍스트 생산자인 시인이 곧 설화의 인물이 되어 줄거리를 전달하거나 인물의 심리 상태를 직접 노출시키는 방법을 말한다.

　이 같은 세 항목은 현대시가 설화를 수용할 때, 공통적으로 밟게 되는 일반적 패턴이다. 김소월(金素月, 1902~1934)의 「접동새」를 텍스트로 삼아 그 양상들을 살펴보자.

1) 전경화(前景化)

　김소월의 「접동새」는 접동새의 울음소리로부터 시작된다. 1923년 『培材』 2호에 발표된 「접동새」는 다음과 같다.

　　접동
　　접동
　　아우래비 접동

---

45) 죠셉 칠더즈·게리 헨치 編, 황종연 譯, 『현대 문학·문화비평 용어사전』, 문학동네, 1999, p.192.

津頭江가람까에 살든누나는
津頭江압마을에
와서웁니다

옛날, 우리나라
먼뒤쪽의
津頭江가람까에 살든누나는
의붓어미싀샘에 죽엇습니다

누나라고 불너보랴
오오 불설워
싀샘움에 몸이죽은 우리누나는
죽어서 접동새가 되엇습니다

아웁이나 남아되는 오랩동생을
죽어서도 못니저 참아못니저
夜三更 남다자는 밤이깁프면
이山 저山 올마가며 슬퍼웁니다

—김소월, 「접동새」 전문

이 작품은 김소월이 자신의 숙모인 계희영(桂熙永)으로부터 들은 서
북 지방의 '접동새 설화'를 수용한 것인데,[46] '접동새 설화'의 줄거리는
다음과 같다.

---

46) 계희영, 『약산 진달래꽃은 우련 붉어라』, 문학세계사, 1982, pp.78~79.

옛날 평북(平北) 박천의 진두강(津頭江)가에 한 소녀가 부모와 아래로 아홉이나 되는 오랍동생을 데리고 함께 살았다. 그런데 어느 날 그만 어머니가 죽게 되자 아버지는 의붓엄마를 얻었다. 계모는 성질이 흉포 잔인하여 전실 10남매를 매일같이 구박하였지만, 그녀의 아버지는 이를 못 본 체 하였다. 계모의 학대는 날로 심하여 생모가 거처했던 방의 유물들을 모두 없이 하였을 뿐만 아니라, 전실 자식들에게 끼니조차 제대로 주지를 않았고 그들이 밖에 나가지 못하도록 집에 가두어 두기까지 하였다. 세월이 지나 과년해지자 소녀는 박천 어느 부잣집 도령과 혼약을 하게 되었다. 소녀는 약혼자의 집으로부터 많은 예물을 받았다. 이를 시기한 계모는 어느 날 그 예물을 빼앗고, 그녀를 그 친어머니의 장롱 속에 가두었다가 마침내 불에 태워 죽였다.

의지할 곳 없는 아홉 어린 동생들은 누나가 불에 타 죽은 재를 헤치며 슬피 울었다. 그때 재 속에서 한 마리의 접동새가 살아 날아갔다. 죽은 누나의 넋이 접동새로 환생하였던 것이다. 한편 뒤늦게 이 사실을 안 관가에서는 계모를 잡아, 그 딸이 죽은 것과 똑같은 방법으로 사형을 시켰다. 계모의 재 속에서 까마귀가 나왔다.

접동새가 된 소녀는 죽어서도 계모가 무서워 대낮엔 나오지를 못하고 남들이 다 자는 야삼경(夜三更)이 되어야만 조심스럽게 날아와 오랍동생들이 자는 창가에서 목놓아 울었다.[47]

시인은 '접동새 설화'를 시에 옮겨 왔음을 밝히기 위한 장치로 '접동/접동/아우래비 접동'을 시의 첫 연에 배치했다. 이를 통해 독자들은 자연스럽게 '접동새 설화'를 떠올리게 된다. 이것이 전경화가 주는 효과이다. 시의 제목과 첫 연을 읽으면, 중국의 '귀촉도 설화'가 연상되기도 하지만 '진두강 강가에 살던 누나가 의붓어미 시샘에 죽었다'는 진

술이 뒤따른다. 따라서 독자들은 당시 서북지방에 유포되어 있던 '접동새 설화'가 이 시의 소재임을 확인하게 된다. 결국 이 작품은 '접동새 설화'를 환기시키기 위한 장치로 '접동새'를 전경화했으며, 이런 전경화를 통해 설화의 구체적인 줄거리를 생략할 수 있게 됐다.

이를테면, (1)소녀의 아버지가 상처(喪妻)를 하자 의붓엄마를 얻었다 (2)구박하던 계모가 소녀를 불에 태워 죽였다 (3)소녀가 접동새로 환생하여 재 속에서 날아올랐다 (4)계모의 악행(惡行)을 안 관가에서 계모를 잡아 불에 태워 죽였다 (5)계모가 까마귀로 환생하여 재 속에서 날아올랐다는 내용이 생략된 것이다.

이처럼 전경화는 산문 형태의 설화를 시에 옮길 때 필연적으로 요구되는 사항이다. 김소월은 결국 '접동/접동/아우래비 접동'이라는 새의 울음소리를 시의 서두에 노출시켜 전경화를 한 셈이다.

2) 동일화(同一化)

설화의 줄거리를 이어가는 두 요소는 인물과 사건이다. 시인들이 설화를 수용할 때, 즐겨 쓰는 수법이 바로 동일화인데, 설화의 인물을 통해 설화의 줄거리나 주제를 전달하는 경우다. 시인들은 설화의 인물과 자신을 동일시하여 그 인물에 자신의 감정을 이입한다. 말하자면, 대상을 자아화하는 것이다.

이 같은 동일시는 타자가 지닌 측면을 자신의 모델로 삼는 데 용이하다. 동일시의 일차적 용법은 '무엇인가와 동일시하기'이지만, '인식하기'라는 보다 통상적인 의미를 포함하기도 한다.[48]

동일시는 두 가지 관점에서 이뤄진다. 즉, 설화의 인물을 자신의 모델로 취하는 경우와 설화의 인물을 새롭게 인식하는 행위가 그것이다.

---

48) 죠셉 칠더즈·게리 헨치 編, 앞의 책, p.232.

김소월의 「접동새」는 설화의 인물을 새롭게 인식한 경우에 해당된다.

「접동새」의 제1, 2연은 시적 화자의 현재 상황이다. 그러나 3연에 이르면 '옛날, 우리나라/먼뒤쪽의'라는 말로 독자를 설화의 공간 속으로 데려간다. 이 말은 '옛날, 옛날하고도 아주 오랜 옛날에'로 시작되는 설화의 전형적 구연(口演) 방식을 그대로 원용한 것인데,[49] 이를 통해 '접동새 설화'의 줄거리를 독자들에게 객관적으로 전달한다.

그런데 제4연에 이르자 '진두강가의 누나'가 '우리 누나'가 된다. 설화 속의 누나가 시적 화자의 누나로 전이(轉移)된 셈인데, 시인은 이 같은 동일화를 통해 독자들에게 시인의 시적 체험을 전달하고 있다. 이것이 동일화가 주는 시적 효과이다. '접동새 설화'를 접한 시인은 '소녀의 비극'으로부터 '서정적 충동'을 느꼈고, 그 체험을 '우리 누나'로 형상화시킨 셈이다.

3) 율격화(律格化)

「접동새」는 7·5조의 음수율을 기본으로 하고 있다. 민요 가락을 변형시킨 7·5조는 '津頭江가람까에//살든누나는//津頭江압마을에//와서 웁니다'에서 시작돼 무려 11번이나 이어진다. 설화에서 소재를 끌어왔지만 운율이 넘친다. 게다가 같거나 비슷한 시행을 연쇄적으로 반복시켜 리듬을 얻는다. 김소월은 1920년대 민요시의 전형을 보여주는데, 민요는 구전됨으로써 역동성과 현장성을 얻는다. 또한 기억을 돕기 위한 반복과 열거의 형식을 취한다.[50] 김소월의 「접동새」는 이 같은 민요의 특성과 설화의 내용을 결합시킨 율격화의 전형적인 패턴을 보여준다.

---

49) 설화의 가장 큰 특징은 전승 방식이 구전된다는 것이다.—한용환, 앞의 책, p.239.
　　이 부분은 '설화는 전승 방식까지 구전된다'는 설화의 가장 큰 특징을 보여주는 흥미로운 사례다.
50) 감태준, 「근대시 전개의 세 흐름」, 『한국현대문학사』, 현대문학사, 1997, p.136.

「접동새」는 특히 반복을 통해 율격화의 전형적인 패턴을 보여준다. 제1연의 '접동/접동/아우래비 접동'에서부터 리듬이 시작되는데, 이를 소리내어 읽으면 실재하는 새의 울음소리 같은 효과를 준다.

이런 도입부는 후반부로 갈수록 원통하게 죽은 소녀의 한(恨)이 접동새의 울음소리가 되어 밤하늘을 떠돌고 있다는 극적 분위기를 조성한다. 이 작품엔 '누나'가 모두 네 번, '진두강'이 세 번 반복되고, 종결어미도 2·5연은 '웁니다', 3·4연은 '습니다'로 되어 있다. 이 작품은 시행들까지 반복되는데,[51] 연쇄식 반복을 살펴보면 다음과 같다.

　　2연 津頭江가람까에 살든누나는
　　　　津頭江압마을에 와서웁니다

　　3연 津頭江가람까에 살든누나는
　　　　의붓어미싀샘에 죽엇습니다

　　4연 싀새움에 몸이죽은 우리누나는
　　　　죽어서 접동새가 되엇습니다

　　5연 죽어서도 못니저 참아못니저
　　　　이山 저山 올마가며 슬피웁니다

이 같은 시행의 반복은 시 전체가 출렁거리는 듯한 리듬을 낳고, 나아가 시가 지닌 비극적 정서를 강화시킨다. '아홉오래비'를 '아우래비'로 표현하는 등 활음조를 살린 미묘한 리듬은 끊어질 듯하면서도 끊어지

---

51) 오세영, 「母 상실의식으로서의 恨」, 『김소월 연구 Ⅱ』, 새문사, 1986, p.18.

지 않는 접동새의 울음소리처럼 설화가 지닌 비극적 정서를 극대화시키는 역할을 한다.

2. 인물을 통한 재구술(再口述)

1) '죽은 누나'의 재생(再生) : 김소월의 「접동새」

설화의 가장 큰 특징은 전승 방식이 구전된다는 것이다. 구전이란 서사의 내용이 구연자로부터 청자에게로 소통되고 이어지는 방식을 가리킨다. 따라서 구전되는 이야기는 이야기에 대한 언어집단 내부의 관습을 존중하고 이야기의 골간을 훼손시키지 않는 범위 내에서 구연자가 이야기의 일부분을 변형시킬 수 있다. 즉, 구연자가 시간과 장소의 상황에 따라 자신의 의도와 말솜씨를 발휘해서 이야기의 세부나 형태적 요소들을 변형시킨다는 것이다.

이처럼 시인이 구연자가 되어 설화를 직접 시에 옮겨 오는 경우가 있다. 이를 재구술(再口述)로 볼 수 있는데, 형식을 바꿨다고 하지만 설화의 핵심 모형을 위반하지 않는다. 설화 수용의 가장 초보적인 단계인 재구술은 크게 두 가지 형태로 나타난다. 인물을 통한 재구술과 사건 위주의 재구술이다.

인물을 통한 재구술은 '설화 속의 인물'과 '시 속의 인물'의 유기적 결합이다. 그렇다면 왜 춘향이거나 처용이거나 지귀(志鬼)일까? 그 대상이 시인의 현실적 상황과 어떤 관련을 맺고 있거나 그 대상이 던진 서정적 충동 때문일 것이다. 설화의 인물은 항상 설화의 서사성을 등에 업고 있기 마련이다. 시인이 그 인물을 시에 등장시킨다는 것은 설화의 내용을 함축적으로 전달하면서 설화가 지닌 특정 메시지를 전하기 위해서다. 김소월의 「접동새」의 재구술 양상을 살펴보자.

접동
접동
아우래비 접동

津頭江가람까에 살든누나는
津頭江압마을에
와서웁니다

옛날, 우리나라
먼뒤쪽의
津頭江가람까에 살든누나는
의붓어미싀샘에 죽엇습니다

누나라고 불너보랴
오오 불설워
싀새움에 몸이죽은 우리누나는
죽어서 접동새가 되엇습니다

아웁이나 남아되는 오랩동생을
죽어서도 못니저 참아못니저
夜三更 남다자는 밤이깁프면
이山 저山 올마가며 슬피웁니다

—김소월, 「접동새」 전문

이 시는 '접동새'의 울음소리를 전경화 장치로 이용했지만, '접동새'
는 하나의 기표(記標)이다. '접동새'의 기의(起意)는 '죽은 누나'이다.
'접동새'는 '죽은 누나의 한(恨)'을 담아내는 하나의 표상(表象)이다. 따
라서 이 작품은 '접동새' 뒤에 숨어 있는 존재인 '누나'라는 인물을 통
해 '억울하고 한맺힌 죽음은 저승으로 가지 못하고 새가 되어 이승을
떠돈다'는 서사 모형을 보여주고 있다. '접동새 설화'의 핵심 모형과 일
치한다.

하지만 두 텍스트의 서사구조를 비교하면, 몇 가지의 차이점을 발견
할 수 있다. 「접동새」는 대립구조를 중심으로 짜여져 있다. '누나'와
'의붓어미', '삶'과 '죽음'이 대립되어 있으며, '누나'와 '아홉 동생'은
병치관계로 존재한다. 그리고 '웁니다'와 '불러보랴'는 호응관계를 이
루는데, 설화의 핵심적 서사구조와 크게 다르지 않다.

이에 비해 '접동새 설화'는 '소녀'와 '의붓어미', '삶'과 '죽음'이라는
대립구조 외에 '접동새'와 '까마귀', '낮'과 '밤'이라는 대립항을 더 가
지고 있다. 텍스트 생산자가 '의붓어머니는 죽어서 까마귀가 되었다',
'접동새는 까마귀가 무서워 밤에 날아다니며 운다'는 부분을 생략했기
때문이다.

'접동새'와 '까마귀'는 '선'과 '악', '사랑'과 '증오', '순결'과 '부정'을
상징한다고 분석된 바 있다.[52] 타당성 있는 분석으로 보이는데, 그렇다
면 김소월은 「접동새」에 왜 까마귀를 등장시키지 않은 것일까? 그 이
유는 누나와 아홉 동생의 관계에 초점을 맞추기 위한 것으로 보인다.
다시 말해 '선'과 '악', '가해자'와 '피해자', '사랑'과 '증오'로 구획되는
직선형의 대립구도를 생략한 것이다.

「접동새」가 지닌 '누나'와 '의붓어미', '삶'과 '죽임'의 구도는 '접동

---

52) 오세영, 앞의 책, p.18.

새의 울음소리'라는 결과물을 낳았다. 대립되는 두 인물, 즉 '누나'와 '의붓어미'의 갈등이 빚어낸 침전물이 곧 '접동새 울음소리'인 셈인데, 임문혁은 접동새의 이미지를 한(恨)의 표상으로 보았다. 또 '접동새'가 안고 있는 어머니 상실의식은 시인의 현실적 삶을 말해주고 있으며, 그 삶이란 식민지 지식인의 삶을 가리킨다고 말했다.[53]

정끝별은 '접동새 설화'의 누나를 자신과 동일시하는 시인의 내면에는 현실을 설화화하며 현실적 고통을 초월코자 하는 소월의 패러디적 욕망이 숨겨져 있다고 보았다.[54]

이 같은 주장은 텍스트를 시인의 당대적 삶과 접맥시켜 살핀 논의들로 부분적인 타당성을 지닌다. 그러나 필자는 '접동새'가 '죽어서도 차마 저승으로 가지 못한 육친의 정한(情恨)'을 상징하고 있으며, 접동새의 울음소리는 이 같은 비극을 순환시키는 역할을 한다고 본다. 이를 구체적으로 살펴보면, 「접동새」는 "이山 저山 올마가며 슬퍼웁니다"로 끝난다. 그 상황이 제1연의 접동새 울음소리로 이어진다. 내용상 수미쌍관(首尾雙關)의 순환구조를 이루고 있다. 게다가 각 연의 시간적·공간적 구조를 살펴보면, 첫 연과 마지막 연이 그대로 맞물려 돌아간다.

이를 도식화하면 다음과 같다.

■ 「접동새」의 시간·공간적 구조

배경·주체 \ 연	제1연	제2연	제3연	제4연	제5연
시간적 배경	현재	현재	과거	과거	현재
공간적 배경	현실 공간	현실 공간	설화 공간	전이된 설화공간	현실 공간
등장 주체	접동새	진두강누나	진두강누나	우리누나	접동새

---

53) 임문혁, 앞의 논문, p.19.
54) 정끝별, 『패러디 시학』, 문학세계사, 1997, p.92.

그 한맺힌 정한(情恨)이 접동새의 울음소리가 되어 순환한다는 사실을 확인할 수 있다. 결국 이 텍스트는 의성어를 통해 육친의 정한(情恨)을 드러낸다는 점에서 특기할 만한 작품인데, 텍스트는 '접동새 울음소리'를 통해 인체의 핏줄처럼 돌고 도는 '비극적 서사의 순환구조'를 보여준 셈이다.[55]

2) 일편단심의 비극 : 김영랑의 「春香」

김소월의 「접동새」가 접동새의 울음소리를 통해 '접동새 설화'의 '누나'를 환기시키고, 그 '누나'를 통해 설화가 지닌 비극성을 독자에게 표현했다면, 김영랑(金永郎, 1903~1950)의 「春香」은 설화의 주인공을 직접 시에 등장시켜 선행 텍스트의 핵심 모형을 보여준다.

> 큰 칼 쓰고 獄에 든 춘향이는
> 제 마음이 그리도 독했던가 놀래었다
> 성문이 부서져도 이 악물고
> 사또를 노려보던 교만한 눈
> 그 옛날 成學士 朴彭年이
> 오 불지짐에도 태연하였음을 알았었니라
> 오! 一片丹心
>
> 원통코 독한 마음 잠과 꿈을 이뤘으랴
> 獄房 첫날밤은 길고도 무서워라

---

55) 이 설화는 계모와 전처 자식간의 갈등과 죽음이라는 스토리를 가진 '콩쥐팥쥐 설화'나 고전소설 『장화홍련전』에도 그 맥이 닿아 있다. 따라서 이 설화는 인간의 이 같은 비극이 순환되고 있음을 보여주고 있다.

서름이 사무치고 지쳐 쓰러지면
南江의 외론 魂은 불리어 나왔느니
論介! 어린 춘향을 꼭 안아
밤새워 마음과 살을 어루만지다
오! 一片丹心

사랑이 무엇이기
貞節이 무엇이기
그 때문에 꽃의 춘향 그만 獄死한단말가
지네 구렁이 같은 卞學徒의
흉칙한 얼굴에 까무러쳐도
어린가슴 달콤히 지켜주는 도련님 생각
오! 一片丹心

상하고 멍든 자리 마디마디 문지르며
눈물은 타고 남은 간을 젖어 내렸다
버들잎이 창살에 선뜻 스치는 날도
도련님 말방울 소리는 아니 들렸다
三更을 세오다가 그는 고만 斷腸하다
두견이 울어 두견이 울어 南原 고을도 깨어지고
오! 一片丹心

—김영랑, 「春香」 일부

이 작품은 『春香傳』의 근원설화 중 남원지방에 널리 유포되었던 '신원(伸寃) 설화'를 그 바탕으로 하고 있다. 왜냐하면, 춘향이 '옥사(獄死)'한다는 결말을 보여주기 때문이다. '신원 설화'는 지금까지 널리 알려진 『춘향전』과 달리 해피엔딩으로 처리되어 있지 않다. 몇 개의 유형(類型)을 가진 '신원 설화'의 줄거리를 요약하면 다음과 같다.

(1)남원(南原)에 있는 노기(老妓)의 무남독녀(無男獨女)인 추(醜)한 용모의 처녀(處女)가 부사(府使)의 아들과 정(情)을 통했다. 이 부사(李府使)는 상경(上京) 후에 영락부진(零落不振)하였다. 그 처녀는 자신이 천기(賤妓)로 양반 자제에 허신(許身)한 영광과 그에 대한 연성(戀情)으로 수절(守節)하며 몽룡(夢龍)이 영달하여 다시 찾기를 기다렸으나 소식이 없었다. 처녀는 그 무정(無情)에 원한(怨恨)을 품고 죽었다.
(2)남원(南原) 부사(府使)의 자제 이 도령(李道令)은 동기(童妓) 춘양(春陽)과 정(情)을 통했다. 그후 춘양은 도령을 위해 수절(守節)을 하려다가 신임(新任) 사또 탁종립(卓宗立)에 의해 죽었다.
(3)기생(妓生) 월매(月梅)의 딸 춘향(春香)은 남원(南原) 옥중(獄中)에서 원사(寃死)하였다.[56]

구전 경로에 따라 등장인물의 이름과 줄거리가 조금씩 다르지만 주인공이 죽는다는 결말은 동일하다. 이 설화는 '춘향(또는 춘양)'과 '이도령', '춘양'과 '탁종립'의 대립구도를 지니는데, 주인공이 부사(府使)의 아들과 사랑을 나누었고, 그 님을 기다리다가 한(恨)을 품고 죽는다는 핵심 모형을 보여주고 있다. 김영랑의 「春香」은 '신원 설화'의 모형을 그대로 옮겨 오고 있다. 따라서 설화를 재구술한 경우가 되겠는데, 춘향을 앞세워 '일편단심'의 비극성을 독자에게 보여주고 있다.

텍스트의 서사구조는 대립 항목들로 짜여져 있다. 인물군은 '춘향'과 '사또(변학도)', '춘향'과 '이도령'으로 나타나고, 춘향의 심리 상태는

---

56) 설성경, 『춘향전의 형성과 계통』, 정음사, 1986, pp.15~16.

'원통하고 독한 마음'과 '어린 가슴'으로 구분된다. '춘향의 독한 마음'은 인두불로 지져도 태연했던 '성학사(成學士) 박팽년(朴彭年)'과 비교되고, 사무친 서러움은 '논개(論介)의 혼(魂)'을 불러온다. '성삼문'과 '박팽년', 그리고 '논개'는 모두 춘향이의 마음을 표현해내기 위한 비유어가 되겠는데, 이들의 공통점이 바로 '일편단심'이다. 열거된 인물들 모두 일편단심 때문에 죽게 되거나 죽음을 택했다. 춘향도 '사랑의 정절(貞節)'을 지키려다 한(恨)을 품고 옥사하게 된다. 그 '한(恨)'이 피울음을 운다는 두견새[57]까지 불러온다.

이 작품 속의 인물들은 결핍이나 갈등을 풀지 못한다. 갈등의 가장 큰 원인은 바로 춘향의 일편단심이다. 다시 말해, 춘향의 일편단심이 결국 죽음으로 귀결된 셈인데, '신원 설화'의 모형과 일치한다. 그렇다면, 김영랑은 왜 '신원 설화'를 시로 형상화한 것일까?

이 시는 1940년 『文章』 제18호에 발표됐다. 김영랑의 시라고 보기 어려울 정도로 선이 굵고 거칠며 메시지가 뚜렷하다. 그 이유는 김영랑이 1930년대 말기에 이르자, 그 동안 일관되게 추구해 오던 '내 마음의 서정 세계'를 버리고 현실 세계를 담아내기 시작했기 때문이다. 그의 초기시가 고요하고 섬세한 감각과 자아의 내면, 곧 '마음의 세계'를 집중적으로 담아낸 데 비해 후기시는 이런 감각과 내면에서 벗어나 자아를 사회를 향해 확대하고 '죽음'을 강렬히 의식하기 시작했다.[58] 1930년대 말은 일제의 한민족 탄압 정책이 극에 달했던 시기였다. 이 무렵, 김영랑은 「거문고」「春香」「독을 차고」 등의 작품을 발표함으로서 사회적 현실에 대한 관심을 표명하기 시작했다.

---

57) 김영랑은 중국의 '귀촉도 설화'와 춘향의 한(恨)을 연결시킨 시 「杜鵑」을 발표하기도 했다. '비탄의 넋이 붉은 마음만 낱낱 시들피느니/짙은 봄 獄 속 춘향이 아니 죽었을라디야'(『모란이 피기까지는』, 삼중당, 1975, p.104.)라는 구절을 통해 '두견의 핏빛 울음소리'와 '춘향의 일편단심'을 결합시키고 있다.
58) 김학동, 『김영랑 전집·평전』, 문학세계사, 1981, p.267.

김영랑은 결국 시 세계의 변모를 모색하기 위해 설화에서 시적 소재를 따왔고, 죽음을 무릅쓰고 일편단심을 지키는 춘향의 정절(貞節)을 사육신의 절개(節槪), 논개의 우국(憂國)에 대응시켰던 것이다. 이 작품은 춘향의 사랑과 정절만을 예찬한 게 아니라, 우리의 잊혀진 설화를 노래함으로써 식민지 치하의 독자들에게 민족의식을 고취시키려는 의미를 지니고 있다는 해석도 가능케 한다.

3) 춤과 웃음의 해학 : 서정주의 「처용훈」

김영랑의 「春香」이 시종 춘향이의 일편단심을 노래하고 있다면, 서정주(徐廷柱, 1915~2000)의 「처용훈—『三國遺事』第二卷, '處容郎, 望海寺'條」는 '처용 설화'의 특정 장면을 구술하고 있다. 시인이 마치 변사(辯士)가 된 것처럼 설화의 내용을 구술하는데, 흥미로운 대목은 그 내용에 해석을 가한다는 점이다.

> 달빛은
> 꽃가지가 휘이게 밝고
> 어쩌고 하여
> 여편네가 샛서방을 안고 누은 게 보인다고서
> 칼질은 하여서 무얼 하노?
> 告訴는 하여서 무엇에 쓰노?
> 두 눈 지그시 감고
> 핑동그르르…… 한바퀴 맴돌며
> 마후래기 춤이나 추어 보는 것이라.
> 피식! 그렇게 한바탕 웃으며
> 「雜神아! 雜神아!

萬年 묵은 이무기 지독스런 雜神아!
어느 구렁에 가 혼자 자빠졌지 못하고
또 살아서 질척 질척 지르르척
우리집까정 빼지 않고 찾아 들어왔느냐?」
위로엣말씀이라도 한 마디 얹어 주는 것이라.
이것이 그래도 그 중 나은 것이라.
　　　　　— 서정주, 「처용훈 — 『三國遺事』 第二卷, '處容郎, 望海寺' 條」 전문

　이 작품은 부제가 말해주듯 『三國遺事』의 「處容郎과 望海寺」편을 선행 텍스트로 하고 있다. 『서정주 전집』(1983)에 실린 이 작품은 선행 텍스트의 '처용 설화' 중 향가 「처용가」에 얽힌 사연을 소재로 삼고 있는데, 그 부분을 옮겨 보면 다음과 같다.

　처용의 아내가 몹시 아름다웠으므로 역신(疫神)이 그를 흠모해 사람으로 변신해서 밤중에 그의 집에 갔다. 남몰래 그의 아내와 잠자리를 같이했다. 처용이 밖에서 집에 돌아왔다가 두 사람이 있는 것을 보고는 노래를 부르고 춤을 추면서 물러났다. 그 노래는 이렇다.

동경(東京) 밝은 달에
밤들이 노니다가
들어 자리를 보니
다리가 넷이러라.
둘은 내해였고
둘은 누구핸고
본디 내해다마는
빼앗은 것을 어찌하리오.

그때 역신이 모습을 나타내어 그의 앞에 무릎을 꿇고 말했다.

"제가 공의 아내를 사모해 오다가 오늘 범했습니다. 그런데 공이 성낸 기색을 보이지 않으니 감동하고도 아름답게 여깁니다. 맹세코 이제부터는 공의 화상(畵像)만 보아도 그 문에 들어가지 않겠습니다."[59]

『삼국유사』의 「처용랑과 망해사」편은 (1)헌강왕대의 시대상을 알리는 서두 부분 (2)헌강왕이 개운포로 행차했나가 일어난 동해 용왕의 아들인 처용을 데려온 사건 (3)처용이 아내의 간통 장면을 목격하고 취한 행동 (4)처용이 '벽사진경(辟邪進慶)'의 상징물이 된 일 (5)헌강왕이 망해사를 세운 일 (6)헌강왕이 포석정에서 '남산(南山)의 신(神)'이 추는 춤을 본 사건 (7)헌강왕이 금강령에서 '북악(北岳)의 신(神)'의 추는 춤을 본 사건 (8)헌강왕이 동래전 잔치에서 지신(地神)의 춤을 본 사건 일 등 모두 8개의 에피소드를 담고 있다. 텍스트는 (2)와 (3)을 시의 배경으로 삼아 「處容歌」에 얽힌 사연을 시로 담아내고 있다.

선행 텍스트는 '처용'과 '아내', '처용' 과 '역신(疫神)'이라는 대립되는 인물군을 갖고 있다. '처용'의 행위는 '노니다'와 '들다'로 구분되고, '처용'의 갈등은 '다리 넷'을 보고 나서 시작된다. 그 갈등은 상반되는 두 항목, 즉 '내해'와 '누구해', '본디 내것'과 '빼앗긴 것'에 의해 강화된다. 처용이 노래를 부르고 춤을 춤으로서 자신의 갈등을 해소하는 한편 역신과의 화해가 이루어진다는 것이 선행 텍스트의 결말이다. 이를 정리하면 다음과 같다.

---

59) 일연, 앞의 책, pp.132~133.

■ 「處容歌」의 서사구조

대립인물	처용/아내 처용/역신
대립행위	노니다/들다
대립구도	내해/누구해 본디 내해/빼앗긴 것 역신을 봄/춤과 노래를 부름
대립의미	대결/화해

이 같은 서사구조를 텍스트와 비교해 보자. 텍스트의 '함축적 화자' [60] 는 시인이다. 텍스트의 화자를 '처용'으로 판단할 수도 있겠으나 '꽃가지가 휘어지도록 달빛이 밝아'라는 표현을 비롯해 '그렇게 한바탕 웃으며'의 '그렇게'라는 객관적 화법, 그리고 '이것이 그래도 그 중 나은 것이라'는 가치 평가로 인해 시인이 곧 화자임을 알 수 있다.

즉, 이 작품은 '처용'의 태도에 대한 시인의 주석(註釋)이다. 텍스트 속의 '처용'은 '다리가 넷'인 상황을 접했다. 따라서 역신(疫神)에게 '칼질을 할 것인가', '고소(告訴)를 할 것인가'를 두고 고민했을 법하다. 이에 대해 시인은 '칼질은 하여서 무얼 하노?' '고소(告訴)는 하여서 무엇에 쓰노?'라고 타이르듯 말한다.

텍스트 역시 '처용'과 '역신'이라는 대립항으로 짜여져 있다. '칼질/고소'와 '춤/웃음'이 대비되고 있는데, '칼질/고소'가 '역신과의 대결'이라면, '춤/웃음'은 '역신과의 화해'가 되겠다. 선행 텍스트의 대립구조를 그대로 옮겨온 셈이다. 이 같은 대립구조 속에서 처용은 '여편네가 샛서방을 안고 누은' 것을 보고 '두 눈 지그시 감고' '마후래기 춤이나' 한번 추고, '피식! 그렇게 한바탕 웃으며' '위로엣말씀'을 얹어

---

60) 시의 일인칭 화자는 작품의 이면에 숨은 함축적 화자와 표면에 나타나는 현상적 자아로 구분된다.—김준오, 『詩論』, 이우출판사, 1988, p.169.

주는 것으로 자신의 갈등을 끝낸다. '처용 설화'의 결말과 일치한다. 따라서 시인이 선행 텍스트의 줄거리와 의미구조를 구연(口演)하듯 해설한 셈이다. 단지, '역신(疫神)'을 '샛서방' '잡신(雜神)' '이무기'로 바꿔 표현했을 뿐이다.

이처럼 서정주가 '처용 설화'를 재구술한 것은 「처용훈」이란 제목이 말해주듯 '처용'의 화해를 후대를 위한 가르침으로 보았기 때문이다. '무얼 하노?' '무엇에 쓰노?' '춤이나 추어 보는 것이라' '위로엣말씀이라도 한 마디 얹어 주는 것이라' '이것이 그래도 그 중 나은 것이라'는 등의 남을 타이르는 듯한 화법이 이를 뒷받침한다.

4) 기다림의 한(恨) : 조지훈의 「石門」

서정주의 「처용훈」이 전승방식까지 구전된다는 설화의 특성을 그대로 살려 '처용 설화'의 메시지를 구연식(口演式) 화법으로 독자에게 전달했다면, 조지훈(趙芝薰, 1920~1968)은 시적 비유를 통해 설화의 핵심 모형을 드러낸다.

당신의 손끝만 스쳐도 소리 없이 열릴 돌문이 있습니다. 뭇사람이 조바심치나 굳이 닫힌 이 돌문 안에는, 石壁欄干 열두 층계 위에 이제 검푸른 이끼가 앉았습니다.

당신이 오시는 날까지는, 길이 꺼지지 않을 촛불 한 자루도 간직하였습니다. 이는 당신의 그리운 얼굴이 이 희미한 불 앞에 어리울 때까지는, 千年이 지나도 눈감지 않을 저희 슬픈 영혼의 모습입니다.

길숨한 속눈썹에 항시 어리운 이 두어 방울 이슬은 무엇입니까? 당신의 남긴 푸른 도포 자락으로 이 눈썹을 씻으랍니까?

　　두 볼은 옛날 그대로 복사꽃 빛이지만, 한숨에 절로 입술이 푸르러 감을 어찌합니까?

　　몇 만리 굽이치는 강물을 건너와 당신의 따슨 손길이 저의 목덜미를 어루만질 때, 그때야 저는 자취도 없이 한 줌 티끌로 사라지겠습니다. 어두운 밤하늘 虛空中天에 바람처럼 사라지는 저의 옷자락은, 눈물 어린 눈이 아니고는 보이지 못하오리다.

　　여기 돌문이 있습니다. 怨恨도 사모칠량이면 지극한 정성에 열리지 않는 돌문이 있습니다. 당신이 오셔서 千年토록 앉아 기다리라고, 슬픈 비바람에 낡아 가는 돌문이 있습니다.

— 조지훈, 「石門」 전문

시집 『풀잎 斷章』(1952)에 실린 이 작품은 시인이 그의 고향인 경북 영양군 일월면 일월산의 '황씨부인당' 사당에 얽힌 전설을 소재로 한 작품으로 신혼 초야에 신랑을 잃어버린 신부의 '풀리지 않는 원한(怨恨)'을 담아내고 있다. '일월산 황씨부인당 전설'은 모두 세 종류이다. 그 중 「石門」과 관련된 두 편을 옮겨 보자.

　　(1)지금부터 약 160여 년 전 순조 때 청기면 당리에 살던 우씨(寓氏)의 부인 평해(平海) 황씨(黃氏)는 남편과 혼인하여 금실 좋게 살았으나 딸만 아홉 명을 낳아 시어머니의 학대가 극심했다. 황씨부인은 아들을 낳지 못하는 죄책감으로 얼굴을 들고 시어머니와 남편을 대할 수 없어 아홉째 딸이 젖 뗄 무렵 갑자기 자취를 감추고 말았다. 우씨댁에서는 아

무리 찾아도 찾지 못했다. 이 무렵 일월산에는 산삼이 많이 났는데, 산삼 캐는 사람이 산삼을 캐려고 자기가 지어 놓은 삼막(蔘幕)에 갔더니, 황씨부인이 자기의 삼막에 소복단좌(素服端坐)하고 있었다. 더럭 겁이 나 되돌아서려는데, 황씨부인이 말을 하기에 자세히 보니 분명 살아 있는 황씨부인이었다. 황씨부인은 자기 시어머니와 남편의 안부며 딸의 안부를 묻고는 자기가 여기에 있다는 말을 아무에게도 알리지 말아 달라고 부탁을 하는 것이었다.

산삼 캐는 사람은 그렇게 하겠다는 말을 하고 돌아섰으나, 어쩐지 마음이 섬뜩하여 그 길로 산에서 내려와 우씨댁에 가서 그 이야기를 전하였다. 금실 좋게 살던 우씨는 부인을 잃고 삶의 재미를 모르고 살던 중 자기 부인이 살아 있다는 말을 듣고는 곧장 삼막에 가보니 과연 자기 부인이 앉아 있어, "여보!" 하고 달려가 손을 덥석 잡으니 부인은 사라지고 백골과 재만 남았다. 남편은 탄식을 하면서 백골을 거두어 장사지냈다. 그후 마을 사람들이 황씨부인의 한을 풀기 위해 그 자리에 당을 지어 주고 '황씨부인당'이라 했다고 한다.[61]

(2)옛날옛날 영양군 일월산 밑에 황씨라는 처녀가 살았다. 마을에는 그녀를 사랑하는 총각이 둘 있었는데, 그 중 몸은 약하지만 마음이 고운 사람을 선택해서 결혼식을 올렸다. 혼례를 올린 날 신랑은 뒷간에 갔다가 오는 길에 마치 칼을 들고 자신을 기다리는 듯한 사내의 모습이 신방에 언뜻 비치는 것을 발견하고, 그날로 타관으로 도망쳐 버렸다. 신랑이 타관으로 도망간 사실을 모르는 신부는 녹의홍상에 족두리 화관을 쓴 채로 하루 이틀 기다리기를 오 년여 계속하다가 결국 그 자리에서 눈을 감고 말았다.

---

61) 박진태 外 1인, 『영남지방의 동제와 탈놀이』(이재춘 제보, 유달선 조사), 태학사, 1996, pp.243~244.

낯선 마을에 정착한 신랑은 머슴살이를 하면서, 그 지방에 있는 처녀에게 새장가를 들었다. 그러나 아이가 태어날 때마다 백일을 채우지 못하고 죽기를 네 번이나 했다. 무당을 찾아가 사연을 물어본즉, 죽은 귀신이 아직도 너를 기다리기 때문에 네 자식은 모두 죽었고, 모두가 사는 방법은 귀신을 찾아가는 수밖에 없다고 하였다.

사내는 무당의 말대로 고향의 옛집을 찾아가서 폐가가 된 신방에 들어가 보니 신부는 초야의 모습 그대로 시체가 되어 풀더미 속에 앉아 있었다. 사내가 툇마루에 앉아 있다가 잠이 들었는데, 신부가 나타나 나를 업어다가 일월산 산마루에 앉혀 달라고 부탁하였다. 꿈에서 깨어나 신부의 부탁대로 하자 죽은 신부는 "이제는 하직할 때가 되었습니다"라고 말하고 사라졌다. 이에 사내는 산에 있으면서 바위를 쪼아 족두리를 쓴 신부 모양의 석상을 만들고, 작은 사당을 지어 조석으로 봉양하다가 돌 신부 옆에서 눈을 감았다. 그러나 산사태로 사당이 무너지고, 오랜 세월이 흘러 사당은 흔적도 없이 사라져 버렸다.

1946년 부산에 살던 한 아낙네가 병에 걸려 상태가 점점 악화되어 갔다. 그러던 어느 날 꿈에 한 여자가 나타나, "나는 일월산 황씨부인인데, 나를 파내서 섬기도록 하라"라고 말하였다. 남편에게 꿈 이야기를 하고, 일월산으로 함께 가서 초막을 짓고 하룻밤을 보냈다. 다음날 발이 닿는 대로 가다가 웅덩이에서 족두리를 쓴 석상을 발견하고, 그 자리에 당집을 짓고 석상을 섬겼다. 그 이후 그 아낙네의 병은 씻은 듯이 나았고, 아울러 황씨부인당의 영험을 받아서 용한 무당이 되었다고 한다 [62]

위의 두 전설은 줄거리가 다르지만 서사의 핵심 모형은 공통된다. 즉, '한(恨)을 품고 죽으면 주검이 삭지 않는다'는 것이다. (1)은 시어

---

62) 김열규, 『한국의 전설』, 삼성인쇄주식회사, 1980, p.139.

머니의 학대를 견디지 못해 집을 나간 며느리의 한을 담고 있고, (2)는 신랑으로부터 소박당한 신부의 한을 드러내고 있다. 「石門」은 (2)를 상호텍스트로 택한 것인데, 이 시의 화자는 황씨부인이다. 시인은 이 작품에 황씨부인을 1인칭 화자로 등장시켜 자신의 애달픈 사연을 고백토록 하고 있다.

상호텍스트를 보면 사건의 발단과 경과, 그리고 결과가 뚜렷이 구분되지만 텍스트에선 사건의 발단이 되는 '신랑의 오해'와 '도주'가 생략되어 있다. 뿐만 아니라 신랑이 다시 신부를 찾아오는 결말도 나타나 있지 않다. 단지, 시적 화자가 처해 있는 현실적 정황만 보여줄 뿐이다. 그 정황은 끝없는 기다림의 상황이다. 텍스트는 이처럼 설화의 인물을 통해 설화의 줄거리와 메시지를 독자에게 전달하고 있는데, 그 구체적 상황을 살펴보자.

제1연은 이 시의 핵심적 이미지인 '돌문'을 제시하고 있다. '돌문'은 상호텍스트의 '족두리를 쓴 신부 모양의 석상'을 연상케 하는데, 시인은 '돌문'을 통해 시적 화자의 한맺힌 기다림을 전해 준다. '돌문'은 '검푸른 이끼'가 내려앉을 만큼, 천 년의 세월 동안 '당신'의 따스한 손 끝만을 기다리고 있다.

제2연에 이르면, 화자의 영혼이 '당신의 오는 날까지' '천년이 지나도 눈감지 않을' 촛불로 그려진다. 제3연에 이르러선 '복사꽃 빛의 두 볼'과 '한숨 젖은 푸른 입술', '복사꽃 빛의 두 볼'과 '당신의 푸른 도포 자락'이 대비되어 나타난다. 붉고 푸른 색깔로 대비되는 두 항목은 '당신'과 '나'의 관계, '나의 과거'와 '나의 현재'를 함축적으로 보여준다.

제3연은 '이 두어 방울의 이슬은 무엇입니까' '입술이 푸르러 감을 어찌합니까'라는 원망 섞인 어조를 드러낸다. 그런데 제4연에 이르자 화자의 어조는 단호해진다. '당신'의 손길이 자신의 몸을 어루만지는 순간, 한 줌 티끌로 사라질 것이라는 비원(悲願)을 말하는 한편, 그렇게 사라질 자신의 존재를 눈물 없이는 결코 볼 수 없을 것이라고 진술한다. 마지막 연에선 그 어조가 더욱 강해진다. 제1연의 '당신의 손끝만 스쳐도 소리 없이 열릴 돌문'이 '열리지 않는 돌문'으로 바뀐다. 게다가 시적 화자는 비원(悲願)의 대상자를 향해 굳게 닫힌 돌문 앞에서 천 년 동안 기다리라고 말한다. '기다림의 문'이 '원한의 문'으로 굳어버린 것이다.

　이처럼 「石門」은 의미구조상 철저한 대립구조를 지니고 있다. 그 항목은 '당신'과 '나', '石壁欄干'과 '虛空中天', '복사꽃 빛의 두 볼'과 '푸른 도포자락', '복사꽃 빛의 두 볼'과 '한숨 젖은 푸른 입술', 그리고 '소리없이 열릴 돌문'과 '열리지 않을 돌문'이 그것이다. '石壁欄干'이 '기다림의 형벌'이라면, '虛空中天'은 '비로소 얻게 된 자유'로 볼 수 있으며, '石壁欄干'이 '원망(怨望)의 삶'이라면 '虛空中天'을 '원망(怨望)으로부터 풀려난 죽음'으로 해석할 수도 있겠다. 이를 정리하면 다음과 같다.

■ 「石門」의 서사구조

	대립항목	대립된 의미
인물	당신/나	떠나감/기다림
비유 어군	석벽난간/허공중천	기다림의 형벌/무한한 자유
	푸른 도포자락/복사꽃 빛의 두 볼	신랑/신부
	복사꽃 빛의 두 볼/한숨 젖은 푸른 입술	신혼 초야(과거)/버림받은 현실(현재)
	소리없이 열릴 돌문/열리지 않을 돌문	기다림/저주 섞인 주술

　이 같은 대립항의 중심축은 무엇인가. 그것은 '당신의 떠나감'과 '나의 기다림'이다. '떠나감'과 '기다림'은 끝내 '중재자'를 얻지 못해 '원

한'이란 결과물을 낳는다. 제1연의 '기다림의 문'이 마지막 연의 저주
섞인 '원한의 문'[63]이 되고 만다.

조지훈이 '일월산 황씨부인당 전설'을 시에 수용한 것은 이 전설이
그의 고향에서 구전됐으며, 고전적 풍물을 소재로 하여 민족정서를 노
래한 그의 시 세계와 일맥상통했기 때문인 것으로 풀이된다. 그러나
조지훈은 더 이상 설화를 소재로 한 특기할 만한 작품을 내놓지 않았
다.

'일월산 황씨부인당 전설'은 1975년 서정주에 의해 「新婦」라는 작품
으로 다시 쓰여지는데, 이를 통해 끝없이 재생되고 변용되는 설화의
한 속성을 읽을 수 있다.

3. 사건 재구술(再口述)

1) 꽃과 미(美)의 은유 : 서정주의 「水路婦人」 시편

설화의 특정 사건을 통해 설화가 지닌 서사성을 시로 옮기는 경우,
시인들은 선택을 강요받는다. 설화가 지닌 고유의 서술 방식 때문이
다. 올리크(Axel Olrik)의 '설화의 서사법칙'에 따르면, 첫째, 설화는 가
장 중요한 사건을 서두에 내세우지 않는다. 서두는 평화롭게 시작되며
사건의 전개와 절정을 거쳐 안정된 결말로 귀결된다. 둘째, 설화는 스
토리나 대구(對句), 그리고 숫자를 상투적으로 반복한다. 이는 구연자
에게 암송의 편의를 제공하고 청취자에게 스토리를 미리 짚어내는 재

---

63) 「석문」에서의 여주인공은 그녀가 지녔던 그 기다림과 고행을 이제 사랑하던 이에게 넘겨 주고
　 자 한다. 무서운 집념이기에 시 「석문」에서 우리는 무시무시한 원한의 미학을 마주치게 된
　 다.—김열규, 『우리의 전통과 오늘의 문학』, 문예출판사, 1987, p.197.

미를 주는 한편, 설화의 중심 사건을 형성해나가기 위한 장치다.[64] 또한, 반복은 이야기의 전개에 긴장을 조성할 뿐 아니라 이야기의 뼈대를 형성하는 기능을 한다.[65]

설화의 이 같은 특성 앞에서 시인은 설화의 어떤 사건을 택할 것인지, 반복되는 스토리 가운데 어느 대목을 취할 것인지 결정해야 한다. 또 설화가 중심 사건을 곧바로 제시하지 않기 때문에 곁가지의 사건을 어떻게 처리해야 할 것인지 고민하게 된다. 이때 흔히 쓰는 수법이 전경화인데, 전경화는 최소한의 시어로 제시되어야 한다.

최소한의 시어로 설화의 서사성을 시에 옮기기 어렵다고 판단할 경우, 결국 시인은 '서정적 충동'을 던져 준 사건을 시에 옮겨 독자에게 설화의 스토리나 의미구조를 전달해야 한다. 서정주의 「老人獻花歌」의 경우, 선행 텍스트가 지닌 여러 사건 중 특정 사건을 시에 옮겨온다. 선행 텍스트인『三國遺事』의「水路夫人」편은 다음과 같다.

성덕왕 때에 순정공(純貞公)이 강릉태수로 부임하다가, 바닷가에 이르러 점심을 먹었다. 곁에는 석벽이 병풍처럼 바다를 둘렀는데, 높이가 천 길이나 되었다. 그 위에는 철쭉꽃이 활짝 피어 있었는데, 공의 부인 수로가 그것을 보고 좌우에게 말했다.

"누가 저 꽃을 꺾어 바치겠느냐?"

종자가 말했다.

"사람의 발자취가 이를 수 없는 곳입니다."

모두들 할 수 없다고 사양했다. 마침 그 곁에 한 늙은이가 암소를 몰고 지나다가 부인의 말을 듣고는, 그 꽃을 꺾었다. 그리고는 가사도 지

---

64) 장주근,『풀어쓴 한국의 신화』, 집문당, 1998, pp.334~335.
65) 윤승준,「설화의 구조와 형식」, 華鏡古典文學硏究會 編,『說話文學硏究(上)·總論』, 단국대출판부, 1998, p.289.

어 함께 바쳤다. 그 늙은이는 어떤 사람인지 알 수 없었다. 그 뒤 이틀 동안 길을 가다가 또 임해정(臨海亭)에서 점심을 먹었는데, 갑자기 바다의 용이 부인을 납치해 바다로 들어갔다. 공이 땅바닥에 허둥지둥 발을 굴렀지만 아무런 계책도 없었다. 그러자 또 한 늙은이가 나타나 말했다.

"옛 사람의 말에 '여러 사람의 입이 쇠를 녹인다'고 했습니다. 이제 바닷속의 짐승이 어찌 여러 사람의 입을 두려워하지 않겠습니까? 이 경내의 백성들을 모아 노래를 지어 부르면서 막대기로 언덕을 치면, 부인을 볼 수 있을 것입니다."

공이 그 말대로 했더니, 용이 부인을 모시고 바다에서 나와 바쳤다. 공이 부인에게 바닷속의 일을 묻자 이렇게 대답했다.

"칠보 궁전의 음식은 달고 부드러우며 향기롭고 조촐해서, 인간의 음식과는 달랐습니다."

이 부인의 옷에도 이상한 향내가 스며 있었는데, 세상에서 맡아 보지 못한 것이었다. 수로는 자태와 용모가 뛰어났으므로, 깊은 산이나 큰 못을 지날 때마다 자주 신물(神物)에게 납치당했다. 여러 사람이 부른 「해가(海歌)」는 사(詞)가 이렇다.

거북아 거북아, 수로를 내놓아라
남의 부녀를 약탈했으니 그 죄가 얼마나 큰가.
네 만약 거역하고 내어 바치지 않으면
그물을 넣어 사로잡아 구워서 먹으리라

노인의 「헌화가(獻花歌)」는 이러했다.

자줏빛 바위 가에
잡고 있는 암소 놓게 하시고,

나를 아니 부끄러워하시면
꽃을 꺾어 바치오리다.[66]

　이 같은 선행 텍스트는 특히 「海歌」와 「헌화가」에 얽힌 사연을 중점
적으로 말해주고 있는데, 서정주는 「헌화가」를 일단 시에 고스란히 옮
겨온다. 그리고 「헌화가」에 얽힌 사건을 해설하듯 구연한다.

「붉은 바위ㅅ가에
잡은 손의 암소 놓고,
나르아니 부끄리지면
꽃을 꺾어 드리리다」

이것은 어떤 신라의 늙은이가
젊은 여인네한테 건네인 수작이다.

「붉은 바위ㅅ가에
잡은 손의 암소 놓고,
나르아니 부끄리시면
꽃을 꺾어 드리리다」

햇빛이 포근한 날―그러니까 봄날,
진달래꽃 고운 낭떠러지 아래서
그의 암소를 데리고 서 있던 머리 흰 늙은이가
문득 그의 앞을 지나는 어떤 남의 안사람보고
한바탕 건네인 수작이다.

---

66) 일연, 앞의 책, pp.116~117.

자기의 흰 수염도 나이도
다아 잊어버렸던 것일까?

물론
다아 잊어버렸었다.

남의 아내인 것도 무엇도
다아 잊어버렸던 것일까?

물론
다아 잊어버렸었다.

꽃이 꽃을 보고 웃듯이 하는
그런 마음씨 밖엔, 아무 것도 가진 것이 없었었다.

*

騎馬의 남편과 同行者 틈에
여인네도 말을 타고 있었다.

「아이그머니나 꽃도 좋아라
그것 나 조끔만 가져 봤으면」

꽃에게론 듯 사람에게론 듯
또 공중에게론 듯

말 위에 갸우뚱 여인네의 하는 말을
남편은 숙맥인 양 듣기만 하고,
同行者들은 또 귓전으로 흘려보내고,

오히려 남의 집 할아비가 지나다가 귀動鈴하고
도맡아서 건네는 수작이있다.

「붉은 바위 ㅅ가에
잡은 손의 암소 놓고,
나ㄹ아니 부끄리시면
꽃을 꺾어 드리리다」

꽃은 벼랑 위에 있거늘,
그 높이마저 그만 잊어버렸던 것일까?
물론
여간한 높낮이도
다아 잊어버렸었다.
한없이
맑은
空氣가
요 샛말로 하면―그 空氣가
그들의 입과 귀와 눈을 적시면서
그들의 말씀과 수작들을 적시면서
한없이 親한 것이 되어가는 것을
알고 또 느낄 수 있을 따름이었다.

― 서정주, 「老人獻花歌」 전문

텍스트는 *표를 중심으로 전반부와 후반부로 나뉘어져 있다. 텍스트
는 설화의 「헌화가」를 무려 세 번이나 반복한다. 그 사이사이에 텍스트
생산자가 해설을 가미하는데, 무성영화 시대의 변사(辯士)를 연상케
한다. 변사는 영화 화면의 스토리와 대사를 객관적으로 전달하는 메신
저이지만, 때때로 그 스토리에 자신의 주관적인 감정을 이입해 청중들
에게 호소하는, 모방적 패러디스트[67]가 되기도 한다.

텍스트의 제1~4연은 선행 텍스트의 「獻花歌」의 유래를 객관적으로
전달한다. 그런데 제5연에 이르자 "자기의 흰 수염도 나이도/다아 잊
어버렸던 것일까?"라는 의문을 제기한다. 그리곤 "물론/다아 잊어버렸
었다"고 대답한다. 시의 화자는 독백(獨白) 형식으로 선행 텍스트의 내
용을 구술하는데, 그 독백은 방백(傍白)과 같다. 텍스트는 텍스트 생산
자가 선행 텍스트를 체험한 결과물이지만 그것이 결국은 독자의 체험
으로 이어지게 마련이다. 따라서 이 독백은 텍스트 생산자가 자신의
체험을 독자들에게 효과적으로 전달하기 위한 장치인 셈이다.

이 같은 독백 형식은 「獻花歌」를 둘러싼 사건들을 구술하면서, 설화
의 주인공인 '머리 흰 늙은이'의 심리 상태를 전달하는 기능까지 맡는
다. 그 늙은이에겐 "자기의 흰 수염도 나이도" "남의 아내인 것도" 잊
어버린 채 "꽃이 꽃을 보고" 웃는 마음밖에 없다는 것이다. 여기서 '젊
은 여인네'와 '머리 흰 늙은이'가 동시에 '꽃'으로 비유된다.

선행 텍스트는 "수로는 자태와 용모가 뛰어났으므로, 깊은 산이나
큰못을 지날 때마다 자주 신물(神物)에게 납치를 당했다"고 기록하고
있다. 따라서 수로부인을 '꽃'으로 비유한 것은 보편성을 얻는다. 그런

---

67) 모방적 패러디는 원텍스트의 모델이나 일반적인 부호, 그리고 그 권위를 계승하는 유형: 신고
　　전주의와 前낭만주의에서 나타나는 패러디 개념이다.─Newman Michael, Revising
　　Mordernism, Representing Postmodernism, Critical Discourse of the Visual Art, 1989,
　　p.141.
　　우리 현대시사에서 패러디는 모방적 패러디→비판적 패러디→혼성모방적 패러디 유형으로
　　전개되어 왔다.─정끝별, 앞의 책, p.11.

데 시인은 '머리 흰 늙은이'까지 '꽃'으로 비유해 '꽃이 꽃을 보고 웃듯이'라고 표현했다. 여기서 선행 텍스트를 바라보는 시인의 독특한 시각을 볼 수 있는데, 이 구절로 인해 '젊은 여인네'와 '머리 흰 늙은이'가 동격(同格)이 된다. 특히 이 시의 후반부는 '꽃'을 매개항으로 삼아 이질적인 두 인물이 '한없이 친(親)한 것'이 되어 가는 과정을 보여준다.

'수로'와 '노인'은 애당초 '여자'와 '남자', '젊은이'와 '늙은이', '말 탄 여인네'와 '암소 고삐를 쥔 노인네', '지체 높은 부인'과 '평민인 듯한 늙은이', '남의 아내'와 '남의 집 할아비', '꽃을 갖고 싶어하는 사람'과 '꽃을 꺾어주려는 사람', '아이그마니나'와 '나ᄅ아니 부끄리시면', '응석을 부리는 여자'와 '수작을 건네는 남자'로 구분되어 있었다. 이를 도식화하면 다음과 같다.

■ 「老人獻花歌」의 서사구조

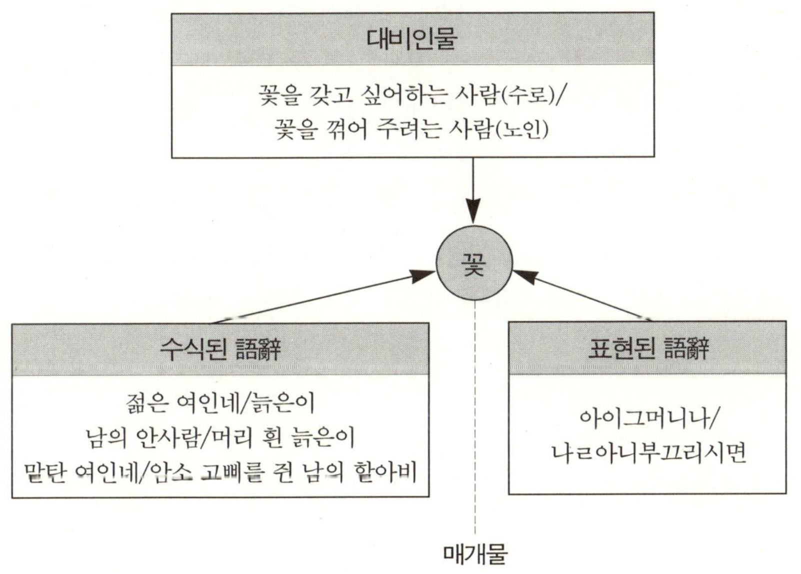

올리크(Axel Olrik)는 '한 장면 2인의 법칙' '대조의 법칙' '쌍의 법칙' 등 10여 가지의 '설화의 서사법칙'을 제시했다.[68] '한 장면 2인의 법칙'이란 한 장면에 두 인물만 등장한다는 뜻이다. 그 이상의 인물이 등장한다 할지라도 그들 중 두 명만 동시에 행동할 뿐이다. 이는 '대조의 법칙'과 밀접히 관련되어 있다. 설화는 항상 대극적인 두 인물을 등장시킨다.[69] 따라서 항상 대립되는 상황이 제시되어 있다.

텍스트 역시 선행 텍스트의 핵심 모형을 그대로 따르고 있는데, 텍스트의 후반부에 이르러 두 인물의 교감이 이뤄진다. '아이그마니나'로 촉발된 상황이 '나르아니 부끄리시면'으로 이어진다. '젊은 부인'의 발화(發話)가 '늙은이'의 수작, 그것도 '도맡아서 건네는 수작'으로 종결되는데, 그때 '꽃이 핀 벼랑'의 '아득한 높이'가 사라진다. 그것처럼 두 사람의 신분과 처지도 무화(無化)되어 버린다. 다만 '한없이/맑은/空氣'가 두 사람의 입과 귀와 눈, 심지어는 '젊은 여인의 말'과 '늙은 노인의 수작'까지 적시면서, 두 사람을 교감케 한다.

결국 「老人獻花歌」는 '꽃'을 매개로 한 두 인물의 교감 상태를 말해주는 것으로 끝나는데, 이 설화에는 (1)수로부인의 빼어난 용모 (2)신라인의 미(美)의식 (3)미(美)에 대한 신라인의 은유적 사고가 담겨 있다. 서정주는 이와 관련된 또 한 편의 시 「水路夫人의 얼굴」을 『冬天』(1968)에 싣는다. 「老人獻花歌」는 『新羅秒』(1960)에 수록돼 있다. 두 텍스트의 의미구조가 자못 흥미로운 차이점을 보여준다.

1

암소를 끌고 가던

수염이 흰 할아버지가

---

68) 장주근, 앞의 책, pp.332~333.
69) 윤승준, 앞의 논문, p.290.

그 손의 고삐를
아주 그만 놓아 버리게 할만큼,
소 고삐 놓아 두고
높은 낭떠러지를
다람쥐 새끼같이 뽀르르르 기어오르게 할만큼,

기어 올라 가서
진달래 꽃 꺾어다가
노래 한수 지어 불러
갖다 바치게 할만큼,

2
亭子에서 점심 먹고 있는것
엿 보고
바닷속에서 龍이란 놈이 나와
가로 채 업고
천길 물속 깊이 들어가 버리게 할만큼,

3
왼 고을 안 사내가
모두
몽둥이를 휘두르고 나오게 할만큼,
왼 고을 안 사내들의 몽둥이란 몽둥이가
한꺼번에 바닷가 언덕을 아푸게 치게 할만큼,

왼 고을 안의 말씀이란 말씀이

모조리 헌꺼번에 몰려나오게 할만큼,
「내놓아라
  내놓아라
  우리 水路
  내놓아라」
여럿의 말씀은 무쇠도 녹인다고
물 속 천리를 뚫고
바다 밑바닥까지 닿아가게 할만큼,

4
업어 간 龍도 독차지는 못하고
되업어다 江陵 땅에 내놓아야만 할만큼,
안장 좋은 거북이 등에
되업어다 내놓아야만 할만큼,

그래서
그 몸둥이에서는
왼갖 용궁 향내 까지가
골고루 다 풍기어 나왔었었느니라.

— 서정주, 「水路夫人의 얼굴―美人을 찬양하는 新羅的 語法」 전문

　　이 시의 선행 텍스트도 『삼국유사』의 「水路夫人」편이다. 「노인헌화가」의 선행 텍스트와 동일하지만, 차용해 온 줄거리가 좀 다르다. 「노인헌화가」가 '꽃'을 매개로 한 수로부인과 노인의 관계를 중심으로 구술됐다면, 「水路夫人의 얼굴」은 수로부인의 용모에 초점이 맞춰져 있다. 따라서 「老人獻花歌」가 설화의 전반부, 즉 꽃을 둘러싼 사건을 옮

겨왔다면, 「水路夫人의 얼굴」은 수로부인의 용모로 인해 빚어진 설화 전체의 사건을 담아낸다.

「水路夫人의 얼굴」에서는 대립구조가 발견되지 않는다. 오로지 수로부인의 미를 드러내기 위한 언술들이 나열되고 있다. 선행 텍스트의 서사를 거의 그대로 담아내는데, '~만큼'이란 종결어미를 사용해서 각 연을 연결시키고 있다. '~만큼'으로 연결된 사건은 각 연의 숫자대로 모두 4가지다. (1)노옹이 수로에게 꽃을 꺾어 바친 사건 (2)용이 바다 속으로 수로를 납치한 사건 (3)고을의 사내들이 수로를 찾기 위해 몽둥이를 두드리며 노래를 부른 사건 (4)용이 마침내 수로들 되돌려 준 사건이 그것이다. 이 사건들은 각 연들이 '~만큼'으로 연결된 것처럼 동등한 의미를 지닌다. 텍스트는 이처럼 병렬식 구조를 보여주고 있는데, 이런 구조는 나열된 여러 개의 의미단락을 통해 텍스트 생산자의 총체적인 의식의 지향점을 보여주기 위한 장치이다.

그렇다면 시인은 이 작품을 통해 그 어떤 의식의 지향점을 보여주고 있는 것일까? 이미 제목에 나타나 있듯이 이 작품의 핵심적 서사는 수로부인의 미모이다. 텍스트는 그 미모를 찬양하기 위한 어법으로 가득 채워져 있다. 그만큼 수로부인의 얼굴이 아름다웠다는 이야기다. 모두 4번이나 반복되는 '~만큼'은 결국 수로의 미색을 드러내기 위한 비유이자 그 연결고리였던 셈이다. 시인 또한 선행 텍스트를 읽고 '노옹은 하늘이 내려보낸 신선이며, 수로의 미를 은유하기 위해 등장시킨 조건의 하나'라고 말한 바 있다.[70]

시인은 '~만큼'이라는 종결어미를 사용해 '수로부인'의 아름다움과 신라인의 미의식을 드러내는 한편 '수로부인 설화'를 기우제나 제의(祭儀), 또는 무녀(巫女)의 논리로 해석하는 일부 견해에 대해 반대 입장을 표명한 셈이다. 홍기삼의 '수로부인 설화' 해석이 이를 뒷받침하고 있다.

'수로부인' 설화는 처음부터 끝까지 한 미녀가 빼어나게 아름답다는 이유로 겪게 되는 일련의 사건을 다루고 있다는 점이다. 이 설화를 장식하고 있는 여러 가지 설화적 요소들은 이야기의 성질상 명백히 부수적인 것이다. 〔…중략…〕 그래서 이 설화의 기술자는 여러 오해를 막기 위해 설화의 말미에 설명적 진술—수로부인은 그 용모가 세상에서 견줄 이가 없었으므로 깊은 산이나 큰 못을 지날 때마다 번번이 신물들에게 붙들림을 당하곤 하였다—을 첨가해 둔 것이다.[71]

결국 이 작품은 '~만큼'으로 연결된 4개의 사건을 서술함으로서 '수로부인 설화'의 핵심적 서사 모형인 '수로부인의 미모'를 드러낸 셈인데, 「미인(美人)을 찬양하는 신라적(新羅的) 어법(語法)」이란 부제가 주목된다.

시인이 굳이 '신라적 어법'이라 명명한 것은 이 설화가 신라인들이 수로부인의 아름다움을 드러내기 위해 만든 이야기이자 은유적인 어법이란 인식 때문이다. 게다가 무려 아홉 번이나 반복되는 '~만큼'이란 어투는 수로부인의 미를 드러내기 위한 시인 자신의 독특한 어법이기도 하다.

서정주는 위의 두 작품을 통해 설화 전수자로서의 이야기꾼 역할을

---

70) 老人獻花歌라는 이름으로 전해 오는 신라(新羅)의 이 향가(鄕歌)는 말하자면 하늘로써 수로(水路)라는 그때의 한 미인(美人)을 화장(化粧)시켜 찬양하고 있는 것으로 봐야 할 것이다. 〔…중략…〕 여기 수로부인(水路夫人)의 아름다움을 장식하여 등장(登場)된 늙은 할아버지는 물론 이미 여성의 미(美)에 빠져들 나이도 아닌데다가 더구나 어디 사람인지도 모른다 하고 있고, 또 그 손에 하필이면 꼭 암소의 고삐를 잡고 있는 것 등으로 미루어 보면 옛날 중국(中國)과 한국(韓國)에 더러 있던 고대(古代) 신선(神仙)의 하나임에 틀림없을 것이다. 〔…중략…〕 그래, 이 할아버지로 말하면 하늘이 그 옥경(玉京)을 대표해서 수로(水路)의 미(美)를 은유(隱喩)하기 위해 처음으로 등장시킨 조건(條件)의 하나로서, 여태까지의 우리 이야기를 현대식(現代式)으로 고쳐서 표현(表現)하자면, 암소를 끌고 가던/수염이 흰 할아버지가/그 손의 고삐를/아주 그만 놓아 버리게 할만큼,//소 고삐 놓아 두고/높은 낭떠러지를/다람쥐 새끼같이 뽀르르르 기어 오르게 할만큼,//기어 올라가서/진달래꽃 꺾어다가/노래 한 수 지어 불러/갖다 바치게 할만큼, 그만큼 수로부인(水路夫人)은 이뻤다는 것이 된다. — 서정주, 「韓國의 美 — 新羅女人의 美와 化粧」, 『서정주 문학전집 제5권』, 일지사, 1972, pp.18~20.
71) 홍기삼, 『향가설화문학』, 민음사, 1997, p.115.

충실히 수행한다. 김준오는 이 같은 형태의 시를 '서술시'라고 불렀는데, 초기『花蛇集』시편부터 서술에 많이 의존한 서정주는『新羅秒』시편에서 본격적으로『삼국유사』나『삼국사기』소재 전통 설화에서 취재함으로써 그의 서술시들은 전통 서정시로서 정전화된 사례가 된다고 말했다.[72]

2) '서러운 웃음'의 미학(美學) : 박재삼의「흥부夫婦像」

한 편의 시도 화자(話者)와 청자(聽者) 사이의 모종의 관계를 설정한 담화 양식이다.[73] 한국 현대시는 설화를 수용하면서 구연(口演)화법까지 전승받는데, 서정주에 이어 박재삼(朴在森, 1933~1997) 역시 이야기식의 구연화법을 보여준다.

흥부夫婦가 박덩이를 사이하고
가르기 前에 건넨 웃음살을 헤아려 보라.
金이 문제리,
黃金 벼이삭이 문제리, 웃음의 물살이 반짝이며 정갈하던
그것이 확실히 문제다.

없는 떡방아소리도
있는 듯이 들어내고
손발 닳은 處地끼리
같이 웃어 비추던 거울面들아.

---

72) 김준오,『문학사와 장르』, 문학과지성사, 2000, p.75.
73) 위의 책, p.59.

웃다가 서로 불쌍해
서로 구슬을 나누었으리.
그러다 금시
절로 面에 온 구슬까지를 서로 부끄리며
먼 물살이 가다가 소스라쳐 반짝이듯
서로 소스라쳐
本웃음 물살을 지었다고 헤아려 보라.
그것은 확실히 문제다.

— 박재삼, 「흥부夫婦像」 전문

시집 『春香이 마음』(1962)에 실린 이 작품은 제목이 말해주듯 『흥부전』을 선행 텍스트로 하고 있다. 『興甫傳』 또는 『놀부전』이라고 하는 『흥부전』은 『춘향전』이나 『심청전』처럼 판소리 계열의 소설로서, '방이(旁㐌) 설화'를 근원설화로 하고 있다는 게 정설이다. 그 분량이 길고 널리 알려져 있기에 선행 텍스트 인용을 생략하고, 텍스트의 의미구조를 살펴보자.

텍스트는 제목과 본문에 선행 텍스트의 인물을 등장시키고 있다. 그러나 그 인물을 통해 『흥부전』의 줄거리나 주제를 부각시키지 않는다. '흥부부부'가 박덩이를 놓고 마주 앉은 정경을 담아낼 뿐이다. 박을 타는 장면은 『흥부전』의 클라이맥스에 해당되는 사건이다. 박을 탐으로서 해서 사건의 일대 반전이 이루어지는데, 이 시는 박을 타기 전의 정황에 초점을 맞추고 있다.

이 시의 핵심어는 '웃음살'이다. '웃음살'이 '金' '黃金 벼이삭' '떡방아 소리'와 비교되고, '물살'로 비유되어 흥부 부부의 얼굴을 적신다. 시의 제1연에선 '박을 타기 前, 흥부부부의 웃음살'이 제시되고, 제2연은 '흥부부부'의 얼굴을 드러낸다. 그런데 제3연에 이르면 또 다른 '웃음살'이 끼어든다. 그 웃음은 가난한 부부가 서로에게 연민을 느껴 눈물 흘리던 그때, 어쩔' 수 없이 마주 보고 웃던 웃음이다. 시인은 이를 '本웃음'으로 표현했는데, 그 '本웃음'과 박덩이를 앞에 둔 '지금의 웃음'을 비교하고 있는 셈이다.

이 시의 '거울面'은 이들 부부의 '얼굴'이며, 가난 속에서도 서로를 이해하면서 살아온 두 사람이 서로에게 '거울' 같은 존재였음을 말해 준다. 시인은 또 '눈물'을 굳이 '구슬'로 표현했는데, 흥부 부부의 '가난하지만 티없는 마음'을 상징한 것으로 보인다. 결국 이 작품은『흥부전』의 한 대목, 즉 박을 타는 사건을 통해 '정신적 행복을 추구하는 소박한 삶의 한 양상'을 보여주고 있으며, '웃음'과 '本웃음'의 대비를 통해 진정한 행복이 무엇인지를 독자들에게 묻는다. 문제는 시의 이 같은 내용을 전달하는 방식이다.

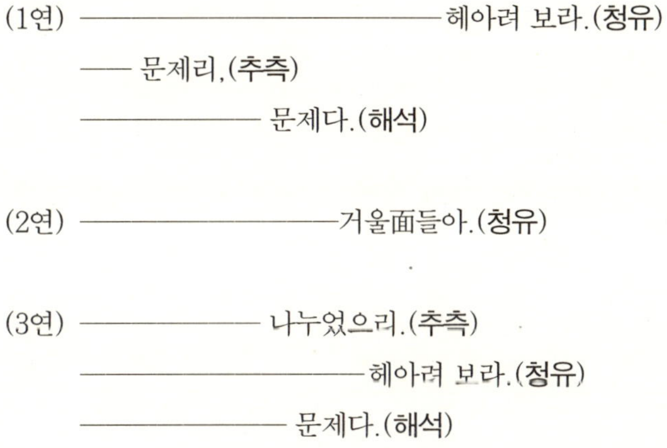

이처럼 독자를 향한 청유와 추측, 그리고 시인의 주관적 해석으로 이어지는 종결어미는 설화의 문답식 구연화법을 그대로 따온 셈이다.

이상 살펴본 바와 같이, 설화의 재구술은 한국 현대시가 설화를 시에 처음 도입할 무렵의 한계였다. 이러한 유형은 시인의 내면에서 우러나오는 체험의 재창조라기보다 또 한 번의 전승 행위가 된다. 개인 체험의 발현이라기보다는 종족 체험의 확대와 부각에 해당된다. 이때 시인은 설화의 세계를 수동적으로 기록하는 전승자와 같은 위치에 서게 된다. 이 경우 설화의 세계는 시작(詩作)의 동기가 되는 것이 아니라 오히려 목적이 되는 셈이다.[74]

　이 같은 '설화의 재연'은 설화가 지닌 민족의 생활 감정과 상상력, 그리고 집단 무의식을 담아냄으로서 한국인의 전통적 정서와 동질성을 확인시키는 데 기여했다.[75] 게다가 이로 인해 한국 현대시는 설화에서 비롯된 구연식(口演式) 화법을 수용하게 됐으며, 그 화법은 한국인의 통시적(通時的) 정서를 환기시켜 시의 대중성을 확산시키는 데 기여했다.

---

74) 임문혁, 앞의 논문, p.67.
75) 설화는 어느 개인이나 집단이 단절된 어느 시기에 고립되어 있는 존재가 아니라 길게 연결된 하나의 고리라는 연대의식, 유대감을 가지게 한다.— Levi-strauss.C. 「신화란 무엇인가」, 왕빈, 『신화학입문』, 금란출판사, 1980, p.21.

제 3 장

설화의 확장(擴張)

1. 인과적(因果的) 확장(擴張)

1) 매[鷹]의 눈물: 서정주의 「無題」

'설화의 재연'은 '설화도 시가 될 수 있다'는 발견, 그리고 그 가능성을 확인하는 단계였다. 뿐만 아니라 한국 현대시가 설화를 수용하기 시작했을 때의 특징과 한계를 동시에 보여주었다. 그러나 이 같은 토대를 바탕으로 한국 현대시는 설화를 좀더 다양하게 변주하기 시작한다. 즉, 설화의 핵심적 서사모형에 시인의 체험을 끼워넣는다. 또 설화의 인물이나 이야기를 인유(引喩)해 새로운 텍스트를 생성시킨다. 이때, 설화의 서사모형을 준수(obey)했느냐, 아니면 위반(disobey)했느냐가 설화 수용의 갈래를 결정짓는 중요한 관건이 된다.

텍스트가 상호텍스트 또는 설화의 서사모형을 준수하여 생성됐을 경우, 이것은 '설화의 확장'이다. 리파떼르는 상호텍스트의 확장은 하나의 기호를 몇 개로 변형시킴으로서, 말하자면 한 단어로부터 그 단어와 구별되는 언어군을 끌어냄으로서 성립된다고 보았다.[76]

하나의 기호를 몇 개로 변형시키는 행위는 시인이 자신의 체험을 투사시키는 행위이다. 이때 시인은 설화의 이야기 사이에 개인적 체험을 끼워넣는다. 설화는 하나의 서사물이기 때문에 항상 인과관계를 중심으로 사건이 진행된다. 시인은 그 원인과 결과 사이에 설화로부터 받은 서정적 충동이나 현실적 체험을 투입시킨다.

이로 인해 시인의 시가 결국 설화의 핵심 모형을 확장시킨 결과물로 존재하게 되는데, 이를 '인접성의 결합'으로 볼 수 있다. '인접성의 결합'은 두 텍스트의 모형이 인과관계로 연결되어 모형A가 모형A′를 낳는다. 이에 비해 '유사성의 결합'은 모형A에 대한 '대체 모형'이 필요하며 모형A가 모형B, 또는 모형C가 되어 나타난다.

'인접성의 결합'은 상호텍스트의 인용에서부터 시작된다. 서정주의 「無題」를 통해 그 양상을 살펴보자.

> 매가 꿩의 일로서
> 울던 데를 이얘기 할테니
> 우리 나라 繡 실로
> 마누라보고 베갯모에 繡놓아 달래서
> 베고 쉬게나.
> 눈물을 아조 잘 繡놓아 달래서
> 베고 쉬게나.

— 서정주, 「無題」 전문

---

76) **Riffaterre Michael**, 앞의 책, p.83.

이 시는 시집 『冬天』(1968)에 실린 작품으로 『삼국유사』의 '영취사 (靈鷲寺) 설화'를 소재로 하고 있다. 그 설화는 다음과 같다.

절에 있는 「고기」에 이렇게 기록되어 있다.

"신라 진골 제31대 신문왕 때인 영순 2년 계미(683)에 재상 충원공(忠 元公)이 장산국(萇山國) 온천에서 목욕하고 성으로 돌아오는 길에 굴정 역(屈井易) 동지야(桐旨野)에 이르러 쉬었다. 갑자기 한 사람이 나타났 다. 방울 소리를 듣고 찾아가다가 굴정현 관철 북쪽에 있는 우물가에 이 르렀더니, 매가 나무 위에 앉아 있었다. 꿩은 우물 속에 있었는데, 우물 물이 모두 핏빛이었다. 꿩은 두 날개를 펴고 두 새끼를 감싸안았는데, 매도 또한 측은이 여겨 채가지 않고 있었다. 공이 그 모습을 보고 측은 한 느낌이 들어 그 땅을 점쳐 보았더니, 절을 세울 만한 것이라고 했다. 공이 서울로 돌아와 왕에게 아뢴 다음, 그 현을 다른 곳으로 옮기고, 그 곳에 절을 창건해 이름을 영취사(靈鷲寺)라고 했다."[77]

서정주는 선행 텍스트의 '영취사'라는 절의 이름에 특별한 관심을 보 인다. 그리고 매가 꿩의 새끼를 채가지 않는 사연을 주목한다.

이 '훌륭한 독수리의 절〔靈鷲寺〕'이라는 이름을 가진 절은 한국(韓國) 에는 한두 군데뿐이 아니라, 꽤 여러 군데에 있었고, 또 지금도 있다. 충 북(忠北) 청주(淸州)의 중당산에도, 경북(慶北) 영일군(迎日郡) 묘봉산에 도, 강원도(江原道) 설악산(雪嶽山)에도, 경남(慶南) 거창군(居昌郡) 덕유 산에도, 강원도(江原道) 금강산(金剛山) 내금강(內金綱)에도 그 이름의 절 이 지어져 있었고, 또 지금도 함남(咸南) 안변군(安邊郡) 황룡산에는 이

---

77) 일연, 앞의 책, pp.276~277.

이름의 절이 그대로 남아 있다. 그러니 한국에선 무엇이 불쌍해 울먹이기도 하는 독수리라는 것은 한 마리가 아니라, 오래고 또 상당히 많던 한 유행(流行)이었던 걸 알 수 있는데, 이것을 우리의 그 쑥 같은 평화(平和)를 머리에 두고 생각해 보면 꽤 재미가 있다.

　　나는 5, 6년 전 이 일을 곰곰히 생각하고 누었다가 아래와 같은 졸시(拙詩)를 하나 만들어 보았었다.[78]

이처럼 서정주는 '영취사 설화'의 '꿩을 측은히 여겨 새끼를 채가지 않는 매'를 '무엇이 불쌍해 울먹이는' 것으로 보았다. 선행 텍스트를 읽은 시인의 개인적 체험이 개입된 것인데, 그 정서는 '연민'이다. 꿩의 '모성애'에 대한 매의 '연민'은 텍스트에서 '눈물'로 전이(轉移)된다. 시인은 또 독수리의 그런 모습을 '쑥 같은 평화(平和)'라고 말했다. 시인이 설화에서 받은 서정적 충동인 '무엇이 불쌍해 울먹이는 행위'와 '쑥 같은 평화'가 바로 「無題」를 읽는 코드가 된다.

　　서정주의 「無題」는 "매가 꿩의 일로서/울던 데를 이얘기 할테니"로 시작함으로서 '영취사 설화'를 직접 인용한다. 그리고 이 시행(詩行)에 곧바로 선행 텍스트를 읽은 체험을 투사시킨다. '울던 데'란 표현이 그것인데, 선행 텍스트의 매는 단지 꿩이 새끼를 감싸고 있는 모습을 측은히 여겨 꿩의 새끼를 채가지 않았을 뿐이다. 그럼에도 불구하고 시인은 '매가 울었다'는 것이며, 독자들에게 '~할테니'란 조건절을 제시한다. 설화에 그런 일이 있었고, '함축적 화자'인 시인 자신이 그 이야기를 들려줄 테니, '함축적 청자'인 독자들은 '마누라보고 베갯모에 수(繡)를 놓아 달래서 베고 쉬어라'는 것이다. 이 구절은 앞부분의 조건절

---

78) 서정주, 「韓國의 美 ― 新羅의 독수리」, 『서정주 문학전집』 제4권, 일지사, 1972, pp.53~54.
　　서정주는 이 글에서 설화의 '매'를 시종 '독수리'라고 말한다. 착각을 한 것으로 여겨지는데, 시에서는 '매'라고 표현했다.

에 대한 결과절이 되겠다. '꿩의 일'이 텍스트 생성의 동인(動因), 즉 선행 텍스트의 핵심적 서사모형이라면 '베개에 수놓아서 베고 쉬는 일'은 그 결과물인 것이다.

그렇다면 그 결과물의 진의는 무엇인가? 이 시의 수(繡)는 '눈물'을 수놓은 것이다. '매'의 '연민어린 울먹임'이 '눈물'로 전이(轉移)되어 나타나는데, 그 '울먹임'을 촉발시킨 것은 '꿩'의 '모성애'이다. 그 '눈물'과 '모성애'를 베개에 수놓아 그걸 기억하며 '쑥 같은 평화'를 누리라는 게 시인의 전언(傳言)인 셈이다.

2) 불의 재생 : 서정주 · 김춘수의 '지귀(志鬼) 설화' 시편

한국 현대시의 설화 수용 텍스트는 대체로 『삼국유사』와 『춘향전』에 집중되어 있다. 서정주는 그 텍스트를 『大同韻府群玉』으로 확대시켜 '지귀(志鬼) 설화'를 소재로 한, 두 편의 시를 쓴다. 「善德女王의 말씀」과 「우리 데이트」가 그것이다. '지귀 설화'는 또 김춘수(金春洙, 1922~)의 「打令調 3」의 소재가 된다. 두 작품 모두 '지귀 설화'를 인과적으로 확장시키고 있다. 그러나 두 시인이 작품 세계가 그러하듯, 작품에 구현된 의미는 대조적이다. 먼저 '지귀 설화'를 살펴보자.

지귀(志鬼)는 신라, 활리역 사람이다. 그는 선덕여왕의 아름다움을 사모하여 항상 슬픔과 눈물에 섞어 시낸 언고로 몰골이 초췌하였다. 그 소문을 듣고 마침 여왕이 절에 분향하러 행차하는 길에 그를 불렀다. 지귀는 탑 아래에서 왕의 행차를 기다리다가 홀연히 잠이 들어 버렸다. 왕은 팔찌를 벗어 그의 가슴에 얹어 두고 궁중으로 돌아왔다. 뒤에야 잠이 깬 지귀는 오랫동안 넋을 잃고 있다가 그만 심화가 나서 탑을 에워싸고 태워 버렸다. 곧 불귀신으로 변한 것이다. 왕은 술사에게 명하여 주문을 짓게 하였는데, 그 내용은 다음과 같다.

　지귀의 맘속 불은 몸을 태워 불귀신이 되었구나
　크고 넓은 바다 멀리 흘러가라 넓은 바다 멀리 흘러가라
　다시는 보지도 않고 친하지도 않으리라

세간의 풍속에는 이 주문을 벽에 걸어 화재를 진화했다고 한다.

이 설화는 원래 박인양(朴寅亮)의 『수이전(殊異傳)』에 「심화요탑(心火繞塔)」이라는 제목으로 실렸다가 『大同韻府群玉』으로 옮겨진 것인데, 지귀의 가슴에 불이 붙은 이유와 탑을 태우게 되는 과정이 상이(相異)하게 기술되어 있다. 「殊異傳」을 옮겨 보자.

　잠이 깬 지귀는 가슴 위에 놓인 여왕의 금팔찌를 보고는 놀랐다. 그는 여왕의 금팔찌를 가슴에 꼭 껴안고 기뻐서 어찌할 줄을 몰랐다. 그러자 그 기쁨은 다시 불씨가 되어 가슴속에 활활 타올랐다. 그러다가 온몸이 불덩어리가 되는가 싶더니, 이내 숨이 막히는 것 같았다. 가슴속에 있는 불길은 몸 밖으로 터져 나와 지귀를 어느새 불덩어리로 만들고 말았다. 처음에는 가슴이 타더니, 다음에는 머리와 팔다리로 옮겨져서 마치 기름이 묻은 솜뭉치처럼 활활 타올랐다. 지귀는 있는 힘을 다하여 탑을 잡고 일어서는데, 불길은 탑으로 옮겨져서 이내 탑도 불기둥에 휩싸였다. 지귀는 꺼져 가는 숨을 내쉬며 멀리 사라지고 있는 여왕을 따라가려고 허위적허위적 걸어가는데, 지귀 몸에 있던 불기운은 거리에까지 퍼져서 온 거리가 불바다를 이루었다. 이런 일이 있은 뒤부터 지귀는 불귀신으로 변하여 온 세상을 떠돌아다니게 되었다. 사람들은 불귀신을 두려워하게 되었는데, 이때 선덕여왕은 불귀신을 쫓는 주문을 지어 백성들에

게 내놓았다.

'지귀 설화'는 '지귀'와 '선덕여왕'이라는 두 인물을 중심으로 전개된다. 두 인물의 신분은 '여왕'과 '평민', 거주지는 '궁전'과 '활리역', 두 인물의 감정은 '사모함'과 '가엾게 여김', 두 인물의 행위는 '행차를 나감'과 '기다림'으로 대립된다. 이 항목은 두 인물이 결코 병치될 수 없는 관계임을 드러낸다. 게다가 '지귀'의 행위 또한 '잠이 듦'과 '잠을 깸'으로 분리되어 텍스트의 비극성을 점화(點化)시키고, 그 비극은 '삶'과 '죽음', '불'과 '바다'(물)라는 결과물을 낳는다. 이 불이 '수직적 소멸'을 상징한다면, 바다는 '수평적 지속'을 뜻한다. '불귀신'이 된 '지귀'를 물리치기 위한 주문(呪文), 즉 '넓은 바다 멀리 흘러가라'는 말은 불길의 '제의적(祭儀的) 정화(淨化)'보다 한 시대의 평화를 염원하는 '배타적 경원(敬遠)'을 담은 주술(呪術)이다. 이 비극적 서사에는 끝끝내 중재자가 개입되지 않는다. 이를 도식화하면 다음과 같다.

■ '지귀 설화'의 서사구조

구분 대립항	사건의 원인
인물	지귀/선덕여왕
장소	활리역/궁전
행위	사모함/가엾게 여김 기다림/행차 나감 잠이 듦/잠을 깸

→

구분 대립항	사건의 결과
인물	지귀의 죽음/ 여왕의 배척
행위	불(수직적 소멸)/ 바다(수평적 강화)

서정주는 이 같은 '지귀 설화'에 『삼국유사』의 「선덕여왕」편을 참조해 「善德女王의 말씀」을 쓴 것으로 보인다. 『삼국유사』의 「선덕여왕」편에 의하면, 선덕여왕이 "짐이 아무 해 아무 달 아무 날에 죽을 것이

다. 나를 도리천(忉利天) 안에 장사하라"고 미리 유언을 한다. '도리천'
은 '육욕천(六慾天)'의 둘째 하늘, 즉 '욕계(欲界) 제이천(第二天)'으로
아직 지상의 식욕과 음욕, 수면욕 등 탐욕이 불씨처럼 남아 있는, 지상
과 연속된 천상계이며 무색계로 가는 중간 단계다.

    朕의 무덤은 푸른 嶺 위의 欲界 第二天.
    피 예 있으니, 피 예 있으니, 어쩔 수 없이
    구름 엉기고, 비터잡는 데—그런 하늘 속.

    피 예 있으니, 피 예 있으니,
    너무들 인색치 말고
    있는 사람은 病弱者한테 柴糧도 더러 노느고
    홀어미 홀아비들도 더러 찾아 위로코,
    瞻星臺 위엔 瞻星臺 위엔 그중 실한 사내를 놔라.

    살(肉體)의 일로써 살의 일로써 미친 사내에게는
    살 닿는 것 중 그중 빛나는 黃金 팔찌를 그 가슴 위에,
    그래도 그 어지러운 불이 다 스러지지 않거든
    다스리는 노래는 바다 넘어서 하늘 끝까지.

    하지만 사랑이거든
    그것이 참말로 사랑이거든
    서라벌 千年의 知慧가 가꾼 國法보다도 國法의 불보다도
    늘 항상 더 타고 있거라.

    朕의 무덤은 푸른 嶺 위의 欲界 第二天.

피 예 있으니, 피 예 있으니, 어쩔 수 없이
구름 엉기고, 비터잡는 데—그런 하늘 속.

내 못 떠난다.

  * 善德女王은 志鬼라는 者의 女王에 對한 짝사랑을 위로해, 그 누워 자는 데
가까이 가, 가슴에 그의 금팔찌를 벗어 놓은 일이 있다.

— 서정주, 「善德女王의 말씀」 전문

시집 『新羅秒』(1960)에 실린 이 작품은 도리천에 묻힌 선덕여왕이
인간 세상을 내려다보며 행하는 독백 형식을 띠고 있다. 여기서도 그
인물이 '朕'(선덕여왕)과 '살의 일로써 미친 사내'(지귀)가 대비되어 나
타나고, 시어들도 '하늘'(천상, 죽음)과 '嶺'(지상, 삶), '예'(欲界 第二天)
와 '서라벌'(지상), '살'(육체)과 '欲界 第二天'(영혼), '불'(지귀의 心火)
과 '바다'(불길의 淨化)로 구분되어 제시된다. 이를 도식화하면 아래와
같다.

■ 「善德女王의 말씀」의 서사구조

대립요소 \ 대립쌍	사건의 원인	대립내용
인물	朕/살의 일로서 미친 사내	선덕여왕/지귀
장소	하늘/嶺 예/서라벌	천상·죽음/지상·삶 欲界 第二天/지상
상징적 이미지	살/欲界第二天 불/바다	육체/영혼 지귀의 心火/불길의 淨化·敬遠

이 시의 화자는 인간의 욕망을 완전히 버리지 못한 상태다. 따라서

'피 예 있으니'를 반복하며, 인간사를 내려다본다. '너무들 인색치 말고' 병약자나 홀어미 홀아비들을 위로하며 살아가라는 넉넉한 포용을 권한다. 그리고 '지귀'를 불러내어 "그래도 그 어지러운 불이 다 스러지지 않거든" "그것이 참말로 사랑이거든" 더욱더 타오르라고 말한다. "서라벌 千年의 知慧가 가꾼 國法보다도 國法의 불보다도 늘 항상 더 타고 있거라"라는 진술이 그것이다.

선행 텍스트의 여왕은 지귀를 가련하게 여겼다. 그러나 '국법의 수호자'로 국법으로부터 한치의 테두리도 벗어나지 않았다.[79] 즉, 지귀가 탑을 에워싸고 제 몸의 불로 탑을 태워 버리자 여왕이 술사에 명하여 주문(呪文)을 짓게 했던 것이다. 그 주문은 "크고 넓은 바다 멀리 흘러가라 넓은 바다 멀리 흘러가라/다시는 보지도 않고 친하지도 않으리라"로 되어 있다. 이것은 불귀신의 영혼에 대한 '제의(祭儀)'를 뛰어넘는다. 다시 말해, 더 이상 그런 불길을 보지 않겠다는 경원(敬遠)과 공포의 심리를 담고 있다. 그 주문은 불길에 대한 벽사(辟邪)의 부적(符籍)이 되었다. 그만큼 지귀의 불을 위험하게 보았고, 끔찍스런 사건으로 여겼다는 반증이 되겠다.

그러나 이 시의 선덕여왕은 '지귀의 불'을 '서라벌 千年의 知慧가 가꾼 國法' '國法의 불'보다 더욱 소중하게 생각한다. 게다가 지귀의 불, 다시 말해 지귀의 사랑이 더욱 영속적으로 이어지길 축원한다.

결국 이 작품은 '지귀의 불'에 시인의 상상력을 결합시켜 '수직적 신분'의 차이를 뛰어넘는 '수평적 사랑'을 예찬했으며, 정신과 육체를 뛰어넘고 삶과 죽음을 초월하는 '영속적 사랑'을 탐색한 셈이다.

이에 비해 김춘수의 「打令調 3」은 '지귀'를 현대적 공간으로 불러온다. 시집 『打令調 其他』(1969)에 실려 있는 이 시는 「打令調」라는 제목

---

79) 김현자, 「志鬼說話의 詩的 變容에 관한 研究」, 梨花語文論集. 1994, p.522.

이 말해주듯 타령의 특성인 반복적 열거로 구성되어 있다. 문학적인 측면에서 보자면 타령은 어떤 사물의 형태를 병렬적으로 나열해 가면서 묘사하거나 어떤 인물의 언동을 순차적으로 연결시켜나가면서 서술하는 것이다.[80] 이 작품 또한 두 의미단락이 반복되는 구조를 갖는다.[81]

志鬼야,
네 살과 피는 削髮을 하고
伽倻山 海印寺에 가서   A
讀經이나 하지
환장한 너는
鏡路 네거리에 가서   B
男女老少의 구둣발에 차이기나 하지
금팔찌 한 개를 벗어주고
善德女王께서 忉利天의 여왕이 되신 뒤에
志鬼야,
네 살과 피는 削髮을 하고
伽倻山 海印寺에 가서   A′
讀經이나 하지
환장한 너는
鏡路 네거리에 가서   B′
男女老少의 구둣발에 차이기나 하지
때마침 내리는
밤과 비에 젖기나 하지
惡寒이 들고 신열이 나거들랑

---

80) 장성수, 「타령의 성격에 대한 연구」, 『문학과 언어』 13집, 1992, p.228.
81) 김현자, 위의 논문, p.522.

네 살과 피는 또 한번 削髮을 하고 ─────┐
志鬼야,   ─────────────────┘   A″

─김춘수, 「打令調 3」 전문

　이 작품은 A, B의 반복에 의한 병렬구조로 짜여져 있는데, 시의 함축적 화자인 시인이 '지귀'를 불러 "～讀經이나 하지" "～구둣발에 차이기나 하지" "～젖기나 하지"라고 무엇인가를 권하는 어투다. 그러나 그 어조가 심드렁하다. 「打令調」라는 제목이 말해주듯, 시의 화자는 정색을 하지 않는다. 단지, 기본적 의미단락인 A와 B를 변주할 뿐이다. 이로 인해 시는 리듬을 얻는다. 그러나 의미단락이 새롭게 생성되지 않는다.

　이 시는 반복되지 않는 시행을 통해 새로운 의미를 파생시키는데, 그 첫 시행이 "금팔찌 한 개를 벗어주고/善德女王께서 忉利天의 여왕이 되신 뒤에"이다. 선덕여왕이 도리천의 여왕이 되었다면, 지귀 또한 이미 죽은 몸이다. 그렇다면, 이 시는 '죽은 지귀'의 혼을 불러내어 '～讀經이나 하지' '～구둣발에 차이기나 하지' '～젖기나 하지'라고 청하는 셈이다.

　지귀는 사랑의 열병을 다스리지 못해 결국 스스로 불이 되어 소멸된 존재다. 이 작품은 '지귀 설화'의 이 같은 서사성을 바탕으로 타령조식 진술을 이어가고 있는데, '伽倻山 海印寺의 讀經'과 '鐘路거리의 구둣발'은 '聖'과 '俗', 나아가 '세속의 초월'과 '세속적 현실'을 반영하고 있다. 지귀의 혼(魂)은 그 어느 곳에서도 안식을 얻지 못한다. 그 살과 피가 여전히 '惡寒'과 '신열'에 떨기 때문이다. 다시 말해 '惡寒'과 '신열'이란 지귀의 '불', 즉 선덕여왕에 대한 사랑을 의미하는 비유어로 보인다는 것이다. 지귀의 몸은 불길 속으로 사라졌지만 사랑의 불길은 '살' 속의 '피'처럼 순환되고 있다는 얘기다.

따라서 '네 살과 피는 削髮을 하고'라는 표현이 가능해진 것인데, '살'과 '피'는 지귀의 '사랑'을 지칭하는 말이 되겠고, '削髮을 하고'는 '그 사랑을 이제 끊고'란 의미가 되겠다. 그러나 지귀는 여전히 삭발을 하지 못한 상태다. 따라서 '削髮을 하고'라는 구절이 세 번이나 반복된다. 지귀는 끝내 사랑을 이루지 못했기 때문에 지금도 그 한(恨)이 되풀이되고 있다. 지귀의 한은 세속적 거리인 종로에서도, 세속을 초월한 해인사에서도 안정을 얻지 못해 구둣발에 차이고 밤비에 젖는다. 오한(惡寒)이 들고 신열이 난다. 시공(時空)을 넘어 종로 네거리의 비속한 웃음거리가 되면서도 또다시 사랑의 신열에 들뜨는 지귀의 사랑은 영원히 풀릴 길 없는 한(恨)의 원형(原型)을 보여주는 것이다.[82]

이 작품은 병렬구조로 짜여져 있지만 '志鬼야'라는 시어로 인해 처음과 끝이 맞물려 돌아간다. 지귀의 한맺힌 혼(魂)이 순환되고 있음을 확인할 수 있다.

3) 일편단심의 변주(變奏) : 박재삼의 「春香」 시편

박재삼의 첫시집 『春香이 마음』(1962)은 서정주의 『徐廷柱詩選』(1955)에 이어 한국 현대시의 설화 수용의 새로운 지평을 열어 주었다. 『春香이 마음』은 『춘향전』의 춘향을 집중적으로 등장시켰는데, 모두 11편이다.[83] 『춘향전』을 집중 수용했다는 점도 그렇지만, 『春香이 마음』은 한국 현대시의 고전 설화 수용에 관한 시인의 낚다른 자각을 보여준다.

『春香이 마음』의 선행 텍스트인 『춘향전』은 80여 종의 이본(異本)을

---

82) 김현자, 앞의 논문, p.534.
83) 이들 작품 외에도 『春香傳』을 선행 텍스트로 삼은 시로는 김소월의 「春香과 李道令」, 김영랑의 「春香」 「杜鵑」, 서정주의 「鞦韆詞」 「다시 밝은 날에」 「春香遺文」, 전봉건의 장시 「春香戀歌」, 송수권의 「南原韻文」, 최하림의 「春香戀歌」, 강은교의 「춘향이의 꿈노래」 등이 있다.

지니고 있으며, 설화에서 판소리로, 그리고 소설에로의 변모 과정을 거쳐왔다.[84] 이들 이본(異本)은 「南原高詞類」「別春香傳類」「獄中花類」 등으로 구별되고, 통시적 생성 시기는 「南原高詞類」「別春香傳類」「獄中花類」의 순서가 된다.[85]

작품 제목도 초기엔 『春香傳』『別春香傳』『烈女春香守節歌』였지만 일제 강점기엔 민족 수난의 상황과 맞물려 『獄中花』로 바뀌었고, 광복 후 『大春香傳』으로 불리게 되었다. 이 같은 『춘향전』은 '관탈민녀형(官奪民女型) 설화' '암행어사 설화' '신원(伸寃) 설화' 등의 근원설화 중 '관탈민녀형(官奪民女型) 설화'와 '신원 설화'가 중심이 되고, '암행어사(暗行御史) 설화'가 종속적으로 결합되어 이루어졌다는 게 정설이다.

이 같은 근원설화는 시대와 등장인물이 조금씩 다르고, 사건도 변별성을 지닌다. 특히 결말 부분이 큰 차이점을 지닌다. 여주인공이 옥사(獄死)하는 경우와 남자 주인공을 만나게 되는 해피엔딩이 그것이다.[86]

박재삼은 『춘향전』이 여러 근원설화를 가지고 있지만 일단 소설 『춘향전』을 선행 텍스트로 받아들인 것으로 보인다. 『춘향전』의 핵심 모형을 그대로 받아들인 뒤, 그 위에 자신의 체험을 구축하는 형식을 띠

---

84) 김동욱, 『춘향전 이본고』, 명지출판사, 1977, pp.1~3.
85) 설성경, 『춘향전의 형성과 계통』, 정음사, 1986, p.179.
86) 『春香傳』의 근원설화와 관련된 기록물을 살펴보면 다음과 같다.
　(1)조선조 순조(純祖) 때의 조재삼(趙在三)의 『松南雜識』에는 남원지방 전설에 남원부사의 아들 이 도령(李道令)이 어린 기생 춘양(春陽)과 친근하게 지내던 중, 이 도령이 떠난 뒤 춘양이 수절(守節)을 하고 있었는데 새로 부임해 온 부사 탁종립(卓宗立)이 춘양을 죽였다. 그래서 어떤 사람이 그것을 애석하게 여겨 타령을 지어 춘양의 원혼을 위로해 주었다고 기록되어 있다.
　(2)철종(哲宗) 때의 이삼현(李參鉉)의 『二官雜誌』에는 벽오(碧梧) 이시발(李時發)이 선조 때 춘향전의 내용과 비슷한 일을 겪었다고 하는데, 시발의 자손인 판서 이규방(李圭傍)의 말에 역시 자기 집 가승(家乘) 가운데에도 그와 같은 이야기가 있다고 기록하고 있다.
　(3)순조(純祖) 때의 이희준(李羲準)의 『溪西雜錄』에는 영조(英祖) 때 어사 박문수(朴文秀)가 어려서 외숙부(外叔父)를 따라 진주에 갔는데 거기서 한 기생과 친밀히 지내다가 돌아왔다. 10년의 세월이 지나 그가 암행어사가 되어 진주로 가서 걸인 복장으로 그 기생을 찾으니 박문수를 푸대접하였다. 그래서 박문수는 전에 알고 지내던 여종을 찾아갔다. 여종은 그를 반갑게 맞이하여 잘 대접해 주었다. 다음날 그곳 부사의 노여움을 사 박문수는 쫓겨났다는 것이다. 뒤에 박문수는 어사출두(御史出頭)하여 그 기생에게 형벌을 내리고 여종을 기생의 우두머리로 올렸다는 이야기가 기록되어 있다.

고 있다.[87] 주로 이 도령과 이별한 이후의 춘향을 시화(詩化)했는데, 특히 '옥중(獄中) 춘향'을 클로즈업시키는 경우가 많았다.

　목이 휘인 채 꽂진 꽃대같이 조용히 春香이는 잠이 들었다. 칼 위에는 눈물방울이 어룽져 꽃이파리의 겹쳐진 그것으로 보였다. 그렇다, 그것은 달밤일수록 영롱한 것이 오히려 아픈, 꽃이파리 꽃이파리, 꽃이파리들이 되어 떨고 있었다.

　참말이다, 春香이 一片丹心을 생각해 보아라. 願이라면, 꿈속엔 훌륭한 꽃동산이 온전히 제것이 되었을 그것이다. 그리고 그것을 가꾸는 슬기 다음에는 마치 저 하늘의 달에나 비길 것인가, 한결같이 그 둘레를 거닐어 제자리 돌아오는 일이나 맘대로 하였을 그것이다. 아니라면, 그 많은 새벽마다를 사람치고 그렇게 같은 때를 잠깨일 수는 도무지 없는 일이란 말이다.

— 박재삼, 「華想譜」 전문

　이 작품의 화자는 시인이다. 제1연이 춘향의 '옥중 상황'을 객관적으로 그려내고 있다면, 제2연은 그 상황에 대한 시인의 해석으로 이뤄져 있다. 제1연이 하나의 심상을 만들기 위한 비유와 묘사로 구성되어 있

---

　(4)숙종(肅宗) 때의 김우항(金宇杭)이 48세가 될 때까지 과거에 급제하지 못하였다. 그리하여 그는 가난해서 큰딸의 약혼을 해놓고 결혼 비용이 없어 단천부사(端川府使)로 가 있는 이종(姨從)을 찾아갔으나 푸대접만 받고 나왔다. 그때 단천 부내에 속해 있던 기생이 그를 찾아와 자기의 집으로 안내하여 후하게 대접을 해주고 그의 딸 결혼 비용까지 마련해 주어 집으로 돌아와 딸을 출가시켰다. 그는 그 해에 과거에 급제하여 암행어사가 되었다. 그는 걸인의 행세를 하면서 단천으로 가 그 기생을 찾으니 역시 반가이 맞이해 주고 후하게 대접해 주었다. 나음날 부중(府中)에 들어가 어사출두를 하여 부사의 죄를 다스려 파직시키고 돌아와 임금에게 그 기생의 이야기를 하였더니 임금이 그를 칭찬하시고 그 기생과 같이 살게 하였다는 이야기가 있다. — 남원문화원 編, 『남원의 고전문학』, 1996, 요약.

87) 시집 『春香이 마음』에 실린 작품 중 이와 다른 경향의 작품도 있다. '신원 설화'를 소재로 한 『葡萄』가 그것이다.

는 반면, 제2연은 청유형과 감탄형의 문장들로 구성되어 시적 화자의 주관적 태도가 작품 표면에 직설적으로 나타나 있다.[88]

텍스트는 대립구조로 짜여져 있다. 이를테면, '목이 휘인채 꽃진 꽃대'(불행)와 '훌륭한 꽃동산'(행복), '칼을 쓰고 있음'(구속)과 '거닐어 돌아옴'(자유), '잠이 들다'(지쳐서 쓰러짐)와 '잠을 깨다'(설레이며 기다림) 등이 그것이다. '목이 휘인 채 꽃진 꽃대'는 곧 춘향이 '칼'을 쓰고 있는 상황을 비유하고 있으며, '훌륭한 꽃동산'이란 '본인이 원(願)하기만 한다면 가질 수 있는 행복'을 뜻한다고 볼 수 있다.

여기서의 춘향은 두 가지의 장벽 속에 갇혀 있다. '감옥'과 '칼'이 그것인데, 바로 일편단심 때문이다. 그 일편단심 또한 춘향을 속박하는 요소이다. 이를 도식화하면 아래와 같다.

■ 「華想譜」의 서사구조

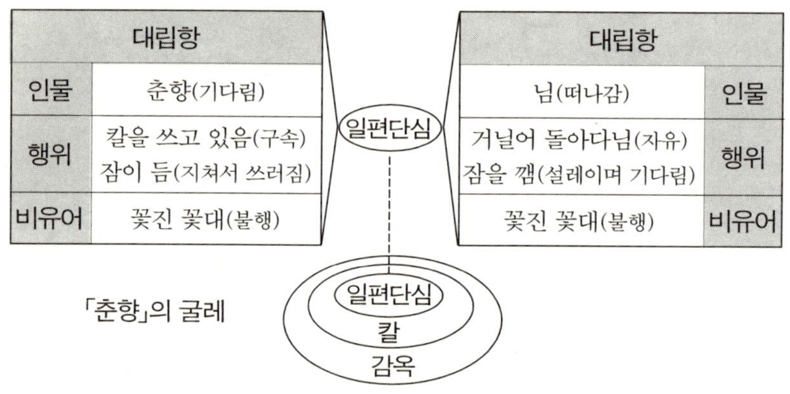

이 같은 굴레에 갇힌 춘향이 밖으로 분출해내는 것은 '눈물'뿐이다. 시인은 그것을 '꽃이파리'라고 표현하고 있으며, '꽃진 꽃대'(춘향)가 떨군 '꽃이파리'(눈물)이기에 '오히려 아프다'고 말한다.

88) 양혜경, 「박재삼 시의 說話 收容 樣相」, 수련어문론집 25호, 1999, p.143.

춘향의 일편단심은 자신의 삶에 대한 선택의 폭을 좁힌다. 춘향은 본
인이 원하기만 한다면 쉽게 가질 수 있는 행복을 쳐다보지 않는다. 다
시 말해, 변학도의 수청을 든다면 꽃동산을 가꾸듯 제 몸 하나는 편안
하게 살 수 있겠지만, 그러나 완전한 행복이 되지 못할 것임을 텍스트
는 말해준다. 즉, 마음의 제자리(중심)를 잡지 못해 달의 순환처럼 주
위를 빙빙 돌아 결국 제자리로 돌아오는 일을 반복할 것이라는 얘기
다. 하지만 그것도 춘향의 자그마한 행복이 될 수 있음을 텍스트는 말
한다. 즉, 결국 제자리로 돌아오긴 하지만 '꽃동산'의 주변을 빙빙 돌
아다니는, 그런 자유라도 얻을 수 있겠다는 것이다.
　춘향은 그런 미래를 거절했기에 새벽마다 같은 시간에 잠을 깬다. 가
슴 설레는 기다림의 시간이기 때문이다. 그 기다림의 대상은 이 도령
이다. 텍스트 생산자는 춘향전의 여러 상황 중 춘향의 옥중 상황을 시
의 무대로 등장시켜 춘향의 일편단심을 강조한 셈인데, 이런 경우는
선행 텍스트의 복합적인 서사 중 한 부분만 확대시킨 것이다. 그 내용
은 이 도령과 이별한 뒤의 기다림이 되겠고, 핵심어는 '일편단심'이다.
박재삼의 「綠陰의 밤에」에도 '일편단심'이 다시 타나나는데, 여기에선
그 비유어군(比喩語群)이 다르다.

　흐느낌으로 피던 살구꽃 等屬이 또한 흐느끼며 져버린 것을 어쩌리
요.
　새싱은 더욱 너른 채 소리내어 울고 있는 綠陰을,
　언제면 蘇復 본난 밭이요.
　피릿구멍 같은, 獄에 내린 달빛서린 하늘까지가 이내몸에 파고들어
　가쁜 命줄로 앓아쌓는 저것을 어쩌리오.
　이런 때, 天地는 입덧이 후덥지근하고,
　笞杖 끝에 피멍진 賤妾 春香의 全身滿身 캄캄한 살 위에도 병 생기는 아

품을
만일에도 이한밤 당신이 서서 계신다면은
어느 별만 우러러 아프게 반짝인다 하리오.

— 박재삼, 「綠陰의 밤에」 전문

이 작품 역시 '옥중(獄中) 춘향'을 등장시킨다. 그러나 시의 화자가 '춘향'으로 바뀌어져 있다. 시의 화자가 바뀐다는 것은 서술의 관점이 달라짐을 의미한다. 이 작품은 화자의 독백을 통해 그 심리 상태를 드러낸다. 그 방식은 우회적이다. 즉, 감옥 밖의 '綠陰'과 '나', '당신'과 '나'를 대비시켜 '나의 처지'를 호소한다. '녹음'은 '흐느낌으로 피었다가 진 살구꽃'과 '후덥지근한 입덧'이란 비유어군을 지니고 있고, '나'는 '笞杖 끝에 피멍진 賤妾'과 '병 생기는 아픔을 겪는 캄캄한 살'로 구체화된다.

'녹음'과 '나' 사이엔 '달빛'이 끼어 있다. '달빛'은 '나와 '녹음'을 연결시켜 주는 매개자 역할을 하는데, 달빛으로 인해 살구꽃이 지는 모습과 소리내어 울고 있는 녹음을 인지하게 된다. 게다가 '달빛'은 '달빛 서린 하늘'을 인지케 하여 그 하늘이 '笞杖 끝에 피멍진' 내 몸에 파고들어 가쁜 명(命)줄로 앓는다는 것을 인식시킨다. 이때 '가쁜 命줄로 앓는' 존재는 '달빛'이며 '달빛이 여위어가며 앓는' 것이지만 '나의 몸'이 앓는다는 뜻으로 치환된다.

'내 命줄이 달빛처럼 앓으며 여위어간다'는 건 '소멸'의 이미지다. 이 이미지는 바로 그 다음 행에 '생산'과 '확장'의 이미지를 끌고오며, '나의 처지'를 더욱 절망적인 상황으로 몰아넣는다. '이런 때, 天地는 입덧이 후덥지근하고'라는 구절이 그것인데, '입덧'은 새 생명의 탄생을 예고하는 신호이며 그 상징이다. 그러나 시적 화자는 '笞杖 끝에 피멍든 몸' '병 생기는 캄캄한 살'로 존재한다. 이와 같은 비유들은 시적 화

자인 춘향의 목소리를 통해 비로소 이 시의 의미구조에 수렴된다.[89]
이를 정리하면 다음과 같다.

■ 「綠陰의 밤에」의 서사구조

대립항		달빛	대립항	
주체	나(獄中 춘향)		綠陰(獄外 풍경)	주체
비유어	피멍든 賤妾		살구꽃	비유어
상징적 이미지	깜깜한 살(소멸)		후더지근한 입덧 (생산)	상징적 이미지

대립항의 매개자

　춘향의 목소리를 통해 나타난 이런 상황의 구원자는 '당신'이다. 그 어딘가에 당신만 계신다면, 모든 별을 우러르며 아프게 반짝이는 그 모습을 지켜보겠다는 결의를 보여준다. 그 결의의 밑바탕이 곧 '일편단심'이다. 결국 이 시의 의미구조는 '기다림의 일편단심'을 드러내는 데 치중되어 있었던 셈이다.

　위의 두 편의 시가 옥중의 일편단심을 통해 춘향이의 절개를 보여주었다면, 다음 작품은 기다림의 애틋함을 보여주는 한폭의 서정적 풍경이다.

　집을 치면, 情華水 잔잔한 위에 아침마다 새로 생기는 물방울의 선선한 우물집이었을레. 또한 윤이 나는 마루의, 그 끝에 平床의, 갈앉은 뜨락의, 물냄새 창창한 그런 집이었을레. 서방님은 바람 같단들 어느때고 바람은 어려울 따름, 그 옆에 順順한 스러지는 물방울의 찬란한 춘향이 마음이 아니었을레.

<hr>

89) 앞의 논문, pp.142~143.

하루에 몇 번쯤 푸른 산 언덕들을 눈아래 보았을까나. 그러면 그때마
다 일렁여오는 푸른 그리움에 어울려, 흐느껴 물살짓는 어깨가 얼마쯤
하였을까나. 진실로, 우리가 받들 山神靈은 그 어디 있을까마는, 산과
언덕들의 만리 같은 물살을 굽어보는, 춘향은 바람에 어울린 水晶빛 임자
가 아니었을까나.

— 박재삼, 「水晶歌」 전문

이 작품의 서사구조는 병렬식이다. 로만 야콥슨에 의하면, 병렬구조
는 등가성(等價性, equivalence)의 원리를 구성의 기본 원리로 하고 있
다.[90] 즉, 상위나 하위의 개념 구분 없이 각 문장이 동등한 위치를 가지
며 변주적인 반복을 하게 된다. 이 텍스트의 문맥을 정리해 보면 다음
과 같다.

   (1) 집으로 비유한다면 물냄새 창창한 우물집이다.
   (2) 서방님은 바람 같고, 춘향은 그 곁에서 스러지는 찬란한 물방울이
       다.
   (3) 산언덕을 내려다볼 때마다 그리움이 일렁거려 어깨를 흔들며 울
       었다.
   (4) 아득한 산과 언덕을 굽어보는 춘향의 마음은 바람에 흔들리는 수
       정빛 같다.

이 문맥들은 각각 독립된 의미단락이지만 전체가 모여 하나의 서사
를 완성한다. (1)은 춘향이의 마음이 정화수 위에 아침마다 새로 생기
는 물방울처럼 신선하고, 그런 물냄새가 창창한 우물집과 같다는 것이

---

90) Jackobson Roman, Closeing Statement : Linguistics and Poetics, ed T.A Sebeok, Style in
    Language, the M.I.T. Press, 1960, p.358.

다. (2)는 서방님을 바람으로, 춘향을 바람결에 스러지는 물방울로 비유하고 있다. 서방님이 바람처럼 찾아올 것 같지만 오지 않고 춘향은 물방울처럼 스러지며 서방님을 기다리는 상황이다. (3)은 행위의 주체가 생략되어 있지만 춘향이 하루에도 몇 번씩 언덕 밑을 내려다보고, 그때마다 그리움이 밀려와 어깨를 떨며 울었다는 이야기다. (4)는 만리 같은 산과 언덕을 여전히 굽어보고 있는 춘향의 마음이 수정처럼 깨끗하고 순수하다는 뜻으로 읽힌다.

이런 의미단락은 결국 춘향의 그리움과 기다림을 강화시켜 주는 요소로 작용한다. 네 가지 사실을 나열함으로서 춘향의 그리움과 기다림이 얼마나 간절한 것인가를 보여준 셈이다. 결국 이 작품은 선행 텍스트가 지닌 서사모형 중 이별 이후의 기다림을 극대화시킨 셈이다.

이밖에도 박재삼의 「바람 그림자를」은 '머언 들판을 서성이는 구름 그림자'를 님의 자취인가 하여 마음 졸이고 눈물짓는 춘향의 간절한 기다림을 형상화하고 있고, 「無縫天地」는 춘향이 님에게 말을 전하려 해도 그토록 오래 기다려 온 사무침 때문에 정신이 멍멍해지는 '지극한 사랑과 기다림'을 노래하고 있다. 이를테면, '님을 향한 생각'이 사무쳐 '비 오는 날'엔 빗소리가 '구성진 생각을 앞질러 구성지게 울고 있는'가 하면, 님을 향한 사무침은 시적 화자의 말까지 잊게 한다. 그랬기에 "웃녘에 돌림病이 퍼져 서방님 살아 계시기를 빌었을 때에도 웃마을의 복사꽃이 웃으면서 뜻을 받아 말하"는 상황이 벌어진 것이다. 그뿐이라. 변학도에게 퍼부은 말도 '杖毒진 아픔의 살'이 '쓰린 소리를 빼랑 빼랑' 냈나는 것이다.

이처럼 박재삼이 선행 텍스트에서 발견한 것은 '순정의 세계' '정한의 세계' 였다. 그는 이 같은 「춘향」 시편을 통해 한국인의 서러움과 한(恨)을 서정적 풍경과 가락으로 풀어내는 초기 시 세계를 확립해가게 된다.

4) '옥중(獄中) 수난'의 극대화 : 전봉건의 「春香戀歌」

전봉건(全鳳建, 1928~1988)의 「春香戀歌」는 한 권의 시집으로 묶여
진 반시(長詩)이다. 시집 『春香戀歌』(1967)는 『完版本春香傳』을 선행
텍스트로 삼고 있다. 이 작품이 춘향의 심리 상태를 다채롭고도 역동
적으로 그려내고 있을 뿐 아니라 사랑의 환희와 도취, 노골적인 성적
표현, 옷감과 장신구에 대한 화려한 묘사를 담아내고 있기 때문이다.

『完版本春香傳』은 판소리에서 형성된 것으로서 화려한 수사와 광대의
삽입 사설 및 육담 등으로 해서 가장 풍부한 내용을 가진 판본이다.[91] 또
한 청중들의 흥미를 끌기 위하여 광대들이 삽입 윤색한 것으로 여겨지는
직선적이고 노골적인 요소를 많이 포함하고 있다. 특히 '사랑가'의 대목은
다른 판본보다 훨씬 길고 다채로우며 노골적인데다 초야의 실랑이 장면,
규방에서 벌어지는 온갖 어희(語戲) · 농어(弄語) · 장난 등을 담고 있다.

   1)
저만치 서서 있는 그이.
肉粉唐鞋 신은 발은 極上細木 겹보선.
藍甲紗 대님에 영초단 허리띠.
가슴엔 道袍 받친 黑絲띠.
보세요, 細白苧 상침바지
모조단 도리裏 唐八絲 중치막.
六紗緞 겹褙子의 蜜花단추.
곱게 빗어 밀기름에 잠재운 머리.
맵시 있는 궁초댕기.
보세요, 仙風어린 그 얼굴.

----

91) 김동욱, 『증보 춘향전 연구』, 연세대출판부, 1985, pp.144~145.

2)
알몸인 내가
알몸인 당신을
업고 있었네
당신를 업고
나는 말이었네.
무지개빛 암말이었네.

　　〔…중략…〕

당신은 나를 몰아
부푼 젖 간지러운
고래이게도 하였네.
당신은 나를 몰아
바다의 배이게도 하였네.

— 전봉건, 「春香戀歌」 일부

1)은 이 도령의 차림새를 묘사한 대목이고 2)는 춘향과 이 도령의 성적 유희를 담아낸 장면이다. 조선시대 양반 아들의 차림새를 옷감 종류와 장신구를 통해 화려하게 열거하고 있으며, 두 인물의 성적 유희를 노골적이고도 관능적으로 표현하고 있다. 전봉건 또한 시집 『春香戀歌』 후기를 통해 작품 창사 농기를 밝히고 있는데, 『완판본춘향전』을 소재로 채택했음을 시사하고 있다.

　춘향의 이야기가 우리 문학에 있어서 대표적인 것이요, 가히 백미편이라 할 만하다는 평가는 상식으로 되어 있다. 그러나 이번에 나는 춘향의 이야기에서 상상도 못 했던 큰 감동을 맛보았다.

두 가지가 있다. 그 하나는 특히 이 도령이 광한루로 나가는 대목을 전후해서 사용된 정경 묘사의 현란한 문장이다. 또 한 가지는 춘향과 이 도령이 전개하는 사랑의 장면에서 볼 수 있는 정신 상태이다. 춘향과 이 도령이 알몸이 되어 서로 업고 업힌다. 그러면서 노래를 주고받는다.

여기에 세계의 어느 문학작품에도 없었던 가장 신선하고 강력한 사랑의 찬가—그 긴강하고 아름다운 정신이 손에 만져지는 피처럼 깃들여 있는 것이 아니었던가.[92]

전봉건은 이 같은 '서정적 충동'을 시에 옮기면서 선행 텍스트의 구조와 시점을 바꾼다. 즉, 선행 텍스트의 3인칭 시점을 1인칭 시점으로 변경하였고, 공간적 배경도 '옥중(獄中)'으로 축소시켜 작품 전편을 춘향의 독백 형식으로 처리하고 있다. 시는 이렇게 시작된다.

女子에요
그래요, 나는 女子에요.
그런데 나는 獄에 있어요.
女子는 아이를 낳아요.
나도 나을 수 있어요.
어머니가 나를 낳은 것처럼.
그런데 나는 獄에 있어요.
어머니의 이름은 月梅.
아버지의 姓은 成氏.
그래서 나는 成春香.

— 전봉건, 「春香戀歌」 일부

---

92) 전봉건, 「춘향연가 후기」, 『춘향연가』, 성문각, 1967, pp.94~95.

이처럼 1인칭 독백으로 시작된 「春香戀歌」는 선행 텍스트의 플롯을 재구성하여 춘향의 회상이나 꿈, 환상을 통해 과거의 사건들을 제시한다. '춘향전'은 사건 전개가 시간의 흐름에 따른 통시적 구조로 되어 있지만 이 작품은 몇 개의 장면만 채택해 집중화시킨다. 즉, 춘향의 옥중 상황을 기본 축으로 해서 '그녀의 출생 내력' '광한루에서의 만남' '이 도령과의 사랑' '태장을 맞음' '옥에 갇힘' 순으로 펼쳐진다. 『춘향전』의 극적 반전인 '어사출두' 대목은 생략되어 있다. 다시 말해, 춘향의 옥중 상황에서 시작하여 옥중 상황으로 되돌아오는 구조로 짜여져 있다.

이 같은 구성은 옥에 갇힌 춘향의 심리 상태를 극대화시켜 보여주기 위한 장치인데, 이를 내적 심리의 이미지화[93]라고 볼 수 있다. 옥에 갇힌 춘향이의 의식 속에 떠오르고 가라앉는 사랑의 애환과 고난, 그리고 허무감은 항상 대립되는 두 항목을 지닌다. '당신'(이 도령)과 '나'(춘향), '광한루'(만남, 사랑)와 '감옥'(이별, 고난), '그네'(자유)와 '칼'(속박), '햇살'(기쁨)과 '달빛'(슬픔) 등이 그것이다. 이처럼 대립되는 항목을 요약하면, 그것은 '사랑'과 '수난'이다. 이를 정리하면 다음 도표와 같다.

■ 「春香戀歌」의 서사구조

대립항	대립내용
나/당신	춘향/이 도령
광한루/감옥	만남·사랑/이별·고난
그네/칼	자유/속박
햇살/달빛	기쁨/슬픔

'사랑'과 '수난'은 선행 텍스트가 지닌 핵심 모형의 일부이다. 시인은

---

93) 임문혁, 앞의 논문, p.84.

선행 텍스트의 핵심 모형 중 하나를 다양한 기법으로 클로즈업시킨 것
이다. 그렇다면, 이 같은 장치를 통해 텍스트 생산자는 독자에게 어떤
체험을 안겨 주는가. 이는 이 작품의 플롯을 재구성하는 요소인 회상
과 꿈, 그리고 환상을 통해 알 수 있다. 이런 기법은 '사랑'과 '수난'의
구체적인 모습을 보여준다.

1)
여기서요.
廣寒樓, 여기서 만났어요.
지금도 나는 여기 있어요.
나는 사랑하고 있는 걸요.
이제는 우거진 숲에 들어도
무섭지 않아요. 햇살이 안 드는
어둔 곳이 오히려 정다워요.
풀잎에 손이 스치면
슬며시 허리께가 부끄럽기도 해요.
나는 여기 앉아 있어요.
그이는 저만치 서서 있어요.

2)
밀려오는 저것은 무엇일가.
저것은 안개일까.
내 손도 지워 버리네요.
내 무릎도 삼키네요.
지켜 보아도
들쳐 보아도

내가 자꾸
없어지네요.
蓮이 없네요.
내가 없네요.
이곳은 어디일까.

— 전봉건, 「春香戀歌」 일부

1)은 춘향이 광한루를 환상 속에 다시 찾아간 장면이고, 2)는 옥중에서의 꿈을 담아낸 장면이다. 1)로 인해 춘향의 비극적 현실이 더욱 강화되고, 2)는 옥에 갇힌 춘향의 불안감과 공포를 드러내는 기능을 한다. 그런 심리는 시적 화자의 환각을 불러오는데, 이를 통해 이 도령의 목소리를 듣게 된다.

더불어 아니고는
날아서 가지 않고 오지 않는
鴛鴦새
너를 부르마
네가 죽어도
내가 부르마

〔… 중략 …〕

春香,
너와
나는 하늘이 기울어져도
沈香亭에 그치지 않는

속삭임이다.

— 전봉건, 「春香戀歌」 일부

이처럼 속삭여 오는 이 도령의 뜨거운 숨결은 시의 화자의 성적 환상을 불러오지만 그럴수록 '과거의 상황'과 '현실적 조건'이 대비된다. '四肢에 엉키는 피와 어둠', 즉 깜깜한 감옥 속에서 말라붙은 핏자국을 만지고 있는 춘향의 절망적 상황이 부각될 뿐이다.

당신은 알몸이었네.
나도 알몸이었네.
나도 알몸이었네.
아니다 아니다, 아니다
이것은 내 벌거숭이 목을 누르는 어둠, 이것은 내 벌거숭이 발을 얽어맨 어둠.
나는 무엇을 알고 있을까
나는 무엇을 알고 있을까
이것은 四肢에 엉키는 피와 어둠

—전봉건, 「春香戀歌」 일부

'四肢'는 다시 '손가락'으로 변주되어 '내 열 개의 손가락이/바다를 만지면, 무지개 빛으로 부글거리는 바다가 만지어졌네'로 이어지는데, '무지개 빛으로 부글거리는 바다'란 성적 환희의 극치를 상징한다. 물론 그 대상은 이 도령이 되겠다. 하지만 그 손가락은 '떨어진 나래, 숯검정이'가 되어 '부서진 竹槍'을 잡게 되고, 마침내 '눈먼 열 개의 손가락'으로 시적 화자의 현실 앞에 놓여지게 된다. 춘향은 '내가 무슨 죄를 지었던 것인가요./나라의 곡식을 훔쳤던가요./산 사람을 죽였던가요./逆律하였던가, 綱常을 범하였던가'라고 가해자들을 향해 그 억울함을 호소하지만, 이는 오직 사랑 때문에 절망의 나락으로 떨어졌음을 역설적으로 말해주는 구절이다. 춘향의 '푸른 하늘'처럼 청순하고 무보수의 희생적이었던 사랑은[94] 결국 춘향을 피와 눈물로 얼룩진 절망의 바닥으로 몰고 간 셈이다.

이처럼 시인은 선행 텍스트의 시점을 변경하고 플롯을 재구성해 님을 향한 기다림과 원망, 그리고 수난을 극대화시켜 놓았다. 특히 감각적인 이미지를 활용한 역동적 상상력은 설화 텍스트의 현대적 변용 가능성을 보여주었다. 그 내용 줄거리를 전달하기보다는 주인공의 심리를 보다 생기 있게 공감시키고 확대시키는 데 기여하였고, 구속된 삶으로부터의 구원은 사랑의 완성에 의해서만 가능하다는 구속과 자유, 사랑의 완성이라는 주제의식을 강하게 전달시키는 효과를 거두고 있다.[95] 또한 언어 사용에서 고전적 원리를 생동감 있는 구어체로 현대적 감각에 접합함으로서 말의 미적인 조응을 이루어내었다[96]는 평가를 받았다.

5) 사회 비판의 메신저 : 송수권의 「춘향이 생각」

『춘향전』의 '춘향 설화'를 수용한 한국 현대시는 1970년대에 이르자 비로소 '춘향'의 '일편단심'으로부터 자유로워지기 시작한다. 김영랑의 「春香」, 전봉건의 「春香戀歌」, 박재삼의 「華想譜」「綠陰의 밤에」 등이 보여준 '옥중(獄中)이 일편단심'이 『춘향전』의 핵심적 메시지인가를 의심하게 된다. 선행 텍스트의 의미는 언제나 다의적이다. 선행 텍스트에 대한 독법은 독자의 가치관이나 당대의 세계관과 밀접한 관련을 맺

---

94) 오세영, 『현대시와 실천 비평』, 이우출판사, 1983, p.39.
95) 임문혁, 앞의 논문, p.99.
96) 하현식, 『한국시인론』, 백산출판사, 1990, p.231.

고 있다. 설화 연행의 속성 또한 그러하다.[97]

　　1970년대는 1970년대식 독법의 체험을 지닌다. 작품이란 독자의 의식이 지향적 상관자가 될 때 비로소 존재 의미를 갖는다. 작품의 존재 양식은 진술 주체와 수용 주체가 끊임없이 대화하는 데 있다.[98]

　　1975년 발표된 송수권(宋秀權, 1940~)의 「춘향이 생각」[99]은 『춘향전』이 지닌 갈등구조의 원인은 '사랑의 일편단심'이며, 결과는 '고난 끝의 재회'라는 도식적 모형을 거부한다.

　　　　앞산머리 자주빛 구름 옥색빛이 섞갈려 휘돌더니
　　　　그 빛 연한 솔잎마다 그늘지는 소리
　　　　山봉우리들도 수런수런 잔기침을 놓아
　　　　보기 좋은 달 하나 解産하고
　　　　몸을 푼다.

　　　　선한 눈, 코, 입, 짙은 숱, 눈썹,
　　　　처음 눈맞춘 罪로
　　　　옥사장 큰칼을 쓰고 창틀을
　　　　넘어다볼 줄이야 !

　　　　진개내 앞냇가에 개가 짖어 개가 짖어
　　　　銀粧刀 날을 갈아
　　　　눈물에 띠운
　　　　달하

---

97) 설화가 전해져 내려오는 「뮈토스」이므로, 그 세계관의 주체는 어떤 집단으로 상정되지만, 그것이 끊임없이 새롭게 연행된다는 점에서 그 연행의 참여자들이 세계관의 주체일 수 있다. 이들은 연행을 통해 반성적으로 자신의 세계관을 표현한다. ― 송효섭, 앞의 책, p.88.
98) 김준오, 『문학사와 장르』, 문학과지성사, 2000, p.185.
99) 월간 『문학사상』, 1975년 6월호, pp.144~145.

鬼氣서린 앞산 그리메
밤부엉이 울어 쌓는데

구리 동전 녹슨 常平通寶
몇 바리쯤 동헌마루에 져다 부려야
이 몸 하나 平安하겠느냐? 平安하겠느냐?

— 송수권, 「춘향이 생각」 전문

이 작품 또한 춘향의 '옥중(獄中) 상황'을 담아내고 있다. 서사구조도 선행 텍스트처럼 대립 항목들로 짜여져 있다. 즉, '산'과 '내', '이 도령'과 '춘향'이 대립의 중심축을 이룬다. '이 도령'을 나타내는 기표는 '선한 눈, 코, 입, 짙은 숱, 눈썹'이며 춘향을 대변하는 시어는 '옥사장 큰 칼'이다.

제1연은 '옥사장 큰 칼'을 쓴 춘향이가 바라보는 앞산 풍경이다. 앞산이 달을 토해 놓는다. 제2연은 이 도령의 이미지를 제시한다. '선한 눈, 코, 입, 짙은 숱, 눈썹'은 '옥사장 큰 칼'과 대비된다. 대비되는 두 이미지는 '처음 눈맞춘 罪'라는 구절에 의해 연결되어 있다. '처음 눈맞춘 罪'란 '첫정을 나눈 罪'가 되겠는데, 그 '罪'는 '눈물'로 이어진다. 제1연의 '산'과 대비되는 '냇가'에서 개가 짖고, 은장도빛 달빛이 춘향의 눈물을 비춘다. 은장도는 조선시대 여인들의 노리개이자 정절을 지기기 위한 사결 도구였다. 따라서 '은장도'는 '희고 창백한 달빛'과 '죽음까지 마다 않는 춘향의 매서운 의지'를 환기시킨다. 그러나 옥사장의 분위기는 처연하다. 밤부엉이가 울고, 춘향은 이 같은 상황의 출구를 생각해 본다. 바로 '常平通寶'다. 춘향은 '구리 동전을 얼마나 동헌마루에 져다 부려야 平安을 얻겠느냐'고 한탄한다.

이 같은 춘향의 진술로 인해 춘향은 억눌린 민중의 대변자가 된다. 이처럼 텍스트 생산자가 선행 텍스트인『춘향전』으로부터 얻어낸 체험은 '사회 비판의 메시지'였고,『춘향전』의 주인공을 통해 그 메시지를 구체화시켜 놓았다. 결국 송수권은 춘향의 '사랑'과 '이별'을 선행 텍스트로부터 가져왔지만, 선행 텍스트가 지닌 여러 복합적인 메시지 중 '사회 비판의 메시지'를 독자들에게 확대시켜 보여준 것이다.

설화 소재의 이 같은 확장은 시인의 현실적 체험이나 당대의 가치관을 바탕으로 형성된다. 이처럼 설화는 개인이나 집단이 어느 시기에 고립되어 있는 존재가 아니라 길게 연결된 하나의 고리라는 연대의식, 유대감을 가지게 한다.[100] 그러나 '인과적 확장'은 설화가 지닌 핵심 모형의 '결과절'로 존재하기 때문에 집단적 연대의식이나 유대감에 대한 반성적 고찰은커녕 설화가 던지는 의미 맥락의 파장을 벗어날 수 없다는 한계를 지닌다.

2. 비유적(比喩的) 확장(擴張)

1) 끊어진 오작교 : 김소월의 「春香과 李道令」

텍스트와 상호텍스트가 인과관계에 의해 결합된 '인과적 확장'은 서술시의 측면이 강하고 '환유 원리'가 우세하다. 로만 야콥슨은 언어학적 관점에서 시에는 상대적으로 '은유 원리'가 우세하지만 산문에는 '환유 원리'가 우세하다고 말했다.[101] 환유 원리란 시간적·공간적·논리적 인접성에 근거한 '언어 배열'을 가리킨 것이고, 이것은 서술시의 한

---

100) Levi-strauss. C, 앞의 책, p.21.
101) 로만 야콥슨, 신문수 編譯,『문학 속의 언어학』, 문학과지성사, 1994, p.112.

측면을 밝힌 것이다.[102]

　따라서 '인과적 확장'은 압축과 생략, 비유와 이미지에 의한 은유가 약하다. 이에 비해 '비유적 확장'은 '비슷한 것은 비슷한 것을 낳는다'는 유사법칙(rule of similarity)에 의해서 결합된다. 즉 상호텍스트와 텍스트가 유사성의 원리, 다시 말해 은유의 원리에 의해 결합된다. 은유는 대상A와 대상B가 인과관계가 아닌 독립적 개체로 존재한다. 독립적 개체인 대상A와 대상B 사이의 유사성이 결합되어 하나의 은유가 되는 셈인데, 여기엔 '대체의 원리' 또는 '선택의 원리'가 작용한다. 시인은 대상A가 지닌 심상이나 의미구조를 대체해 줄 대상B를 선택하게 된다. 이 같은 방법은 서술이 아닌 비유를 통해 상호텍스트의 의미구조를 확산시킨다.

　이때 가장 손쉽게 차용되는 방법이 인유(引喩)다. 인유란 상호텍스트의 인물이나 사건을 시적 비유의 자료로 삼는 것이다. 인유의 이점은 무엇보다 시인이 말하고자 하는 요점을 강화하고 예증하는 기능이다. 인유는 시인의 내면 세계나 당대적 삶의 의미를 형성하기 위해 채용된다.[103] 인유를 통해 텍스트 생산자는 자신의 문학성을 풍부하게 만드는데, 상호 텍스트를 비판적으로 보지 않는다는 특징을 지닌다.

　인용(quotation)이나 인유(allusion)[104]에도 창작자의 주관적인 의도가 강하게 작용한다. 김소월의 「春香과 李道令」은 『춘향전』의 두 주인공을 인유하고 있다.

　　平壤에 大洞江은

　　우리나라에

---

102) 김준오, 『문학사와 장르』, 문학과지성사, 2000, p.61.
103) 김준오, 『詩論』, 삼지원, 1991, p.134.
104) 인유란 새로운 시 작품 속에 부합되는 기존의 재료를 채워넣어 문학성을 풍부하게 하는 것이다.— Preminger. A, Princeton Encyclopedia of Poetry and Poetics, Princeton University Press, 1974, pp.283～285.

곱기로 엇듬가는 가람이지요

三千里 가다가다 한가운데는
웃둑한 三角山이
솟기도 햇소

그래 올소 내누님, 오오 누이님
우리나라섬기든 한 옛적에는
春香과 李道令도 사랏다지요

이便에는 咸陽, 저便에 潭陽,
꿈에는 각금각금 山을 넘어
烏鵲橋차착차자 가기도 햇소
그래 올소 누이님 오오 내누님
해돗고 달도다 南原쌍에는
成春香아가씨가 사랏다지요

—김소월, 「春香과 李道令」 전문

이 작품의 제목은 「春香과 李道令」이지만 『춘향전』의 핵심 모형이나 줄거리가 나타나 있지 않다. 제1연에서는 대동강의 아름다움을, 2연에서는 삼각산의 위용을 노래하고 있다. 3연에 이르러서야 "우리나라섬기든 한 옛적에는/春香과 李道令도 사랏다지요"라며 『춘향전』의 두 주인공을 등장시킨다. 비로소 작품의 무대를 『춘향전』의 공간 속으로 이동시킨다. 그러나 선행 텍스트의 줄거리를 나열하지 않는다. "오작교를 가기도 했다"는 구절만 옮겨 놓을 뿐이다. 그리곤 "南原쌍에는/成春香아가씨가 사랏다지요"라는 전언(傳言)과 함께 현재의 공간으로 빠져 나온다.

　이 작품의 각 연은 로만 야콥슨의 '등가성의 원리'[105]를 구성의 기본 원리로 하고 있다. 즉, '平壤에~가람이지요' '三千里 가다가다~솟기도 햇소' '그래 올소~사럇다지요' '이便에는 ~가기도 햇소' '그래 올소~사럇다지오' 는 동격으로 묶여져 변주된다. 텍스트의 의미단락들을 다시 정리해 보면, 다음과 같다.

　　(1) 평양의 대동강은 우리 나라에서 가장 고운 강이다.
　　(2) 삼천 리 한가운데 삼각산이 솟기도 했다.
　　(3) 옛적에는 춘향과 이 도령이 살았다고 한다.
　　(4) (두 사람이) 꿈에 오작교를 찾아가기도 했다.
　　(5) 남원땅에 성춘향이 살았다고 한다.

　이처럼 5개의 의미단락이 개별적으로 존재할 뿐, 하나의 상황으로 집약되지는 않는다. (4)와 (5)에『춘향전』의 주인공이 등장하긴 하지만 줄거리가 더 이상 이어지지 않는다. 시인이『춘향전』의 두 인물의 '서사적 이미지'만 차용해 왔기 때문이다. 그 이미지는 '오작교를 오가던 두 남녀의 애틋한 사랑'이다.

　『춘향전』의 핵심 모형은 '춘향의 애틋한 사랑'이다. 그 모형은 춘향과 이 도령의 만남과 사랑, 이별 이후의 정한, 고난 끝의 재회 등의 이야기를 낳게 되는데, 이 작품은 그 중 '춘향과 이 도령의 오작교 시절'을 차용해 오고 있다. 그 시절은 '순향'과 '이도령'이 님을 만나는 설렘과 기쁨을 만끽하던 시절이었다. 신분의 벽이 개입되기 전이었고, 미래의 이별과 고난을 예상할 수 없었다. 다시 말해, 『춘향전』을 통틀어 두 인

---

105) Jakobson Roman, 위의 책, p.358.

물의 가장 평화롭던 시절이었다.

시인은 굳이 이 무렵의 '춘향'과 '이도령'을 시에 옮겨 '우리나라 강산'과 병치시켜 놓았다. 그 이유는 '아름답고 평화로운 삶'을 드러내기 위해서다. '우리나라 강산의 아름다움'과 '그 강산처럼 아름답고 평화로워야 할 우리네 삶'을 드러내기 위한 장치이자 예시이자 비유인 셈이다.

그렇다면 '누이'는 어떤 기능을 하고 있는가. 누이는 춘향과 동일시되어 정서의 깊이를 절실하게 만든다[106]는 해석도 가능하겠지만 그보다는 텍스트 생산자가 '의식의 지향점'을 독자에게 보다 친근하게 전달하기 위한 방법 중의 하나로 보인다. '누나'를 불러내는 이런 진술은 「접동새」「부모」 등에도 나타나는데, 한국인들의 서민적이고도 보편적 정서를 환기시키는 김소월 시의 표현기교로 생각된다.

그리고 김소월이 굳이 이 작품에 '오작교'를 등장시킨 것은 옛날에는 이 아름다운 강산에서 춘향과 이 도령이 애틋한 사랑을 나누었고, 오작교를 찾아가듯 사랑의 발걸음을 나누었지만 지금은 그러한 상황이 아니라는 것을 암시하고 있다. 이 작품은 일제 강점기 때 쓰여졌다. 따라서 김소월은 일제 치하이기에 '조국강산의 아름다움이 안타깝고, 춘향의 아름다운 사랑이 그리운 것'[107]임을 드러낸 것으로 보인다. 김소월은 이 작품 이외에도 『진달래꽃』에 설화를 소재로 한 「물마름」「어버이」「부모」 등의 작품을 실었다.

결국 김소월은 「접동새」에서 살펴본 바와 같이, 반복과 열거라는 민요의 특성에[108] 설화의 구연식(口演式) 화법을 결합시켜 시의 율격과 화법을 얻었고, 이를 민요조의 가락으로 실어냈다. 설화의 차용에서 비롯되는 알레고리를 효과적으로 활용하여 현실에 대한 우회적 대응을

---

106) 임문혁, 앞의 논문, p.32.
107) 위의 논문, p.32.
108) 감태준, 「근대시 전개의 세 흐름」, 『한국현대문학사』, 현대문학사, 1997, p.136.

용이하게 하고, 민중적 정서와 공감에 기대어 현대시의 대중적 독자의 저변 확대에 기여했다.[109]

김소월은 또 민요의 율격을 가장 높은 수준에서 근대시로 성취해냈다는 평가를 받았지만, 1920년대의 민요시가 현실에 대한 관심을 은폐하는 대신 전통적인 정서나 향토적 정취란 이름의 퇴영적인 세계로 함몰하고 만 것이란 지적을 받기도 했다.[110] 그럼에도 불구하고 서구 문예사조에 휩쓸린 당시 시단에 향토적 정서의 소중함을 일깨워 주었고, 설화의 구전방식을 활용한 독특한 언어 운용법과 정서적 의미 구현을 통해 당시 현대시의 새로운 영역을 구축했다.

2) 환원(還元)되지 않는 한(恨) : 박재삼의 「葡萄」

한국인의 근원적 한(恨)을 민요조의 가락으로 실어내던 김소월의 시적 전통은 30여 년의 세월을 뛰어넘어 박재삼에게 접목된다. 박재삼의 『春香이 마음』이 그것인데, 여기에 수록된 11편의 '춘향' 시편 중 「葡萄」는 앞에서 논의한 작품들과 달리 '춘향의 죽음'을 담아낸다.

> 刑틀에 매어 원통하던 일을 이승에서야 다 풀고 갔으련만
> 저승에 가 비로소 못잊겠던가
> 春香이 마음은 조롱조롱 살아 다시 열렸네.
>
> 저것은 가냘피 아파 우는 소리였던 것을,
> 저것은, 여럿이 구슬 맺힌 눈물이던 것을,
> 못견딜 만큼으로 휘드리었네.

---

109) 정끝별, 앞의 책, p.97.
110) 감태준, 앞의 논문, p.137.

우리의 무릎을 고쳐, 무릎 고쳐 뼈마치는 소리에 우리의 귀는 스스로
놀라고
　절로는 신물이 나, 신물나는 입맛에 가슴 떨리어,
　다만 우리는 或時 刑吏의 손아픈 後裔일라……

　그러나 아가야, 우리에게도 비치는 것은
　네 눈이 葡萄라, 살결 또한 葡萄라……

— 박재삼,「葡萄」 전문

이 작품의 상호텍스트는 남원지방에 널리 유포되어 있는 '신원(伸
寃) 설화'이다. 왜냐하면 춘향이 죽고 난 뒤의 가상적인 상황을 담아내
고 있기 때문이다. '신원 설화'는 지금까지 널리 알려진 『춘향전』과 달
리 해피엔딩의 구조를 지니고 있지 않다. 몇 개의 유형을 가진 '신원
설화'의 줄거리를 요약하면 다음과 같다.

　(1)남원(南原)에 있는 노기(老妓)의 무남독녀(無男獨女)인 추(醜)한 용
모의 처녀(處女)가 부사(府使)의 아들과 정(情)을 통했다. 이 부사(李府
使)는 상경 후에 영락부진(零落不振)하였다. 그 처녀는 자신이 천기(賤
妓)로 양반 자제에 허신(許身)한 영광과 그에 대한 연정(戀情)으로 수절
(守節)하며 몽룡(夢龍)이 영달하여 다시 찾기를 기다렸으나 소식이 없었
다. 처녀는 그 무정(無情)에 원한(怨恨)을 품고 죽었다.
　(2)남원(南原) 부사(府使)의 자제 이 도령(李道令)은 동기(童妓) 춘양
(春陽)과 정(情)을 통했다. 그후 춘양은 도령을 위해 수절(守節)을 하려
다가 신임(新任) 사또(使道) 탁종립(卓宗立)에 의해 죽었다.
　(3)기생(妓生) 월매(月梅)의 딸 춘향(春香)은 남원(南原) 옥중(獄中)에서

원사(寃死)하였다.[111]

구전(口傳) 경로에 따라 등장인물의 이름과 줄거리가 상이(相異)하지만 주인공이 부사(府使)의 아들을 기다리다가 한(恨)을 품고 죽었다는 결말은 동일하다. 박재삼은 이 설화가 지닌 주인공의 죽음을 시의 소재로 채택한 셈인데, 그 죽음을 어떻게 형상화한 것일까?

이 작품은 '우리'(독자)와 '춘향'(설화의 인물), '춘향'(피해자)과 '형리(刑吏)'(가해자)라는 대비되는 인물군을 보여주고 있다. 그 공간은 '이승'(삶)과 '저승'(죽음)으로 나뉘어지고, 사건은 '가다'(죽음)와 '살아 열리다'(재생)로 대별되는데, 이런 항목들의 중심에 '포도'가 있다.

텍스트는 '포도알에 원통하게 죽은 춘향이의 마음이 조롱조롱 열렸다'고 말한다. 저승에 가서도 풀지 못한 춘향의 한(恨)이 '포도'로 현현(顯現)하여 우리 앞에 나타났다는 표현인데, 그 포도알엔 '笞杖에 아파 울던 소리'와 '눈물'이 맺혀 있다. 한(恨)의 덩어리들이 포도넝쿨이 휘어질 만큼 열려 있기에 우리(독자)는 포도 앞에서 새삼 무릎을 고쳐 앉는다. 그때, 뼈가 부딪는 소리에 '우리의 귀는 놀란다. 그런 사연을 지닌 포도이기에 신물나고, 신물나는 입맛에 가슴이 떨린다. 여기서 '귀가 놀라고 가슴이 떨린다'는 것은 춘향의 한맺힌 비극성을 인식했기 때문이다.

따라서 우리가 혹시 춘향에게 해를 입힌 형리(刑吏)의 후예가 아닐까 하고 사문하게 된다. 따라서 이 같은 서사는 마침내 아가의 눈이 혹시 전생(前生)의 한(恨)이 맺힌 포도알이 아닐까, 그 살결 또한 포도빛이 아닐까 하는 의문을 낳게 된다.

이처럼 춘향이 '포도'가 되어 다시 돌아왔다. 춘향의 한(恨)이 포도가 되어 우리 앞에 나타났다. 결국 '포도'는 '춘향의 죽음'의 대체물이자

---

111) 설성경, 앞의 책, pp.15~16.

'한맺힌 죽음'의 추출물이다. 사물A를 사물B로 대체하는 '은유의 원리'가 적용된 셈인데, 결국 시인은 이 같은 은유를 통해 한국인이 지닌 '숙명적인 정한(情恨)의 세계'를 환기시키고 나아가 '환원(還元)되지 않는 한(恨)'의 미학을 보여주고 있다.

이상 살펴본 바와 같이, 박재삼은 설화의 문답식 구연화법까지 수용해 『춘향전』에서 발견한 '순정의 세계' '정한의 세계'를 토속적인 구어체의 가락으로 풀어냈다. 박재삼은 설화를 통해 민족적 서정의 원형과 전통을 받아들였고, 비애를 바탕으로 하는 한(恨)의 전통적 정서를 오늘날에도 계승할 수 있다는 가능성을 열어 주었다.[112]

박재삼의 초기시는 눈물과 탄식, 비애의 정서는 넘칠 듯 넘칠 듯하면서도 균형과 조화를 이룬다. 이는 '춘향' 시편에서 나타나듯 '우물집이었을레' '아니었을레' '눈물져 올 줄이야'라는 식의 유보적 서술 태도 때문이다.

이처럼 박재삼은 『春香이 마음』에 실린 시를 통해 한국인의 서러움과 한(恨)을 서정적 풍경과 가락으로 담아내는 초기 시 세계를 확립해 가게 되었다.

3) 풍요로운 익살 : 서정주의 「小者 李 생원네 마누라님의 오줌 기운」

박재삼이 설화에 담긴 민족의 보편적 정서를 비애의 감정을 바탕으로 시화(詩化)했다면, 서정주는 익살과 풍자 그리고 해학을 그 바탕으로 삼았다. 그의 「小者 李 생원네 마누라님의 오줌 기운」이 전형적인 사례가 된다.

　　小者 李 생원네 무밭은요. 질마재 마을에서도 제일로 무성하고 밑둥

---

112) 신규호, 「박재삼론—비애와 절제의 미학」, 『한국현대시연구』, 민음사, 1989, p.104.

거리가 굵다고 소문이 났었는데요. 그건 이 小者 李 생원네 집 식구들 가운데서도 이 집 마누라님의 오줌 기운이 아주 센 때문이라고 모두들 말했습니다.

　옛날에 新羅적에 智度路大王은 연장이 너무 커서 짝이 없다가 겨울 늙은 나무 밑에 長鼓만한 똥을 눈 색시를 만나서 같이 살았는데, 여기 이 마누라님의 오줌 속에도 長鼓만큼 무밭까지 鼓舞시키는 무슨 그런 신바람도 있었는지 모르지. 마을의 아이들이 길을 빨리 가려고 이 댁 무밭을 밟아 질러가다가 이댁 마누라님한테 들키는 때는 그 오줌의 힘이 얼마나 센가를 아이들도 할수없이 알게 되었습니다.—「네 이놈 게 있거라. 저놈을 사타구니에 집어넣고 더운 오줌을 대가리에다 몽땅 깔기어 놀라!」 그러면 아이들은 꿩 새끼들같이 풍기어 달아나면서 그 오줌의 힘이 얼마나 더울까를 똑똑히 잘 알 밖에 없었습니다.

— 서정주, 「小者 李 생원네 마누라님의 오줌 기운」 전문

　이 시의 선행 텍스트는 『삼국유사』의 「지철로왕」편인데, 선행 텍스트의 핵심적 서사는 '지철로왕이 음경이 너무 커서 짝을 얻지 못하다가 북만큼 커다란 똥을 눈 여자를 만나 결혼을 하였다'는 것이다. 여기서 '지철로왕의 큰 음경'이 제시된다. 텍스트는 '李 생원 마누라의 오줌이 長鼓처럼 무밭을 鼓舞시킬 정도'라고 말하고 있다. 이 표현은 '이 생원 마누라의 큰 음부'를 상징적으로 드러내는 말이다. '큰 음경'과 '큰 음부', 이것이 두 텍스트의 모형이다.

　제22대 지철로왕(智哲老王)의 성은 김씨고, 이름은 지대로(智大路), 또는 지도로(智度路)라고 했나. 〔…중략…〕 왕은 음경의 길이가 한 자 다섯 치나 되어 알맞은 짝을 얻기가 어려웠다. 그래서 사자를 삼도에 보내 구했다. 사자가 모량부 동노수(冬老樹) 아래 이르렀을 때 개 두 마리가

북만큼 커다란 똥을 하나를 놓고서 두 끝을 다투어 먹고 있었다. 동네
사람에게 물었더니 한 소녀가 알려주었다.

"이것은 우리 모랑부 상공의 딸이 여기서 빨래를 하다가 숲 속에 숨어
서 누고 간 것이다."

그의 집을 찾아가 살펴보았더니 키가 일곱 자 다섯 치나 되었다. 이
일을 갖춰서 아뢰었더니 왕이 수레를 보내 맞이했다. 궁중으로 들게 하
고 책봉하여 황후로 삼았다. 여러 신하들이 축하했다.[113]

시집 『질마재 神話』(1975)에 실린 이 작품은 '지철로왕의 연장'과
'이 생원 마누라의 오줌 기운'을 대비시켜 '질마재 마을에서도 제일로
무성하고 밑둥거리가 굵은 무밭'을 보여준다. '이 생원 마누라의 배설'
이 낳은 '풍요로운 무밭'인데, 배설은 땅을 비옥하게 함으로써 결과적
으로 삶의 생명력을 고양시킨다.

바흐친은 성기(性器)와 배설물을 '물질적 육체 원리'에 기초한 그로
테스크 리얼리즘을 보여준다. '물질적 육체 원리'란 인간의 구체적인
신체와 그 기능에 관한 원칙이다. 바흐친은 라블레가 인간의 신체와
그 이미지를 작품 속에 형상화할 때, 코 입 젖가슴 성기 항문과 같이
돌출되어 있거나 구멍이 뚫린 육체의 하위 층위만 강조하는 점을 주목
했다. 바흐친은 이것은 그 동안 부정적으로 여겨졌던 육체의 하위 층
위에 대한 긍정화를 나타내는 것이라고 보았다.[114]

선행 텍스트의 '음경'이나 '북만큼 커다란 똥', 그리고 텍스트의 '오
줌'은 모두 생산력, 생명력, 창조력과 관련을 맺고 있다. 이런 항목들이
낳은 '무성하고 밑둥거리가 굵은 무밭'은 풍요와 생명력의 상징이다.
선행 텍스트에는 왕의 음경과 색시가 눈 똥이 보통 사람의 그것보다

---

113) 일연, 앞의 책, pp.78~79.
114) 김욱동, 『대화적 상상력』, 문학과지성사, 1999, pp.249~250.

훨씬 크다고만 기록되어 있다. 시인은 이를 '오줌 기운'과 연결시켜 '풍성한 무밭'을 보여주고, 나아가 '풍요로운 생산력'의 해학으로 바꿔 놓았다.

이처럼 시인은 '李 생원 마누라의 오줌 기운'을 드러내기 위해 '지철로왕의 음경'을 끌어왔는데, '왕의 음경'이 '이생원 마누라의 오줌기운'으로 대체되었고, '풍요로운 생산력의 오줌기운'으로 확장되었다.

4) 곰나루에 선 아사달 : 신동엽의 '백제계 설화' 시편

'비유적 확장'은 두 텍스트가 시적 은유에 의해 호응관계를 이룬다. 앞에서 살핀 것처럼, '춘향이의 恨'과 '포도', '지철로왕의 음경'과 '이생원 마누라의 오줌 기운'은 각각 개별적으로 존재했던 시어였지만 시적 은유에 의해 상징적 고리를 이루게 되었다. 그 관계는 선행 텍스트의 특정 모형을 인유했기 때문에 시작됐다. 인유의 이점은 무엇보다 시인이 말하고자 하는 요점을 강화하고 예증하는 기능이다.[115]

신동엽(申東曄, 1930~1969)은 설화의 특정 모형을 그의 시편에 일관되게 인유한 독특한 사례를 보여준다.

四月十九日, 그것은 우리들의 祖上이 우랄高原에서 풀을 뜯으며 陽달진 東南亞 하늘 고흔 半島에 移住오던 그날부터 三韓으로 百濟 高麗로 흐르던 江물, 아름다운 치맛자락 매듭 고흔 흰 허리들의 줄기가 三·一의 하늘로 솟았다가 또 다시 오늘 우리들의 눈앞에 솟구쳐 오른 阿斯達阿斯女의 몸부림, 빛나는 앙가슴과 돌구비의 燦爛한 反抗이었다.

—신동엽, 「阿斯女」 일부

---

115) 김준오, 『詩論』, 삼지원, 1991, p.46.

그리하여, 다시
껍데기는 가라.
이곳에선, 두 가슴과 그곳까지 내 논
아사달 아사녀가
中立의 초례청 앞에 서서
부끄럼 빛내며
맞절할 지니

— 신동엽, 「껍데기는 가라」 일부

두 작품 모두 '아사달'과 '아사녀'를 등장시키고 있다. 신동엽은 두 작품 외에도 '아사달'과 '아사녀'를 시에 지속적으로 수용한다.[116] '아사달'과 '아사녀'는 '영지(影池) 설화'의 주인공으로 그 설화를 요약하면 다음과 같다.

신라 경덕왕 때 불국사를 축조할 때, 백제 땅에서 온 석공 아사달이 석가탑을 맡아 축조하게 되었다. 공사가 간단치 않아 고향의 아내는 남편과의 재회를 애타게 기다렸다. 기다림에 지친 아사녀는 신라의 불국사까지 찾아오지만 공사 중이어서 남편을 만나지 못했다. 남편을 만나보려는 아사녀는 불국사에서 가까운 못에 공사가 끝나면 석가탑의 그림자가 비친다는 문지기의 말을 듣고 그곳으로 달려간다. 아사녀는 탑의 그림자가 비치기를 기다리다가 끝끝내 그림자가 비치지 않자 못에 몸을 던진다. 아사달은 석가탑을 세운 뒤에야 아내의 죽음을 알게 된다. 아내는 잃은 아사달은 못가를 방황했고, 앞산의 바윗돌에서 홀연히 그의 아내의 모습을 보고 그 돌에 아내의 모습을 새기기 시작한다. 아사달은 석

---

116) '아사달'과 '아사녀'는 신동엽이 맨처음 시에 수용한 설화적 인물이다. 1960년 4·19 혁명 직후 출간된 『학생혁명시집』에 게재한 시가 「阿斯女」였고, 첫시집 『阿斯女』(1963)의 여러 작품에도 '아사달'과 '아사녀'를 등장시킨다.

불좌상을 조각하고 그곳을 떠났으며, 아무도 그의 뒷일을 알 수가 없었다고 한다. 후대 사람들은 이 못을 영지라 불렀으며, 아사녀가 그렇게 그림자가 비쳐지길 기다렸건만 끝내 비쳐지지 석가탑을 일명 무영탑이라고 불렀다.[117]

'아사달'과 '아사녀'란 말은 '영지 설화' 밖에서도 찾아볼 수 있는데, 진단학회가 펴낸 『한국사』 1권(고대편)이 그것이다. 여기엔 '아사달'의 어의(語義)가 나타나 있다.

아사는 바로 '朝' '朝光' '朝陽' '朝鮮'의 義임을 알 수 있다. 達은 원래 山岳의 뜻이지만, 谷地 내지 따(地)의 義로도 쓰인 듯하니 陽達(양지쪽), 陰달(음지쪽), 빗달(傾斜地)의 달이 그것이다. 묶어 말하자면 아사달은 즉 朝山, 朝光의 地, 양강(陽岡), 양원(陽原), 양곡(洋谷)의 뜻이 되는 동시에 위에 말한 白岳(밝다)과 상통되는 말임을 더욱 알 수 있다.

이처럼 '아사달'은 그 어의(語義)로 볼 때 '빛 밝은 조선의 땅'이 되지만 '영지 설화'에선 주인공의 이름으로 나타난다. 신동엽은 '영지 설화'에서 그 이름을 따왔지만[118] '아사달'과 '아사녀'를 우리 겨레의 아득한 조상들', 나아가 '역사 발전의 주체가 되는 인물'로 상징화시켜 사용한다.

---

117) 임석재, 『한국구전설화 — 충청남도편』, 평민사, 1990, pp.58~59.
118) '아사달'과 '아사녀'가 등장하는 설화엔 몇 종류가 있다. 첫째, 『불국사 고금 역대기』에선 당나라 석공과 그의 누이동생 '아사녀'가 설화의 주인공으로 되어 있고 둘째, 『불국사와 석굴암』(황호근, 한국출판사, 1957)에서는 당나라 석공과 그의 아내 '아사녀'가 나타나고 셋째, 불교연구원이 펴낸 『불국사』(이기영 외, 일지사, 1974)에서는 백제 땅의 아사달과 그의 아내 '아사녀'가 나타난다. 이중 신동엽은 백제 출신의 두 인물이 등장하는 '영지 설화'를 수용했을 가능성이 가장 높다. 그 이유는 신동엽 시 세계의 원형인 백제인데다 1968년에 상연된 그의 오페레타 '석가탑'이 '영지 설화'를 극화한 작품이기 때문이다.

모질게도 높은 城돌
모질게도 악랄한 채찍
모질게도 陰凶한 術策으로
罪없는 月給쟁이
가난한 百姓
平和한 마음을 뒤보채어 쌓더니

산에서 바다
邑에서 邑
學園에서 都市, 都市 너머 宮闕 아래.
봄따라 와자히 피어나는
꽃보래
돌팔매,

[…중략…]

四月十九日, 그것은 우리들의 祖上이 우랄高原에서 풀을 뜯으며 陽달
진 東南亞 하늘 고흔 半島에 移住오던 그날부터 三韓으로 百濟 高麗로
흐르던 江물, 아름다운 치맛자락 매듭 고흔 흰 허리들의 줄기가 三·一
의 하늘로 솟았다가 또 다시 오늘 우리들의 눈앞에 솟구쳐 오른 阿斯達
阿斯女의 몸부림, 빛나는 앙가슴과 돌구비의 燦爛한 反抗이었다.

— 신동엽,「阿斯女」일부

이 작품은 4·19 혁명의 의의를 거칠고도 격렬하게 토로하고 있다.
그리고 혁명의 주체적 인물로 '아사달'과 '아사녀'를 등장시킨다. 이때
의 '아사달'과 '아사녀'는 '우랄고원'에서 '삼한'과 '백제' '고려'로 이

어져 온 '우리들의 조상'의 숨결이다. 이때 강물은 '아름다운 치맛자락' '매듭 고운 흰 허리'로 표현되고, 우리의 '역사'를 은유한다.

결국 4·19 혁명은 3·1 운동의 '민족자존의 하늘'을 부르짖다가 다시 "모질고 악랄한 채찍과 술책의 높은 성돌"을 깨는 '아사달'과 '아사녀'의 몸부림이자 '찬란한 반항'이었다는 것이다. 이처럼 '아사달'과 '아사녀'는 신동엽에 의해 민중 혁명의 주체적 인물로 재생됐다.

이 같은 '아사달'과 '아사녀'가 「阿斯女의 울리는 祝鼓」(1961)에서 "장삼자락 맨몸의 북부여 佳人" "눈매 고운 百濟 미인"으로 나타나기도 하지만, 두 인물의 핵심 이미지는 어디까지나 '외세(外勢)'와 '압제' 속에서도 '이 땅의 푸른 하늘'을 지키려는 민중의 대변자이다.[119] 이들은 설화적 인물이면서 현실적 인물이며, 현실을 살아가지만 과거를 거울삼아 민족의 이상(理想)을 보여주는 인물들이다. 유토피아적인 과거 인물이면서도 분단의 현실을 사는 현재적 인물이 바로 아사달·아사녀의 모습으로 상정되고 있는 것이다.[120] '아사달'과 '아사녀'는 또 탈이데올로기적 중립적 세계관의 현실적 실체[121]를 뜻하기도 한다. 그 사례를 살펴보자.

여보세요 阿斯女. 당신이나 나나 사랑할 수 있는 길을 가차운데 가리워져 있었어요.

말해 볼까요. 걷어치우는 거야요. 우리들의 포동 흰 알살을 덮은 두드러기며 딱지며 면사포이며 낙지발들을 面刀질해 버리는 거야요. 땅을 갈라놓고 색칠하고 있은 건 전혀 그 吸盤族들뿐의 탓이에요. 面刀해 버리는 거야요. 하고 濟州에서 豆滿까지 땅과 백성의 웃음으로 채워버리

---

119) 신동엽은 1961년에 발표한 '詩人精神論'의 '全耕人'이란 말을 통해 '大地에 튼튼히 뿌리를 내린 全人의 모습'을 제시하고 이를 시 세계의 지향점으로 설정한 바가 있다.
120) 홍정선, 「단순한 힘」, 『한국 대표시 평설』, 문학세계사, 1983, p.510.
121) 강은교, 「신동엽 연구」, 『농제 박철석 박사 회갑 기념 논문집』, 1981, p.26.

면 되요.

누가 말리겠어요. 젊은 阿斯女들의 아름다운 피꽃으로 채워버리는데
요.

[…중략…]

비로소, 허면 두 코리아의 主人은 우리가 될 거야요. 미워할 사람은
아무데도 없었어요. 그들끼리 실컷 미워하면 되는 거야요. 아사녀와 아
사달은 사랑하고 있었어요. 무슨 터도 堡壘도 掃除해 버리세요. 창칼은
구워서 호미나 만들고요. 담은 털어서 土肥로나 뿌리세요.

비로소, 우리들은 萬放에 宣言하려는 거야요. 阿斯達 阿斯女의 나란
緩衝, 緩衝이노라고.

— 신동엽, 「주린 땅의 指導原理」 일부

이 작품은 1963년 『사상계』에 발표됐다. 여기서의 '아사달'과 '아사
녀'는 외세(外勢)에 의해 분단된 조국의 '끊긴 길'을 걸어내야 한다는
메신저 역할을 한다. 시의 두 인물은 38선이 완충지대이듯이 미래의
조국은 이데올로기적 대립이 없는 나라가 되어야 한다는 주장을 편
다.[122] 이는 두 설화적 인물이 시인의 탈이데올로기적 중립적 세계관을
드러내는 메신저가 되었음을 뜻한다.

껍데기는 가라.

四月도 알맹이만 남고

---

122) 신동엽의 시 「술을 많이 마시고 잔 어젯밤은」(1968)에는 '그 반도의 허리, 개성에서/금강산
에 이르는 중심부엔 폭 십리의/완충지대, 이른바 북쪽 권력도 남쪽 권력도 아니 미친다는/ 평
화로운 논밭'이란 구절이 있다. 바로 이 나라가 '평화로운 논밭'처럼 되어야 한다는 것인데,
여기에 신동엽의 역사의식이 깃들어 있다고 볼 수 있다.

껍데기는 가라.

껍데기는 가라.
東學年 곰나루의, 그 아우성만 살고
껍데기는 가라.

그리하여, 다시
껍데기는 가라.
이곳에선, 두 가슴과 그곳까지 내논
아사달 아사녀가
中立의 초례청 앞에 서서
부끄럼 빛내며
맞절할지니

껍데기는 가라.
漢拏에서 白頭까지
향그러운 흙가슴만 남고
그, 모오든 쇠붙이는 가라.

— 신동엽, 「껍데기는 가라」 전문

1967년 『52人詩集』에 처음 발표된 이 시는 전형적인 이분법적 대립 구조를 지니고 있다. '껍데기'와 '알맹이', '쇠붙이'와 '흙가슴'이란 틀 속에 '四月' '東學年 곰나루의 아우성' '아사달 아사녀'를 끼워 놓았는데, 이 기표(記標)들의 기의(記意)를 찾아내야만 이 시의 진의(眞義)가 파악된다. 왜냐하면 이 기표들이 설화에서 따온 것이기 때문이다.

이 텍스트의 '四月'은 4·19 혁명이다. 이는 텍스트가 발표된 시기,

그리고 신동엽의 다른 작품을 통해서 쉽게 확인된다. 신동엽은 4·19 혁명을 기점으로 4·19 혁명의 의의를 격렬하게 부르짖은 「阿斯女」를 비롯해 「주린 땅의 指導原理」 등을 발표하며 그의 시 세계를 구체적인 현실 인식 쪽으로 옮겨 간다.

이 작품 역시 그의 현실 인식을 담아낸 시인데, 텍스트의 '四月'은 '東學年 곰나루의 아우성'으로 이어진다. 텍스트의 제1연과 2연을 비교해 보면 '四月도 알맹이만 남고'란 구절이 '東學年 곰나루의, 그 아우성만 살고'로 바뀌어져 있을 뿐, 다른 시행은 그대로 옮겨져 있다. 제3연에서도 '껍데기는 가라'가 반복되는데, 여기선 '아사달 아사녀'가 등장한다. 그리고 마지막 연에는 '알맹이'가 '흙가슴'으로, '껍데기'가 '쇠붙이'로 바뀌게 된다.

이처럼 '四月'에서 '東學年'으로, 다시 '아사달 아사녀'로 옮겨 가는 궤적은 시의 배경이 '현재'에서 '과거'로, '과거'에서 '더 먼 과거'로 옮겨지는 행로다. 이미 앞에서 살펴본 것처럼, '아사달'과 '아사녀'는 '우리들의 조상'을, '東學年 곰나루'란 동학혁명을 의미하기 때문이다. 아득한 과거 속으로 이동해 간 시의 무대는 다시 '현재'로 빠져 나오게 된다.

이처럼 시인이 시의 배경을 과거 속으로 옮겨 간 이유는 4·19 혁명의 역사적 뿌리를 드러내기 위한 것으로 판단되는데, 이런 패턴은 「阿斯女」에도 잘 나타나 있다. 이 작품과 「阿斯女」에 공통적으로 등장하는 '아사달'과 '아사녀'는 '설화 속의 인물'이지만 현재를 살아가는 민중혁명의 주체이며, 탈이데올로기적 세계관을 드러내는 메신저이다. 따라서 '아사달 아사녀'가 "中立의 초례청 앞에 서서/ 부끄럼 빛내며/ 맞절"을 하게 된다.

조태일은 여기서의 '중립'이란 국제정치학적 개념이 아니라 핵심·정상·근원·집중·순수 등의 여러 의미가 함축되어 있다고 말했다. 따라

서 영원한 생명의 힘을 나타내 주고 있으며, 영원한 민중적인 힘을 뜻한다고 보았다.[123)

　　결국 이 작품은 설화적 인물을 등장시켜, 초례상 앞에서 맞절을 하듯 4·19 정신의 순결성으로 진정한 민주사회를 건설해야 한다는 염원을 담아낸 것이다. 신동엽은 이 같은 '영지 설화'에 이어 '곰나루 설화'를 인유의 원천으로 삼게 되는데, 그 작품들을 살펴보자.

　　1)
　　四月이 오면
　　곰나루 피터진 동학의 함성
　　光化門서 목터진 四月의 勝利여

— 신동엽, 「4월은 갈아엎는 달」 일부

　　2)
　　껍데기는 가라
　　東學年 곰나루의 아우성만 살고
　　껍데기는 가라

— 신동엽, 「껍데기는 가라」 일부

　　1)은 1966년 4월 『조선일보』에 발표했고, 2)는 1967년 『52人詩集』에 발표한 작품이다. 두 작품 모두 '동학'과 '곰나루'를 등장시킨다. '곰나루'에는 다음과 같은 전실이 있다.

　　옛날에 어떤 사람이 산에 나무하러 갔다. 곰이 그 사람을 업고 굴 속

---

123) 조태일, 「신동엽론」, 『민족시인 신동엽』, 창작과비평사, 1999, p.110.

으로 갔다. 그 사람이 도망가지 못하도록 큰 독으로 문을 막고 먹이를 구해 왔다. 암콤이어서 그 사람과 관계하여 새끼를 낳았다. 그 뒤 곰은 문을 열어 두고 다녔다. 그 사람이 나루에 가 배를 타고 강을 건너 도망 갔다. 곰이 새끼 2마리를 죽이고 자기도 그 강에 빠져 죽었다. 곡식을 싣고 서울로 가져가려는 배가 있으면 그 배는 그 강에서 뒤집힌다. 곰이 그렇게 죽었다는 사실을 안 뒤부터 그 곳에 사당을 지었다. 관찰사가 초 하루 보름으로 그 사당을 다니고 부임하면 그런 일(배가 뒤집히는 일)이 없어졌다.[124]

앞의 두 편의 시 모두 '곰나루'와 '東學'을 연결시켜 놓고 있다. 시인 은 왜 두 항목을 연결시켜 놓은 것일까? '곰나루'가 동학농민혁명의 전 적지이기도 하지만 '곰나루 설화'의 공간적 배경이기 때문일 것이다. '곰나루 설화'는 곰이 인간이 되고자 했으나 그 염원을 이루지 못해 스 스로 목숨을 끊은 비극적 이야기를 담고 있다. 겨울잠을 자는 곰은 생 활 주기가 대지(자연)와 같아서 지모신(地母神)을 상징한다. 게다가 대 지를 생활 터전으로 삼는 농경 활동과 밀접한 관련을 맺고 있는 토템 이다.[125] 결국 곰의 한맺힌 죽음은 지배세력이나 외세에 의해 피폐되어 가는 농촌과 그 구성원들의 아픔을 드러내고 있다. 따라서 텍스트는 '東學'과 '곰나루'를 병치시켜 지배세력이나 외세에 의해 '아사달'과 '아사녀' 같은 민중들의 억압받는 현실을 보여주고 있다. 게다가 '곰 나루'가 동학혁명의 전적지이기 때문에 두 항목을 더욱 용이하고 자연 스럽게 연결시킨 것으로 보인다.

텍스트의 1)은 또 '동학'과 4·19를 연결시켜 놓고 있다. 4·19 혁명 은 실패로 끝났지만 그 정신사적 맥락이 동학혁명에서 비롯됐음을 환

---

124) 임석재, 앞의 책, pp.212~213. 채록자가 1973년 9월 26일 충청남도 공주읍 중동에서 이치 우(남, 75세)로부터 채록, 기록한 글을 표준말로 바꿔 정리했음.
125) Propp.V, 박전열 譯,『구전문학과 현실』, 홍성사, 1990. p.107.

기시킨다. 이처럼 신동엽은 4·19의 혁명정신을 시로 형상화하면서 그 뿌리를 동학혁명에서 찾았고, 그런 과정 속에서 '곰나루 설화'를 수용한 것으로 보인다.

신동엽은 또 장편서사시 「금강」을 통해 『삼국유사』의 「武王」편에 실린 '서동(署童) 설화'를 수용한다. 「금강」은 동학혁명을 소재로 했으며, '신하늬'와 '인진아'를 주인공으로 내세웠다. 「금강」의 19장은 '시로 꾸며진 서동 설화'라고 해도 과언이 아닐 정도다. 그러나 주인공 남녀의 사랑을 미화하기 위한 장치로만 쓰여져 설화의 의미가 확대 재생산되지 못했다.

이상 살펴본 바와 같이, 신동엽은 주로 인유의 방식으로 설화를 수용했고, 현재보다 과거, 다시 말해 과거의 사람과 과거의 역사, 그리고 과거의 삶의 모습들을 재현하고자 했다. 그의 복고주의는 과거의 질서 또는 과거의 풍습에 대한 막연한 그리움에 따른 것이 아니라 민족의 순수성의 회복이라는 차원으로 이해되고 있다.[126]

결국 신동엽은 그가 수용한 설화의 인물들을 그의 작품을 통시적(通時的)으로 오가는 하나의 상징이자 분단 조국의 현실을 드러내는 알레고리적 화두로 삼은 것이었다. 이처럼 신동엽은 서민들의 구전설화를 통해 민중적 상상력의 토대를 굳힐 수 있었다.

5) 현실비판의 거울 : 이승하의 「遇賊歌를 읽는 밤」

설화는 1990년대에 이르자 타락한 물신주의를 비판하는 시적 비유의 원천이 된다. 이승하(李昇夏, 1960~)의 「遇賊歌를 읽는 밤」은 『삼

---

126) 신경림, 「역사 의식과 순수언어 — 신동엽의 시에 대하여」, 『민족시인 신동엽』, 창작과비평사, 1999, p.34.

국유사』의 「永才遇賊」편을 소재로 하고 있다.

        내가 쓴 시 60명 도둑의 무리는커녕
        단 한 사람의 마음도 움직인 바 없으니
        컴퓨터 팔아버리고 산중 깊이 숨어야 하리

        시집 따위는 불태워버려야 하리
        온통 도둑의 무리인 이 세상에서
        돈 냄새 한번 제대로 풍기지 못했으니

        우적우적 씹어 삼킨 재물이
        지옥으로 떨어지는 근본임을 모른 채
        내 배 채우기 위해 남의 등을 치는

        썩은 심장은 어딜 가나 있더라
        구린 혓바닥은 어딜 가나 있더라
        목탁 소리 설교 소리 아무 소용이 없는

        멋대가리 없는 도둑들이 날뛰고 있으니
        내 아들아 딸아 미래의 손자 손녀들아
        그때도 세상이 뒤바뀌지 않는다면

        노래 알아들을 줄 아는 도둑이 되라
        현자 앞에 무릎 꿇을 줄 아는 도둑이 되라
        저 신라 시대 때 설쳤던 도둑의 무리처럼.
                        —이승하, 「遇賊歌를 읽는 밤—도망자 신창원에게」 전문

이 작품은 월간 『현대시학』 1995년 4월호에 발표되었다가 부분적인 개작을 거쳐 시집 『뼈아픈 별을 찾아서』(2001)에 실렸다. 시인은 시의 제목을 「遇賊歌를 읽는 밤」이라고 했지만 향가인 「遇賊歌」보다도 「遇賊歌」에 읽힌 설화를 소재로 하고 있다. 신라 원성대왕 때의 승려 영재가 도적 떼를 만나 도적의 명에 따라 지은 노래, 즉 「遇賊歌」[127]의 유래는 다음과 같다.

중 영재(永材)는 성품이 익살스럽고 사물에 얽매이지 않았으며, 향가를 잘 지었다. 만년에 남악(南岳)에 숨어 살려고 가다가 대현령(大峴嶺)에 이르렀는데, 도적 60여 명을 만났다. 그들이 해치려는데도 영재는 칼날 앞에서 두려운 빛이 없었다. 화평한 얼굴로 대하자 도적들이 괴이히 여겨 그의 이름을 물었다. 그가 "영재"라고 대답하자, 도적들이 평소에 그의 이름을 들었으므로 그에게 명해 노래를 짓게 했다. 그 가사는 이렇다.

제 마음을
모습이 볼 수 없는 것인데,
일원조일(日遠鳥逸) 달이 난 것을 알고
지금은 수풀을 가고 있습니다.
다만 잘못된 것은 강호(強豪)님,
머물게 하신들 놀라겠습니까.
벙기(兵器)를 마다하고
즐길 법(法)을랑 듣고 있는데,
아아, 조만한 선업(善業)은

---

127) 『삼국유사』에는 이 노래의 제목이 명기되어 있지 않다. 이 노래를 양주동은 「遇賊歌」, 김선기는 「도둑 만난 노래」, 김사엽은 「盜賊歌」라 하였다.

아직 턱도 없습니다.

도적들이 그 노래의 뜻에 감동되어 비단 두 필을 주자, 영재가 웃으면서 앞으로 나와 사례하고 말았다.
"재물이 지옥에 가는 근본임을 알고 장차 깊은 산으로 숨어 일생을 보내려 하는데, 이를 어찌 감히 받겠는가."
그 비단을 땅에 던지자 도적들이 또 그 말에 감복해, 모두들 칼과 창을 던져 버렸다. 머리를 깎고 영재의 무리가 되어, 함께 지이산에 숨었다. 다시는 속세를 밟지 않았다. 그때 영재의 나이가 거의 90세였는데, 원성대왕 때의 일이었다. 이에 찬한다.

지팡이 짚고 산으로 돌아가니 그 뜻이 더욱 깊어
비단이나 구슬로 어찌 마음을 달래랴.
녹림의 군자들이여 그런 물건을 주지 말라
한 치의 황금도 지옥의 근본이라네.[128]

이 같은 설화를 소재로 한 「遇賊歌를 읽는 밤」 역시 '우적(遇賊) 설화'처럼 대립구조를 지니고 있다. 먼저 '우적 설화'의 서사구조를 살펴보면, 대립되는 인물은 '영재'와 '도적'이다. 이들 인물이 빚어내는 사건은 '수풀로 감/머물게 함'에서 시작되어 '해치려 함/화평한 얼굴로 대함', '노래를 짓게 함/노래의 뜻에 감동됨'을 거쳐 '비단 두 필을 줌/사례하고 비단을 땅에 던짐'으로 종결된다. 대비되는 시어를 살펴보면, '칼날'과 '노래', '兵器'와 '法'으로 구분된다.
이에 비해 「遇賊歌를 읽는 밤」은 '나'와 '도둑', '나'와 '세상'을 중심축으로 삼아 '컴퓨터'와 '산중', '내 배'와 '남의 등', '목탁 소리, 설교

---

128) 일연, 앞의 책, pp.386∼387.

소리'와 '썩은 심장, 구린 혓바닥', '현자'와 '도둑'을 충돌시킨다. 「遇
賊歌」의 단순한 서사구조가 몇 개의 대립항으로 변주되는 셈인데, 그
항목들을 정리해 보면 다음과 같다.

■ '遇賊 설화'와 「遇賊歌를 읽는 밤」의 서사구조

대립요소＼텍스트	遇敵 설화	遇敵歌를 읽는 밤
중심인물	영재/도둑	나/도둑 현자/도둑
사건	수풀로 감/머물게 함 해치려 함/화평한 얼굴로 대함 노래를 짓게 함/노래에 감동됨 비단을 줌/비단을 땅에 던짐	컴퓨터를 팖/산중에 숨을 내 배를 채움/남의 등을 침
비유어	칼날/노래 兵器/法	목탁 소리, 설교 소리/ 썩은 심장, 구린 혓바닥

　　그렇다면 시인은 왜 「遇賊歌」의 핵심적인 서사를 변주시킨 것일까?
「도망자 신창원에게」라는 부제가 말해주듯 '설화적 공간'을 '현대적
공간'으로 끌어내리기 위해서다. 이 작품의 공간적 배경은 신창원이 교
도소를 탈옥한 1997년 이후의 한국사회가 되겠는데, 텍스트는 먼저 시
의 첫 두 행을 통해 '우적 설화'를 요약한다. 그런데 주어가 '나'이다.
설화의 주인공인 '영재'가 아닌, 시인 자신이 텍스트의 화자가 된다.
이를 '대상의 자아화'로 볼 수 있는데, '우적 설화'의 주인공을 자신과
동일시함으로서 자신의 삶과 타락한 세상을 비판하는 거울로 삼는다.
　　이를 좀더 구체적으로 살펴보면, 텍스트는 의미구조상 세 단락으로
나뉘어진다. 시의 제1~2연은 시를 쓰는 시인 자신에 대한 반성으로
되어 있고, 3~4연은 '썩은 심장'과 '구린 혓바닥'의 세상을 탄식하고
있으며, 5~6연은 후손들을 향한 당부의 말로 채워져 있다.

첫째 의미단락인 시의 제1~2연은 시인이 '영재가 노래를 지어 도적을 감동시켰다'는 이야기를 밑바탕으로 삼아 자신의 시를 반성하고 있다. 따라서 '시집 따위는 불태워버려야 하리'라는 진술이 가능해진 것인데, 주목되는 것은 '노래'와 '시'의 대비이다. 여기서 시는 운문(韻文)의 문학임에도 불구하고 운율과 가락을 잃어버린 채 무반성적으로 진행되어 온 현대시에 대한 자성적 비판을 읽을 수 있다.

둘째 의미단락인 제3연은 「永才遇賊」편의 '한 치의 황금도 지옥의 근본이라네'를 거의 그대로 옮겨온 것인데, '썩은 심장'과 '구린 혓바닥'이 어딜 가나 있지만 '목탁 소리 설교 소리 아무 소용이 없'다는 것이다. 타락한 현실의 무반성적 행태를 드러낸 셈이다.

시인이 바라보는 이 세상은 '노래'를 잃어버린 세상이다. '노래'란 '낭만적 풍류'이자 우리 삶의 넉넉한 유머이기도 하다. 그러나 1990년대 후반의 한국 사회는 '물신주의의 폭력'이 횡행(橫行)하고, '물신주의적 폭력'에 전염된 도둑들의 세상이 되고 말았다는 것이다. 이처럼 절망적인 현실이기에 시인은 후손들을 향해 '도둑이 되어도 좋다. 그러나 노래를 알아들을 줄 아는 도둑이 되라'는 쓰디쓴 전언(傳言)을 하게 된다.

이 같은 의미구조를 통해 우리는 이 작품이 무반성적으로 진행되어 온 한국의 현대시, 그리고 물신주의적 세태에 대한 반성적 자료로 '우적 설화'를 인유해 왔음을 볼 수 있다.

이상 살펴본 바와 같이, 텍스트가 상호텍스트를 확장시킬 때 가장 흔히 쓰는 방식이 인유이다. 인유는 설화의 문맥을 확장시킨다. 그 인유의 요소들이 과거의 문맥에서 가지는 의미와 현대시에 도입된 새로운 문맥에서 가지는 새로운 의미와의 병치적 융합이라는 의미론적인 풍부성을 획득하는 것이다.[129]

---

129) 김준오, 『詩論』, 삼지원, 1991, p.134.

　결국, '설화의 확장'은 전통주의의 소산이며, 언어적 전통뿐만 아니라 전통적 삶의 원형을 탐구하고 그 가치를 재발견하여 새로운 가치를 형성하는 데 기여한다. 한국 현대시는 이 같은 '설화의 확장' 작업을 거침으로서 더욱 다양하고 개성적인 시 세계를 열어가게 된다.

제 4 장

설화의 전환(轉換)

1. 모티프의 변용(變容)

1) 신화적 세계로의 통로 : 서정주의 「春香」 「娑蘇」 시편

설화는 말해지는 것이며 동시에 말하는 것이다. 설화는 청자(聽者)에게 끊임없이 다양한 반응을 파생시켜 그 의미가 확산되는데, 현대시에 있어서의 설화의 수용은 '독자(讀者, 즉 수용자)로서의 영역'과 '시인(창조자)으로서의 영역'이 함께 만나는 작업이다.[130] 이때 시인은 설화와 시인 자신, 그리고 일반 독자 사이의 거리를 조정하게 된다. 이때의 거리 조정은 설화를 접한 시인의 체험과 당대적 삶의 가치관이 결합되어 이루어지기 마련인데, 이것이 곧 설화의 시적 변용이다. 시대에 따른 설화의 시적 변용은 설화의 생명력을 고양시키는 행위이자 텍스트 생성의 동인(動因)을 확보하는 이중적 의미를 지니게 된다.

---

130) 김현자, 앞의 논문, p.513.

이 같은 변용은 주로 설화의 서사모형을 위반함으로써 이루어진다. 즉, 설화라는 이름의 선언어군을 수용해 텍스트가 창출되지만 텍스트도 선언어군과 똑같은 권위와 규범을 갖는다는 것이다. 라파떼르는 이를 '선언어군의 전환'이라고 불렀다.

전환은 몇 개의 기호를 하나의 '집합적(collective) 기호'로 변형시킴으로써, 즉 시퀀스의 구성 요소들에 동일한 변별적 자질을 부여함으로서 등가를 세운다.[131] 이 같은 '전환'은 (1)원인이 결과를 낳는다는 '인접성의 결합'과 (2)비슷한 것은 비슷한 것을 낳는다는 '유사성의 결합'을 뛰어넘는다. 즉, 텍스트가 (1)과 (2)에 의해 지속되던 상호텍스트의 모형을 부정함으로서 새로운 모형을 창출하게 되는 것이다.

이때 텍스트와 상호텍스트의 변별적 징표는 '차이성' '상이성' '대조성'이다. 이 방법은 두 텍스트의 거리를 극대화시켜 새로운 의미를 발생시킨다. 이것은 설화의 생명력을 고양시키는 행위로 여기에 텍스트 생성의 의의가 있다.

텍스트 생산자는 상호텍스트로부터 받은 서정적 충동을 어떤 형태로든 텍스트에 옮겨 놓게 된다. 텍스트 생산자가 상호텍스트가 지닌 이야기의 특정 부분을 텍스트 생산의 동인(動因)으로 삼을 때, 이는 모티프[132]의 수용이 되겠다.

서정주는 설화의 모티프를 무수히 변용하여 독창적인 시 세계를 구축한 대표적 시인이다. 서정주가 보여준 설화의 시적 구조화 유형은

---

131) **Riffaterre Michael**, 앞의 책, p.83.
132) 설화의 모티프는 특이하고 인상적인 내용으로 이루어져 있어 쉽사리 파괴되지 않고 쉽게 기억되며, 독립적인 생명을 갖는다. 따라서 '사람', '사람과 사람의 결혼'은 모티프가 될 수 없으나, '혹부리영감', '사람과 뱀의 결혼'은 특이하므로 모티프가 될 수 있다. 모티프는 다음의 세 가지로 구분된다. 첫째는 이야기의 행위자들로 신·괴물과 마녀 및 도깨비·요정과 같은 마술적인 것들, 사랑스런 계모·사악한 계모 등과 같은 인습화된 인간 등과 같은 것들이다. 둘째는 괴상한 관습이나 신앙 등과 같이 행위의 배경을 이루는 것들이다. 셋째는 단일한 사건들로 이것이 모티프의 대부분을 이룬다. 이것 역시 독립적인 존재이므로 유형을 견지하게 해준다. 유형은 하나의 모티프로 이루어지기도 하고, 여러 개의 모티프로 이루어지기도 한다. ─한국민속원 編, 『한국구비문학개론』, p.69.

다양했지만, 그는 특히 설화의 모티프에 자신의 세계관을 투사시켜 시
세계의 사상적 바탕을 마련했다. 서정주의 시 5편을 통해 모티프 변용
의 의의와 성과를 살펴보자.

> 香丹아 그넷줄을 밀어라
> 머언 바다로
> 배를 내어 밀 듯이,
> 香丹아
>
> 이 다수굿이 흔들리는 수양버들 나무와
> 벼갯모에 뇌이듯한 풀꽃뎀이로부터,
> 자잘한 나비새끼 꾀꼬리들로부터
> 아조 내어밀듯이, 香丹아
>
> 珊瑚도 섬도 없는 저 하눌로
> 나를 밀어 올려다오
> 採色한 구름같이 나를 밀어 올려다오
> 이 울렁이는 가슴을 밀어 올려다오!
>
> 西으로 가는 달 같이는
> 나는 아무래도 갈수가 없다.
>
> 바람이 파도를 밀어 올리듯이
> 그렇게 나를 밀어 올려다오
> 香丹아

— 서정주, 「鞦韆詞 — 春香의 말 壹」 전문

시집 『徐廷柱詩選』(1955)에 실린 이 작품은 부제(副題)가 말해주듯 춘향이가 그네를 타면서 독백(獨白)을 하는 형식을 지니고 있다. 독백이긴 하지만 독자를 향한 방백(傍白)인 셈인데, 텍스트는 대립구조로 짜여져 있다.

그 언어군(言語群)을 살펴보면, 동류항 (1)은 '먼 바다' '저 하늘'이 되겠고, 동류항 (2)는 '수양버들 나무' '풀꽃뎀이' '나비새끼' '꾀꼬리'가 된다. (1)과 (2)는 이 텍스트가 안고 있는 갈등구조와 의미구조를 밝혀주는 핵심적 어군(語群)이다. (1)과 (2)을 연결하는 매개자는 그네이다. 그네는 춘향과 이도령이 처음 만나는 계기를 마련해 준 매개물이었다. 그러나 이 작품에 이르러 그네는 두 인물 사이의 매개물이 아닌, 대립구조의 경계선이 된다. 즉, (1)은 '그네'로부터 멀리 떨어진 '이상적 공간'이고 (2)는 '그네' 곁의 '현실적 공간'이다. 다시 말해 '천상'과 '지상'으로 구별되는 대립의 한가운데 '그네'가 존재하고 있다.

'그네'는 춘향으로 하여금 '현실'을 벗어난 '이상의 세계'를 꿈꾸게 한다. 그 세계는 기생(妓生)의 딸로 태어난 춘향의 신분적인 속박을 뛰어넘는 '자유와 평등의 삶'을 뜻한다. 따라서 (1)은 '자유'와 '초월', 그리고 '이상의 세계'를 상징하는 시어가 되겠고, (2)는 '억압'과 '속박'을 견디는 '현실적 삶'을 의미하고 있다.

이 작품에서의 '춘향'은 '彩色한 구름'이나 '西으로 가는 달'같이 '머언 바다'로, '저 하늘'로 가고 싶어한다. 그리고 조력자인 '향단'을 통해 비상의 의지를 거늡 확인한다. 그러나 '아무래도 갈 수가 없다'는 것이다. 춘향이 타고 있는 '그네'는 '이상의 세계'를 꿈꾸게 하고 '비상의 의지'를 고양시키지만, 결국 춘향을 '현실'로 되돌아오게 한다. 그네는 상승과 하강을 거듭한다. 그러나 나무에 묶여져 있기 때문에 궤도를 벗어날 수 없다. 이처럼 그네는 춘향으로 하여금 '초월의 세계'를 꿈꾸게 하지만 결코 초월을 허락하지 않는 모순을 보여준다. 이를 도식화하면 아래와 같다.

■ 「春香遺文」의 서사구조

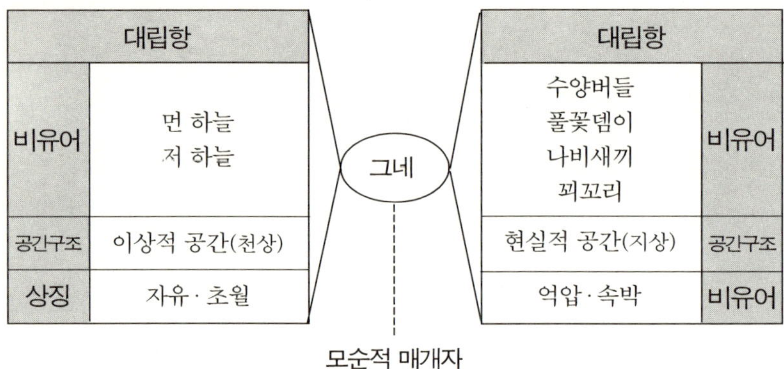

　그네를 타는 춘향에게서도 이런 모순이 발견된다. 춘향은 '수양버들' '풀꽃뎀이' '나비새끼' '꾀꼬리'를 정겹고 아름답게 표현한다. 즉, 환멸의 대상으로 보지 않는다. 게다가 '저 하늘'을 '珊瑚도 섬도 없는' 곳이라고 말한다. 따라서 이 작품을 '현실을 초극하려는 의지'와 '현실에 대한 애착' 사이를 오가는 춘향이의 심리적 갈등을 담아내고 있다고 볼 수도 있겠다. 그렇다면, 춘향도 결국 그네와 같은 존재이다.

　이 작품은 『춘향전』의 한 대목을 모티프로 했지만 '춘향'의 전형성을 보여주기보다는 인간이 지닌 초월에의 의지, 그러나 현실적 삶의 궤도를 벗어날 수 없는 인간의 숙명적 한계를 보여준다. 이는 서정주의 '신화적(神話的) 순환적(循環的) 시간(時間)'[133]을 드러내는 대목인데, 서정주의 '현실적 시간'은 '영원 속에서 되풀이되는 현재로서의 시간'이다.

　서정주의 '神話的 循環的 時間'은 「春香遺文—春香의 말 參」에서

────────────

133) 김현자, 앞의 논문, p.528.

좀더 구체적인 모습으로 나타난다. 서정주는 「春香의 말」이란 부제를 붙인 3편의 「春香」 시편을 『徐廷柱詩選』에 나란히 싣고 있는데, 그 세 번째 작품인 「春香遺文—春香의 말 參」은 시인의 '시간의식'을 불교의 윤회사상을 통해 드러낸다. 게다가 춘향의 말을 통해 그 윤회사상을 드러내고 있다는 게 이 작품의 특징이다.

  안녕히 계세요
  도련님

  지난 오월 단오ㅅ날, 처음 만나든날
  우리 둘이서 그늘밑에 서있든
  그 무성하고 푸르든 나무같이
  늘 안녕히 계세요

  저승이 어딘지는 똑똑히 모르지만
  춘향의 사랑보단 오히려 더 먼
  딴 나라는 아마 아닐것입니다

  천길 땅밑을 검은 물로 흐르거나
  도솔천의 하늘을 구름으로 날드래도
  그긴 결국 도련님 곁 아니예요?

  더구나 그 구름이 쏘내기되야 퍼부을때
  춘향은 틀림없이 거기 있을거에요!

— 서정주, 「春香遺文 — 春香의 말 參」 전문

춘향이 이 도령에게 보내는 '유언(遺言)' 형식인 이 텍스트는 '나'와 '도련님', '이승'과 '저승', '딴 나라'와 '이 곳', '천길 땅밑'과 '도솔천', '검은 물'과 '구름'이라는 대립구조로 짜여져 있다. 이런 대립은 죽음까지 뛰어넘는 춘향의 변함없는 사랑을 드러내기 위한 장치이다.

시의 화자인 춘향은 자신의 죽음을 가상으로 설정해 놓고, 죽음 앞에서의 초연한 자세를 보여주는데, '저승'이 자신의 사랑보다 더 먼 '딴 나라'가 아니라고 생각하기 때문이다. 죽음 이후의 '딴 나라'는 '천길 땅밑'과 '도솔천의 하늘'로 구체화되고, 시의 화자는 '검은 물'과 '구름'으로 비유된다.

'천길 땅밑'은 극락을 상징하는 '도솔천의 하늘'과 대조를 이루고 있기 때문에 '지옥'이란 의미를 지니게 된다. 따라서 시의 화자는 지옥의 썩은 물로 흐르거나 수증기로 증발하여 극락 세계의 구름으로 날게 되는 셈이다. 그런데 어떻게 '결국 도련님 곁'인 것일까? 여기엔 텍스트 생산자의 주관이 개입되어 있다. 바로 불교의 윤회사상이다. 결국 이 텍스트는 선행 텍스트의 핵심 모형인 '두 남녀의 사랑'을 '죽음까지 초월하는 영원한 사랑'으로 전환시켰는데, 여기엔 텍스트 생산자의 윤회사상이 밑바탕에 깔려 있다. 여기서 주목해야 할 사항은 텍스트 생산자의 윤회사상이 시적 화자에게 전이되어 있다는 것이다. 즉, 시적 화자도 윤회사상을 믿고 있기 때문에 죽음 앞에서 초연한 자세를 취하고 있는 셈이다.

이 시는 '죽음 이후의 세계'가 다시 현실로 나타나는 것으로 마무리되는데, 저승으로 간 춘향이 소나기가 되어 이 땅을 적신다는 표현이 그것이다. 시인이 이러한 윤회관이 공허하게 느껴지지 않고 설득력을 지니게 되는 것은, 그것이 움직일 수 없는 자연현상에 결부되기 때문이다.[134]

---

134) 신경림·정희성, 『한국현대시의 이해』, 진문출판사, 1981, p.81.

　이 텍스트는 선행 텍스트의 무수한 상황 중 '춘향의 옥중 상황'을 무대로 하고 있다. 따라서 첫연의 "안녕히 계세요/도련님"을 죽음을 앞둔 춘향의 애절한 유언으로 받아들이기 쉽다. 그러나 춘향은 물과 구름을 거쳐 소나기가 되어 이 도령 곁으로 돌아가게 될 것을 믿고 있다. 따라서 "그 무성하고 푸르든 나무 같이/늘 안녕히 안녕히 계세요"라는 경쾌한 어법이 가능해진 셈이다.

　이 텍스트는 옥에 갇힌 춘향의 비극적 상황을 모티프로 하고 있으며, 시종 춘향의 독백으로 채워져 있다. 이때 작품 속에 울리는 목소리는 종교적 세계관과 결부되어 심화한 춘향의 육성인 동시에 춘향의 드라마를 빌어 인간적 집념과 사랑의 항구적인 영속성을 노래하는 시인 서정주의 독백이기도 하다.[135]

　이처럼 서정주의 '현재적 시간'은 불교의 윤회사상을 밑바탕으로 한 '신화적 순환적 시간'이지만 시인의 의식은 언제나 '절대적 영원의 세계'를 희구하고 그 세계를 이데아로 삼고 있다. 서정주의 「꽃밭의 獨白—娑蘇斷章」은 그 세계에 도달하려는 시인의 구도자적 열망을 담아낸다.

　　노래가 낫기는 그 중 나아도
　　구름까지 갔다간 되돌아오고,
　　네 빌굽을 쳐 달려간 말은
　　바딧가에 가 멎어 버렸다.
　　활로 잡은 山돼지, 매〔鷹〕로 잡은 山새들에도
　　이제는 벌써 입맛을 잃었다.
　　꽃아. 아침마다 開闢하는 꽃아.

135) 김흥규, 「춘향—천의 얼굴」, 『현대시학』, 1971년 4월호, p.86.

네가 좋기는 제일 좋아도,

물낯 바닥에 얼굴이나 비추는

헤엄도 모르는 아이와 같이

나는 네 닫힌 門에 기대섰을 뿐이다.

門 열어라 꽃아. 門 열어라 꽃아.

벼락과 海溢만이 길일지라도

門 열어라 꽃아. 門 열어라 꽃아.

　* 娑蘇는 新羅始祖 朴赫居世의 어머니, 處女로 孕胎하여, 山으로 神仙修行을
간 일이 있는데, 이 글은 그 떠나기 전, 그의 집 꽃밭에서의 獨白.

— 서정주,「꽃밭의 獨白 — 娑蘇斷章」전문

이 시는 1958년 『思潮』 창간호에 발표됐다가 『新羅抄』(1960)에 실린
작품으로「娑蘇斷章」이란 부제와 주(註)가 없으면 설화에서 비롯된 작
품임을 인지하기 어렵다. 제5행의 '매로 잡은 山새들'이란 시구외에는
설화와 관련된 구절을 찾아볼 수 없다. '사소'는 신라 시조 박혁거세의
어머니로 '신모(神母)' 또는 '성모(聖母)'라고 불렸는데, 『삼국유사』의
「仙桃聖母隨喜佛事」편에 실린 '사소'와 '매'에 얽힌 이야기를 살펴보자.

　신모는 본래 중국 왕실의 딸인데, 이름은 사소(娑蘇)이다. 일찍이 신
선술을 배워 해동으로 왔는데, 오랫동안 돌아가지 않자 아버지인 황제
가 솔개 발에다 편지를 매어 부쳤다.
　"이 솔개가 머무는 곳에 집을 지으라."
　사소는 그 편지를 받고 솔개를 놓아 주었더니, 솔개가 날아서 이 산에
이르러 멈췄다. 곧 이곳으로 와서 집을 짓고 지선(地仙)이 되었으므로,
이름을 서연산(西鳶山)이라고 했다. 신모가 오랫동안 이 산에 머물면서

나라를 도와 신령스런 일이 매우 많았다. 〔…중략…〕 신모가 처음 진한 (辰韓)에 와서 성자(聖子)를 낳아 동국의 첫 임금이 되었으니, 혁거세와 알영, 두 성인이 태어난 근본이었다.[136]

이 설화를 선행 텍스트로 삼은 「꽃밭의 獨白 — 娑蘇斷章」은 주(註)가 말해주듯 '사소'가 산으로 떠나기 전, 자기 집 꽃밭에서의 독백 형식으로 되어 있다. 사소는 처녀의 몸으로 잉태하였다. 산(山)으로 신선 수행(神仙修行)을 떠나게 됐지만 사실상 낯선 곳으로 추방을 당해야 하는 절망적 상황 앞에 놓여진 것이다. 그 상황을 시인은 '인간 세계의 유한성(有限性)'과 연결시켜 놓았다.

이를 좀더 구체적으로 살펴보면, 텍스트는 '노래'와 '구름', '발굽을 쳐 달려간 길'과 '바다', '나'와 '꽃'이라는 대립구조를 지니고 있다. '노래'와 '발굽을 쳐 달려간 길'은 '나의 한계 상황', 나아가 '인간 세계의 유한성'을 의미하고, '꽃'은 '구름'과 '바다'처럼 시적 화자가 넘어갈 수 없는 '현실 밖의 세계'이다. 다시 말해, '절대적 영원의 세계'이다.

텍스트의 제1~6행은 '인간 세계의 유한성'을 드러내는데, "되돌아 오고" "멎어 버렸다" "입맛을 잃었다"라는 시행이 '유한성의 벽'을 말해주고 있다. 따라서 시의 화자는 '꽃'으로 상징된 '절대적 세계'를 더욱 간절하게 꿈꾸게 되고, 그 '門' 앞에서 주술(呪術) 같은 독백을 하게 된다. '꽃의 開闢'은 사소의 '정신적 개안(開眼)'을 상징하는데, 시인은 "물낯 바닥에 얼굴이나 비추는/헤엄도 모르는 아이"와 "벼락과 海溢의 길"을 대비시킨다. '아이'는 시의 화자가 되겠고, '벼락과 海溢의 길'은 '절대적 영원의 세계'에 이르기 위한 고난으로 볼 수 있다.

이로 인해 '절대적 영원의 세계'에 도달하려는 사소의 구도자적 열망이 더욱 강화된다. 시인은 사소에 자신의 감정을 투사시켜 자신의 구

---

136) 일연, 앞의 책, p.349.

도자적 열망을 표현하고 있으며, '개벽(開闢) 같은 시 세계'를 열려는 열망을 드러내고 있다.

이 시의 핵심어는 '꽃'이다. '꽃'이 '사소'라는 인물에게는 '영원의 세계'로, 시인에게는 '시라는 창조물'로 액자식 은유[137]가 되어 독자들에게 읽힌다고도 볼 수 있겠다.

다시 한번 살펴보자. 이 시의 핵심어는 '꽃'이다. 서정주는 사소의 이야기를 또 한편의 시를 쓰는데, 『鶴이 울고 난 날들의 詩』(1982)에 실린 「朴赫居世王의 慈堂 娑蘇仙女의 自己紹介」가 그것이다. 이 작품을 통해 「꽃밭의 獨白—娑蘇斷章」의 의미구조를 재확인할 수 있는데, 특히 '꽃'에 대한 해석의 타당성을 검토해 볼 수 있다. 다시 말해 '꽃'에 대한 해석을 통해 서정주가 설화를 시에 수용한 핵심적인 이유를 찾아낼 수 있다는 얘기다. 따라서 필자는 사소의 이야기를 소재로 한, 또 한 편의 시 「朴赫居世王의 慈堂 娑蘇仙女의 自己紹介」[138]를 통해 「꽃밭의 獨白—娑蘇斷章」에서의 '꽃'의 의미를 추출해내고자 한다.

나 娑蘇는 몽땅 早熟하고 그리움 많은 處女라, 시집도 가기 전에 애기를 배서 法에 따라 마을에서 쫓겨났지만 國祖檀君 이래의 風流思想으로 神仙 중의 神仙 — 仙女가 하나되어 不老長生 八字가 되기로 하고 慶尙道 仙桃山에 들어가 숨어 살았었도다. 山골에 널려 여무는 仙桃를 따 팔기도 하고 매 사냥을 해먹고 살면서 내 외아들 朴赫居世를 낳아 큼직한

---

137) 치환은유에는 세 가지 형태가 있다. 하나는 원관념에 하나의 보조관념이 연결된 단순은유가 있고, 하나의 원관념에 두 개 이상의 보조관념이 연결된 확장은유가 있고, 은유 속에 은유가 들어 있어 이중 삼중의 현상을 나타내는 액자식 은유가 있다. —김준오, 앞의 책, p.121.

138) 이 작품은 먼저 쓴 시(「꽃밭의 獨白—娑蘇斷章」)가 또 다른 시(「朴赫居世王의 慈堂 娑蘇仙女의 自己紹介」)의 텍스트가 되는 '상호텍스트성'을 보여주는 흥미로운 사례다. 서정주는 하나의 설화를 여러 작품으로 형상화하는데, 특히 주목되는 것은 10~20년이 지난 뒤 다시 그 소재를 시화하는 경우다. 이를테면, 『귀촉도』(1946)에 수록된 「牽牛의 노래」와 『질마재 神話』(1975)에 실린 「七夕」, 『新羅抄』(1960)의 「善德女王의 말씀」과 『徐廷柱文學全集』(1972)의 「우리 데이트는」 등이 그것이다. 이 같은 사례의 '수용미학'에 대한 연구도 필요할 것으로 보인다.

神仙으로 길러 냈도다.

「내 자식은 그만 알로 깐 것이다」고 소문을 퍼트린 건, 물론, 거짓부렁이라면 거짓부렁이지만 내 情과 슬기로써 느끼고 안 精神的 理解의 푼수에 비쳐보자면 그 애가 하눌의 알이라는 게 으째서 아닐꼬? 맞고도 또 잘 맞는 일이었을 뿐이로다.

이리 알고 이걸 자식에게 잘 가르쳐 訓練시켜서 그로 新羅 맨 처음의 王이 되게 하고 그 덕으로 나는 이 나라의 國母―仙桃山 神母가 되어 永遠히 神仙의 무엇임을 아는 者들의 祝祀을 받게 되었나니, 그리하여 해도 없는 그믐밤의 누구의 꿈속으로까지도 늘 누비고 다니며, 이 나라의 하눌과 空氣가 살아서 남아 있는 날까지는 맑은 마음눈을 가진 사람들의 마음속에 늘 항상 健在하려 하는도다. 萬歲!

― 서정주, 「朴赫居世王의 慈堂 裟蘇仙女의 自己紹介」 전문

이 작품은 시적 화자인 裟蘇[139]가 자신의 영생(永生)을 구술하는 형식을 지니고 있다. 「꽃밭의 獨白―裟蘇斷章」이 사소가 신선 수행을 떠나기 전의 상황인데 비해 텍스트는 사소의 일생을 전기(傳記) 형식으로 담아내고 있다. 시적 화자가 들려주는 전기는 시인의 주관적 해석이

---

139) 이 작품의 ‘裟蘇’와 설화의 ‘裟蘇’를 비교해 보면, 차이점이 발견된다. 설화의 ‘裟蘇’는 중국 왕실의 딸이며 신선의 술법을 익혀 海東에 와서 박혁거세(朴赫居世)를 낳아 신라의 첫 임금이 되게 했다. 반면 이 작품의 ‘裟蘇’는 신라인으로 ‘시집도 가기 전에 애기를 배서 법(法)에 따라 마을에서 쫓겨나’ ‘仙桃山에 들어가 숨어 살’다가 ‘朴赫居世를 낳아’ ‘新羅 맨 처음의 王이 되게’ 한 것으로 되어 있다. 그 이유는 서정주가 「仙桃聖母隨喜佛事」편에 다음과 같은 내용으로 읽었기 때문이다.
　사소는 처녀의 몸으로 박혁거세를 잉대하여, 그것이 용납되지 않는 신라의 사회와 가정으로부터 파문을 당해 한 마리의 매만을 데리고 선도산으로 산전 수행을 떠나게 되었을 것이라는 것이다. 그리고 산으로 간 사소가 어느 날 매의 발목에 편지를 부쳐 왔을 때 아버지는 “이 매가 날아가는 곳을 따라가 그 멈추는 곳으로 집을 삼아라” 하는 편지를 다시 그 매 편으로 부쳤을 것이라고 한다. 그러니 자연 그 매가 멈추는 곳은 태산준령이었을 것이고 사소는 自然人格으로 돌아가 영생하는 생명으로 다시 살아났을 것, 즉 再生하였을 것이다. ― 서정주, 「裟蘇의 사랑과 영생」, 『徐廷柱文學全集』, 일지사, 1972, pp.124~125.
　이 같은 사례를 통해 발견할 수 있는 흥미로운 사실은 텍스트 생산자가 선행 텍스트를 오독했을 경우, 선행 텍스트를 수용했다고 볼 수 있느냐는 문제다. 이 같은 사례를 중심으로 ‘텍스트 수용의 문제점’에 관한 논의 또한 필요할 것으로 보인다.

가미되어 있다. 이를 정리하면 다음과 같다.

> (1) 나는 시집도 가기 전에 애기를 배서 법(法)에 따라 마을에서 쫓겨
>   났다.
> (2) 경상도(慶尙道) 선도산(仙桃山)에 들어가 숨어 살았다.
> (3) 산(山)골에 널려 여무는 선도(仙桃)를 따 팔기도 하고 매 사냥을
>   해먹고 살았다.
> (4) 외아들 박혁거세(朴赫居世)를 낳을 때, 거짓부렁으로 '내 자식은
>   그만 알로 깐 것이다'고 소문을 퍼뜨렸다.

이 같은 스토리는 시인의 상상력으로 축조된 것인데, 핵심적인 어사(語辭)는 "나는 이 나라의 國母―仙桃山 神母가 되어 永遠히 神仙의 무엇임을 아는 者들의 祝祀을 받게 되었다"는 것이다. 시적 화자는 "이 나라의 하늘과 空氣가 살아서 남아 있는 날까지" "누구의 꿈속으로까지도 늘 누비고 다니겠다"는 말을 통해 자신이 곧 '永遠한 神仙'임을 각인시킨다. 텍스트는 이 같은 시행을 통해 사소가 '절대적 영원의 세계'에 도달했음을 말해준다. 따라서 「꽃밭의 獨白―娑蘇斷章」에서의 '꽃'은 '절대적 영원의 세계'이며, 그 세계로 나아가는 '통로'임을 확인할 수 있다.

이 '통로'는 서정주의 '영원주의'로 통하는 문이다. '영원주의'는 생자(生者)와 사자(死者)간의 '영통(靈通)'을 낳게 되는데,[140] 그 모형을 「新婦」에서도 찾아볼 수 있다.

신부는 초록 저고리 다홍 치마로 겨우 귀밑머리만 풀리운 채 신랑하고 첫날밤을 아직 앉아 있었는데, 신랑이 그만 오줌이 급해져서 냉큼 일

---

140) 박철희, 「續·질마재 神話攷」, 『현대문학』, 1972년 4월호, p.353.

어나 달려가는 바람에 옷자락이 문 돌쩌귀에 걸렸습니다. 그것을 신랑
은 생각이 또 급해서 제 신부가 음탕해서 그 새를 못 참아서 뒤에서 손
으로 잡아당기는 거라고, 그렇게만 알고 뒤도 안 돌아보고 나가 버렸습
니다. 문 돌쩌귀에 걸린 옷자락이 찢어진 채로 오줌 누곤 못 쓰겠다며
달아나 버렸습니다.

　그러고 나서 40년인가 50년이 지나간 뒤에 뜻밖에 딴 볼일이 생겨 이
신부네 집 옆을 지나가다가 그래도 잠시 궁금해서 신부방 문을 열고 들
여다보니 신부는 귀밑머리만 풀린 첫날밤 모양 그대로 초록 저고리 다
홍 치마로 아직도 고스란히 앉아 있었습니다. 안쓰러운 생각이 들어 그
어깨를 가서 어루만지니 그때서야 매운 재가 되어 폭삭 내려앉아 버렸
습니다. 초록 재와 다홍 재로 내려앉아 버렸습니다.

― 서정주, 「新婦」 전문

　시집 『질마재 神話』(1975)에 실린 이 작품은 조지훈의 「石門」처럼
'일월산 황씨부인당 전설'을 소재로 하고 있다. 「石門」의 의미구조를
분석할 때, 이미 살펴본 것처럼 '일월산 황씨부인당 전설'의 핵심 모형
은 '버림받은 신부의 원한'이다. 상호텍스트의 서사구조를 도표로 정
리하면 아래와 같다(줄거리는 제Ⅱ장 2절 4편 참조).

　「新婦」는 상호텍스트의 대립적 서사구조를 거의 그대로 수용하고 있
다. 텍스트는 크게 두 단락으로 구성되어 있는데, 첫 단락은 '신랑이
신방에서 달아나게 된 상황'을 인과적으로 묘사하고 있다. 둘째 단락
은 '신랑이 신방을 다시 찾아와서 보게 된 상황'으로 구성되어 있다.

　이 두 상황은 시종 신랑의 관점으로 기술되고 있는데, 그 상황을 신
부의 관점에서 살펴보면 첫 단락은 '버림받게 된 이유', 둘째 단락은
'매운 재가 된 이유'가 되겠다. 이 작품의 서사는 '달아난 신랑'과 '버

림받은 신부'라는 대립되는 두 항목을 중심축으로 전개된다. 두 인물의
행위 또한 뚜렷이 대비된다. 이를 도식화하면 아래와 같다.

■ '일월산 황씨부인당 전설'의 서사구조

대립요소	대립항	
인물	처녀 총각 신랑 신랑 딴 부인	총각 또 다른 총각 신부 연적(또 다른 총각 등) 신부
장소	新房	外地
사건의 진행	달아남	기다림
사건의 결과	삶 행운 착각	죽음 괴로움 뉘우침

■ 「新婦」의 대립적 서사구조

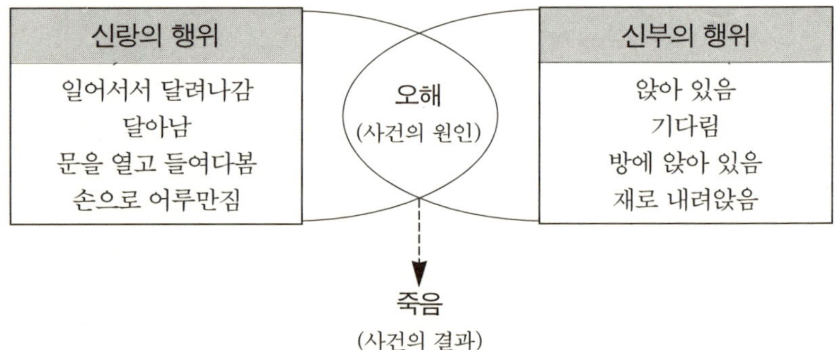

　　「新婦」의 두 인물의 행위 또한 대립된다. 신랑의 행동은 능동적이고
신부는 수동적이다. 신랑은 "달려나가고" "달아나고" "新婦네 집 옆을

지나고" "궁금해서 문을 열고 들여다보고" "그 어깨를 어루만지는" 등 항상 몸을 움직이는 것으로 진술되어 있지만, 신부는 "아직 앉아 있었는데"로 고정되어 있다. 이 시에서 신부의 몸이 단 한번 움직이는데, "매운 재가 되어 폭삭 내려앉아 버렸습니다"라는 구절이 그것이다.

이 같은 행위의 원인은 신랑의 '오해'이다. 두 텍스트 모두 오해에서 비롯된 비극을 담고 있는데, 두 텍스트의 오해를 비교해 보면 차이점이 발견된다. 설화의 신랑이 대나무 그림자를 칼로 인식한 것은 나름대로 합리성을 지닌다. 즉, 연적(戀敵)이 있었기 때문에 대나무 그림자를 연적의 칼로 인식한 것이다. 설화의 '두 총각 중'이란 언사가 이를 뒷받침한다. 신랑이 도망간 이유는 그것뿐이다.

그런데 「新婦」에서는 한 가지 오해가 더 제시된다. 신랑의 옷자락이 돌쩌귀에 걸렸다는 진술이 그것이다. 또 신랑은 그것을 '제 신부가 음탕해서 그 새를 못 참아서 뒤에서 손으로 잡아당긴다'고 여긴 것이다. 여기에 설화의 이야기를 자의적으로 변형시킨 시인의 상상력이 개입되어 있다. 조지훈의 「石門」이 설화의 비극성을 비장한 어조로 보여주었다면, 「新婦」는 희극적인 상황으로 전환시켜 비극성을 더욱 강화시켜 놓았다.

그 스토리가 다소 변형되긴 했지만 「新婦」 역시 '신랑의 오해'로 인해 비극적 서사가 출발되고, 비극적 상황을 처음부터 끝까지 지탱시키는 구심점 또한 '오해'이다. '오해'는 여러 개의 대립 상황을 낳게 되고, 최종적으로 '매운 재'를 남긴다. 대립되는 두 항목의 충돌에서 나온 침전물이 바로 '매운 재'이다. '매운 재'가 지닌 죽음의 이미지는 마지막으로 '초록'과 '다홍'이라는 색깔을 보여주는데, 신혼 초야의 치마 저고리의 빛깔들을 환기시킴으로서 그 비극성을 더욱 강화시킨다.

이 텍스트의 서사는 결국 '매운 재'를 추출해내기 위한 하나의 과정이었다. 그렇다면, '매운 재'의 진의는 무엇인가. '매운 재'가 신부의

'고전적 절개'나 '일부종사의 비극'을 환기시키기도 하지만, 최종적으로 '신부의 원한(怨恨)'과 '한(恨)'의 현현(顯現)'으로 귀결된다. 생명이 끊어졌지만 몸을 눕히지 못했던 '한(恨)'은 마침내 신랑의 손길을 받음으로서 땅으로 스러진다. 비로소 생자(生者)와 사자(死者)의 '화해'가 이루어진 것이다. '일월산 황씨부인당 전설'에서도 생자와 사자의 '화해'가 이루어진다.

> 사내는 무당의 말대로 고향의 옛집을 찾아가서 폐가가 된 신방에 들어가 보니 신부는 초야의 모습 그대로 시체가 되어 풀더미 속에 앉아 있었다. 사내가 툇마루에 앉아 있다가 잠이 들었는데, 신부가 나타나 나를 업어다가 일월산 산마루에 앉혀 달라고 부탁하였다. 꿈에서 깨어나 신부의 부탁대로 하자 죽은 신부는 "이제는 하직할 때가 되었습니다"라고 말하고 사라졌다.[141]

이 같은 '화해'는 생자와 사자 간의 '제의적(祭儀的) 교통(交通)', 즉 '영통(靈通)'이다. 영통, 다시 말해 생자와 사자 사이의 대화는 이 세계가 분열되어 있지 않으며, '삶의 세계'와 '죽음의 세계' 또한 분리되어 있지 않다는 것은 보여준다. 박철희는 이 같은 '영통주의'를 시공을 초월하여 신의 영역에서 인간의 영원한 자아의식을 찾으려는 작가의식의 소산으로 보았다.[142]

이상 살펴본 바와 같이, 설화는 서정주의 가장 매력적인 서정적 충동이면서 상상력의 원천이 되었다. 서정주는 자신이 설화에 천착하는 이유를 "그 민족의 상대(上代)부터 고유하게 전래(傳來)해 내려온 전통(傳統)이야말로 민족(民族)의 본질(本質)인 가장 중요한 것이요, 또 이

---

141) 김열규, 『한국의 전설』, 삼성인쇄주식회사, 1980, p.139.
142) 박철희, 「續·질마재 神話攷」, 『현대문학』, 1972년 4월호, p.353.

것은 거의 완전 사멸(死滅)되는 일도 없기 때문"[143]라고 말한 바 있다.

서정주는 가장 광범위하게, 그리고 가장 다양한 방법으로 문헌설화는 물론 구전설화를 시로 받아들였다. 서정주는 우선 설화의 구연식(口演式) 화법을 특유의 구어체식 어법으로 재창조했는데, 그 어법엔 해학과 유머가 깔려 있다. 김소월과 김영랑 등 일제 강점기의 시인들이 설화 전승의 수동적 화자였다면, 서정주는 능동적이고 창조적인 화자가 되어 설화적 구어체와 토속어를 현대시의 중심부로 끌어들였다. 산문시의 형식과 어법을 새롭게 개발하고, 역설과 왜곡의 방법으로 활용함으로서 풍자와 유머를 유도하고, 나아가 현실에 대한 우회적 대응 방법을 모색하고자 했는데,[144] 이는 시인이 설화를 다양한 방법으로, 그리고 집중적 수용함으로써 구축된 성과였다.

서정주는 설화를 수용함으로써 첫시집 『花蛇集』(1941)에서 보여준 초기 시 세계의 악마적이고도 관능적인 생명력의 몸부림으로부터 정신적 안정을 얻을 수 있었다. 그의 『徐廷柱詩選』(1955)은 한국 현대 시 문학사상 설화 수용의 창조적 능동성을 보여줌으로써 새로운 국면을 제시했다. 이때부터 서정주는 일제 강점기 이후 단절된 신라정신, 불교정신을 스스로 계승하고 육화(肉化)하여[145] '신라정신' '영원주의' '영통주의'로 불리는 독창적인 시 세계를 구축했다.

『徐廷柱詩選』에서 출발해[146] 『新羅抄』(1960) 『冬天』(1968) 『徐廷柱文學全集』(1972)을 거쳐 온 그는 『질마재 神話』(1975)에 이르러 설화의 '집단 서사'를 '개인 서사'로 바꿔 놓았고, 절정기로 치닫는 그의 시 세계는 설화 수용의 눈부신 궤적이기도 했다.

그는 또 설화를 수용한 200여 편의 시를 통해 한국인의 원형적 심상

---

143) 서정주, 『徐廷柱文學全集』 제2권. 일지사. 1972. p.299.
144) 정끝별, 앞의 책, p.97.
145) 서준섭, 「전통의 수용과 시적 재창조」, 『시안』, 2000년 겨울호, p.34.
146) 서정주의 두 번째 시집 『歸蜀途』(1946)에도 「牽牛의 노래」 「門열어라 李道令아」 「高乙那의 딸」 등 설화를 인용한 작품이 있으나 본격적인 설화 수용으로 보기 어렵다.

을 환기시켰고, 서구 문예사조에 경도되어 온 한국 시문학사에 한국시
의 주체성을 심어 주었으며 그 튼튼한 지주가 되었다.

2) 되풀이되는 가락지의 굴레 : 강은교의 「춘향이의 꿈노래」

『春香傳』을 선행 텍스트로 삼은 한국 현대시는 1960년대까지 대부
분 춘향의 '일편단심(一片丹心)'에 초점을 맞추었다. 당시의 시대적 가
치관을 반영한 결과라고 볼 수 있겠는데, 1970년대 이르자 비로소 춘
향은 '일편단심'의 대명사에서 벗어나기 시작한다. 선행 텍스트를 읽
는 시인의 체험과 시대적 현실이 달라지기 시작한 것이다.
　강은교(姜恩喬, 1945~)의 「춘향이의 꿈노래」는 춘향의 '일편단심'을
하나의 '굴레'로 파악한다. 그 '굴레'는 개인적 사랑의 '굴레'이지만
'사회적 인습'에서 비롯된 '굴레'라는 것이다.

　　　아주 기인 어둠이 날 손짓하고 있네
　　　아주 검은 날개가 시방 날 부르네
　　　등덜미에선 자꾸
　　　부끄런 피들이 멈칫대구
　　　내 가락지 황홀한 가락지
　　　심장을 조이네

　　　아주 큰 손이 나를 껴안고 있네
　　　아주 큰 눈이 내 간장 쓸개 숨구멍을 들여다보네
　　　가슴에선 때없이 슬픈 웃음이
　　　슬픈 기쁨들이 새나구
　　　그렇지 내 꿈 사랑하는 꿈

罰이 되어 벌써 떠나구

어쩔거나 어쩔거나
네 울음을 어쩔거나
(날개없는 새들 지저귐)

아 오늘밤은
피는 꽃 지는 잎이 한데 몸 섞고 있네
아 오늘밤 꿈은
지는 잎 피는 뿌리 한데 입맞추는 꿈
님은 뵈지 않아
내 거울조각 거울 혼자 흐느끼며
큰 칼 제 얼굴에 세상빛 주워담아

  목숨은 하나 죽음은 열
  죽음이 열이면
  죽음의 집은 스물 마흔 무한

아주 먼 눈물이 날 출렁이고 있네
아주 오랜 배가 날 자꾸 실어가네
어쩔거나 어쩔거나
새벽은 멀구
내 고름 한 자락 땅위에 놓치이니
눈물 자국 자국마다 일어서는 누구 발자국 소리

—강은교, 「춘향이의 꿈노래」 전문

시집 『貧者日記』(1977)에 실린 이 작품은 '옥중 춘향'을 1인칭 화자로 내세워 춘향의 복잡한 내면 세계를 드러내고 있다. 춘향은 이도령과의 사랑의 완성을 꿈꾸었다. 그러나 그 '꿈'이 '罰'이 되어 버린 현실적 조건 속에 있다. 춘향은 '님'의 얼굴이 비춰질까 '거울'을 보지만 거울 혼자 흐느낄 뿐이다. 춘향의 목에 씌여진 '큰 칼'은 '제 얼굴에 세상빛을 주워담아' 보여주는데, 새벽은 멀고 눈물 자국마다 낯선 자의 발자국 소리만 일어서고 있다. 춘향은 이 같은 현실적 조건 속에서 자신의 처지를 넋두리처럼 풀어놓는다.

이를 좀더 구체적으로 살펴보면, 텍스트는 '나'와 '님', '나'와 '나를 둘러싼 환경'이라는 대립구조로 짜여져 있다. 님은 '이 도령', 나를 둘러싼 환경은 여러 항목으로 나타난다. 즉, '아주 기인 어둠', '아주 검은 날개', '아주 큰 손', '아주 큰 눈', '큰 칼', '아주 먼 눈물', '아주 오랜 배'가 그것이다.

이 항목들은 '춘향', 즉 시적 화자의 '타자'로 존재한다. 춘향의 심경은 '부끄런 피', '가락지', '슬픈 웃음', '슬픈 기쁨', '꿈', '거울조각', '고름' 등의 시어를 통해 구체화되는데, 춘향의 내면 세계를 드러내기 위한 소도구들이다. 이처럼 이 작품은 두 요소의 대립을 통해 시상(詩想)이 전개되는데, 이를 도표로 정리하면 아래와 같다.

■ 「춘향이의 꿈노래」의 서사구조

주체\내용	옥중의 나(춘향)	나를 둘러싼 환경	주체\내용
억압된 자아	부끄런 피 가락지 슬픈 웃음 슬픈 기쁨 꿈 거울조각 고름	아주 기인 어둠 아주 검은 날개 아주 큰 손 아주 큰 눈 아주 큰 칼 아주 큰 눈물 아주 오랜 배	억압의 요소

텍스트의 의미구조를 살펴보면, 제1~2행의 '기인 어둠' '검은 날개'는 '부끄런 피' '가락지'를 불러오고, 이로 인해 춘향은 자신의 '피'와 '가락지'를 새삼 인식하게 된다. '부끄런 피'가 이 도령과의 사랑으로 인해 하옥된 자신의 처지를 말해준다면, '가락지'는 그 사랑이 가져다 준 '속박'과 '억압'이 되겠다. '사랑의 징표'인 '가락지'는 '황홀한 가락지'이지만 '심장을 조이는 가락지'이기도 하기 때문이다.

제2연의 '아주 큰 손'과 '아주 큰 눈' 또한 춘향을 억압하고 속박하는 '타자'들이다. 춘향을 둘러싼 환경들, 즉 '불가항력의 커다란 운명'이 춘향을 껴안고 춘향의 몸속까지 들여다보고 있다. 따라서 춘향의 가슴에서 '슬픈 웃음'과 '슬픈 기쁨'이 새어나온다. 이는 춘향의 자조적인 넋두리이다. 그 넋두리는 이도령과의 사랑의 완성을 꿈꾸던 '꿈'이 '罰'이 되어 떠나 버린 현실을 새삼 확인하게 된다.

그 누구에게서도 위로받을 수 없는 현실이기에 새들이 타령을 하듯 "어쩔거나 어쩔거나/네 울음을 어쩔거나"라고 지저귄다. 그런데 새들은 '날개없는 새들'이다. 이는 비현실적 환상의 공간임을 뜻하는 수식이자 자유를 잃은 춘향 자신을 뜻하는 비유로 볼 수 있겠다.

제4연의 1~4행은 봄밤의 생사(生死)가 뒤섞이는 몽환적 분위기를 풍겨 춘향의 슬픔을 부각시킨다. 춘향은 거울조각을 들여다보지만 님의 얼굴은 보이지 않는다. 거울조각이 흐느끼고, 춘향의 목에 씌워진 칼의 표면에 옥중(獄中) 풍경이 비친다. 이때의 '칼'은 '불가항력의 커다란 운명'이 씌워 준 '굴레'이다.

제5연은 '춘향의 목숨은 하나지만 죽음의 길은 멀고 아득하다'는 것을 말해준다. 이는 춘향의 수난이 끝없이 이어진다는 은유가 되겠다. 마지막 연에서도 '아주'의 수식을 받는 '먼 눈물', '오랜 배가 나타나는데, 앞 연의 '아주 기인 어둠', '아주 검은 날개', '아주 큰 손', '아주 큰 눈'과 호응하여 춘향을 속박하고 간섭한다.

이 같은 '불가항력의 커다란 운명'은 '춘향과 이 도령의 만남'에서 비롯됐지만 춘향의 수난은 '사회적 관습'에 의해 빚어진 것이다. 결국 이 작품은 '새벽은 멀구'란 시행이 말해주듯 '사회적 관습'이 낳은 '운명적 굴레'의 희생자인 춘향의 수난은 계속된다는 걸 독자에게 말해준다. 여기엔 페미니즘적 시각이 깔려 있는데, 시인은 '춘향'의 목에 씌워진 '칼'을 통해 '개인의 자유'와 '사회적 관습'이라는 결코 양립되기 어려운, 우리 사회의 알레고리적 현실을 환기시키고 있다.

3) 화냥기 같은 사랑의 생명력 : 송수권의 「南原韻文」

한국 현대시는 1980년대에 이르러 비로소 설화의 현장에서 느낀 시인의 체험이 담긴 작품을 만나게 된다. 상호텍스트를 읽은 시인의 체험과 현장 체험이 융합되어 하나의 텍스트가 탄생되는 셈인데, 송수권의 「南原韻文」은 『春香傳』의 무대를 그 배경으로 하고 있다. 뿐만 아니라 춘향의 '일편단심'과 거리가 먼, 다분히 해학적인 정경을 보여준다.

> 월매의 기와집 네 추녀 끝이 허공에 나뜨는 날
> 지금도 그 후미진 초당 어디쯤 후원을 돌아가면
> 보기 좋은 수양버들 가지 하나 동편으로 휘어져 있느니라.
> 발심 좋은 외그네 한 틀도 그냥 그 자리에 놓여 있느니라.
>
> 둥기둥기둥기야 둥 떠
> 버선발로 그 가지 끝 차차 방울을 차 올릴 때
> 허공을 돌아나가는 산울림하며
> 아득한 방울소리에도
> 우리 춘향 아씬

두세두세 두 가슴 울렁울렁
아찔하였던가 보드라

南原 사람아
두리기둥 단청이 으리으리 눈부신 날
쥘부채 손에 쥐고
광한루 오작교에 오르면
南原 사람아
5월 한낮의 정적 속으로 물밀듯 터져 오는
이 화냥기 같은 사랑은
네 것이로다.

— 송수권, 「南原韻文」 일부

　시집 『꿈꾸는 섬』(1983)에 실린 이 작품은 전남 남원의 광한루와 오작교를 직접 등장시킨다. 시인은 그곳에서 '월매의 기와집'을 본다. 그리고 후원의 수양버들 가지와 그네도 본다. 물론, 시인이 선행 텍스트로 읽고 연상해낸 풍경들이다. 시인은 버선발로 그네를 타는 춘향의 모습과 울렁거리는 마음까지 자연스럽게 유추해낸다. 그 진술은 시인의 독백으로 이뤄진다.

　그런데 제2연에 이르면, 시인이 독자에게 직접 말을 건네는 형식으로 바뀐다. 즉, '南原 사람아'라는 호칭을 사용해 독자를 설화의 무대인 '광한루'와 '오작교'로 불러들인다. 그 목적은 '5월 한낮의 정적 속으로 물밀듯 터져 오는/이 화냥기 같은 사랑'을 환기시키기 위해서다.

　지금까지 『春香傳』을 선행 텍스트로 삼은 대부분의 시들은 '춘향의 옥중 상황'에 초점이 맞춰져 있었고, '춘향의 비극적 죽음'을 다룬 경우도 많았다. 따라서 춘향의 '일편단심'이 강조되거나, 그리움과 기다림의 정한(情恨)이 부각되었다. 이런 이유들로 인해 춘향의 사랑은 '애틋한 사랑'으로 그려질 수밖에 없었다.

그러나 「南原韻文」에 이르러 춘향의 사랑은 '화냥기 같은 사랑'이 되고 만다. 『春香傳』의 판본 중 가장 널리 알려진 『烈女春香守節歌』의 서두를 한번 살펴보자. 그 시간적 배경은 봄, 공간적 배경은 오월의 녹음이 우거진 풍류의 장소 광한루이다.

잇쌔는 어느 쌔뇨 놀기 조흔 상춘이라, 호련비조 뭇새들은 농초화답 짝을 지어 쌍거쌍니 나러드러 온갖 춘정 닷토 난듸 남산화발 북산홍과 천사만사슈 양지의 황금조는 벗 부른다.[147]

이 같은 분위기의 봄날이지만 춘향의 사랑을 '화냥기'로 보기는 어렵다. 그것이 화냥기였다면 변학도의 수청을 거부하고 죽음을 각오한 수난을 겪는다는 스토리가 설득력을 잃기 때문이다.

그러나 시인은 춘향의 사랑을 '화냥기'로 변용시킨다. 『春香傳』의 핵심적 모티프인 '일편단심'을 거부한 것이다. 즉, "5월 한낮의 정적 속으로 물밀듯 터져 오는/이 화냥기 같은 사랑"이란 표현을 통해 고전적 설화 텍스트를 원시적 생명력이 넘치는 현실적 텍스트로 전환시켜 놓았다.

이처럼 「南原韻文」은 시인의 설화 현장 체험을 담은 '텍스트 생성'의 한 전형을 보여주었는데, 송수권은 '춘향' 시편 이외에 「아도」 「정읍사」 「달노래」 등 설화를 수용한 작품을 꾸준히 발표했고, 설화가 지닌 '정한의 세계'를 남성적이고도 토속적인 가락과 해학적 정경으로 담아내 그의 시 세계의 기틀을 다졌다.

---

147) 김현룡 編著, 『열녀춘향수절가』, 아세아문화사, 1981. p.8.

4) 낙천적 생사관(生死觀) : 박제천의 「月明」

1980년대에 이르자 한국 현대시의 설화 수용은 차츰 줄어든다. 그러나 설화의 모티프를 좀더 적극적으로 변용하기 시작한다. 박제천(朴堤千, 1941~)은 1984년에 출간된 시집『달은 즈믄 가람에』에『三國遺事』를 선행 텍스트로 삼은 시 35편을 수록했다. 선덕여왕의 유언을 소재로 한「도리」, 혜숙(惠宿)과 혜공(惠空)의 이야기를 소재로 한「同塵」,「慕竹旨郎歌」를 다시 풀어쓴「慕曲」 등이 그것이다. 그중「月明」은 선행 텍스트의 의미구조를 완전히 뒤바꿔 놓았다.

한 그루 나무의 수백 가지에 매달린 수만의 나뭇잎들이 모두 나무를 떠나간다

수만의 나뭇잎들이 떠나가는 그 길을 나도 한 줄기 바람으로 따라나선다

때에 절은 삶의 무게 허욕에 부풀은 마음의 무게로 뒤처져서 허둥거린다

앞장서던 나뭇잎들은 어디론가 사라지고 어쩌다 웅덩이에 처박힌 나뭇잎 하나 달을 싣고 있다

에라 어차피 놓친 길 잡초더미도 기웃거리고 슬그머니 웅덩이도 흔들어 놀밖에

죽음 또한 별것인가 서로 가는 길을 모를밖에

— 박제천,「月明」 전문

이 작품은 『三國遺事』의 「月明師의 兜率歌」편을 선행 텍스트로 하고
있다. 먼저 텍스트의 서사구조를 분석해 보면 '삶'과 '죽음', '나무'와
'나뭇잎', '바람'과 '나뭇잎', '나뭇잎'과 '나', '떠나감'과 '따라나섬'이
대비되어 나타난다. 일단 선행 텍스트의 「祭亡妹歌」의 핵심적 대립구
조인 '삶'과 '죽음', '나무'와 '나뭇잎', '바람'과 '나뭇잎'을 그대로 차
용해 온다.

월명이 또 일찍이 죽은 누이를 위해서 재를 올리고, 향가를 지어 제사
했는데, 갑자기 모진 바람이 불어 지전(紙錢)을 날려 서쪽으로 없어지게
했다. 그 노래[148]는 이러했다.

생사(生死) 길은
예 있으매 머뭇거리고,
나는 간다는 말도
못 다 이르고 어찌 갑니까
어느 가을 이른 바람에
이에 저에 떨어질 잎처럼,
한 가지에 나고
가는 곳 모르온저.
아아, 마타찰(彌陀刹)에서 만날 나
도(道) 닦아 기다리겠노라.

월명은 늘 사천왕사(四天王寺)에 살면서 피리를 잘 불었다. 일찍이 달
밤에 피리를 불며 문 앞의 한길을 지나가자, 달이 그를 위해 그 자리에
멈췄다. 그래서 그 길 이름을 월명리(月明里)라고 했다. 월명사도 역시

---

148) 이 노래를 「祭亡妹歌」, 또는 「爲亡妹營齋歌」라고도 한다.

이 때문에 이름나게 되었다.[149]

　이처럼 「제망매가」는 '삶'과 '죽음'의 엇갈림을 '바람'에 '나뭇잎'이 떨어지는 것으로 비유하고 있다. 다시 말해, 인간의 죽음을 '나뭇잎'이 떨어지는 것으로 비유해 누이와 화자가 나뭇잎처럼 한 가지에서 났지만 제 각각 죽은 뒤 가는 길을 모른다는 것이다.

　「月明」 또한 '삶'과 '죽음'이란 대립구조를 지니고 있는데, 선행 텍스트와의 변별적 징표는 등장인물과 그 행위다. 다시 말해, 「月明」은 아예 누이를 등장시키지 않을 뿐 아니라 '죽음'을 수용하는 태도에서도 차이가 난다. '월명'은 "한 가지에 나고도 가는 곳을 모르는 낙엽"처럼 죽음의 세계는 알 수 없고 두렵지만, 마타찰도량(彌陀刹道場)에서의 누이와의 재회를 위해 열반숙정(涅槃寂靜)의 길을 가겠다는 종교적 신념을 보여준다. 서방정토에서 누이를 다시 만날 것을 확신하며 죽음의 허무를 극복하고 있다.[150]

　그러나 박제천은 시종 낙천적인 자세로 죽음을 바라본다. 첫 연에선 "수만의 나뭇잎들이 모두 나무를 떠나간다"며 자연현상 그 자체를 담아낸다. 여기엔 인간의 죽음이 개입되어 있지 않다. 따라서 자신 또한 한 줄기 바람이 되어 머뭇거림 없이 '나뭇잎이 떠나가는 그 길'을 따라나선다. 그러나 현실을 살아가는 육체적 삶은 "때에 절은 살의 무게" "허욕에 부풀은 마음의 무게" 때문에 나뭇잎들을 따라잡지 못한다. 여기서 '나뭇잎의 죽음'이 '바람처럼 가볍고 자유로운 인간의 죽음'이란 의미로 전환된다. 따라서 그 길을 놓친 시인이 '에라'라는 체념 섞인 말과 함께 "어차피 놓친 길 잡초더미나 기웃거리고 슬그머니 웅덩이도 흔들"며 현실적 삶을 낙천적으로 살아가자는 진술을 하게 된다. 게다

---

149) 일연, 앞의 책, pp.361~362.
150) 홍기삼, 『향가설화문학』, 민음사, 1997, p.363.

가 '죽음 또한 별 것인가'란 말을 통해 죽음을 더 이상 두려움의 대상
이 아닌, 자연현상 그대로 받아들이겠다는 순응의 자세를 보여준다.
이를 정리하면 다음과 같다.

■ 「祭亡妹歌」와 「月明」의 서사구조

작품 대립항목	「祭亡妹歌」	「月明」
인물	나	나/나뭇잎
행위	떠나감/기다림	떠나감/따라나섬
비유어	나무/나뭇잎 바람/나뭇잎	나무/마뭇잎 바람/나뭇잎
핵심의미	삶/죽음	삶/죽음

이처럼 텍스트는 선행 텍스트로부터 '삶'과 '죽음'의 모티프를 따왔지
만 '죽음'을 바라보는 관점이 전혀 다르다. 시인은 선행 텍스트의 모형을
정면으로 거부함으로서 자신의 생사관(生死觀)을 자유롭게 풀어 놓을 수
있었다.

5) 신화의 세계, 세속의 세계 : 김춘수의 「處容」 시편

설화를 수용한 한국 현대시는 김춘수의 「處容」 시편에 이르러 모티
프의 다양한 변모양상을 보여준다. 김춘수는 '처용 설화'의 '집단서사'를
'개인서사'로 변용해 '처용'의 이미지에 자신의 현실적 삶을 투사시킨
독창적인 시 세계를 열어가게 된다. 김춘수의 「처용」 시편은 『三國遺
事』의 「處容郎과 望海寺」편을 선행 텍스트로 삼고 있다. 김춘수는 「처
용」 시편을 시작하면서 '처용'이란 인물이 지닌 서사성을 일단 그대로

받아들인다. 선행 텍스트의 서사 모형을 준수해서 「처용」 시편을 시작
하지만 무려 32년에 걸쳐 「처용」 시편을 쓰면서 차츰 선행 텍스트의
모형을 위반한다. 그 결과, 설화의 주인공인 처용이 시인의 인식론적
명제가 되는 독특한 사례를 남기게 된다. 이런 시작(詩作) 방식은 시인
의 개성적 시 세계를 열어주었고 나아가 한국 시문학사를 좀더 다양하
고 풍요롭게 만드는 데도 기여했다.[151)]

　'처용'은 맨 처음 '동해 용왕의 아들'로 김춘수에게 다가왔다.

　　저 머나먼 紅毛人의 도시

　　비엔나로 갈까나,

　　프로이드 박사를 찾아갈까나,

　　뱀이 눈뜨는

　　꽃피는 내 땅의 삼월 초순에

　　내 사랑은

　　서해로 갈까나 동해로 갈까나,

　　용의 아들

　　羅睺羅

　　처용아빌 찾아갈까나,

　　엘리엘리나마사박다니

　　나마사박다니, 내 사랑은

151) 김춘수가 '처용 설화'를 수용한 시는 모두 94편이다. 시집 『處容斷章』(미학사, 1991)과 『金春
洙詩全集』(민음사, 1994)에는 문예지에 발표한 작품중 「處容斷章」 제3부의 '28' '42' '45'와
제4부의 '3' '7' '11' '14'가 빠져 있다. 이 작품들을 뺀 채 일련번호를 순서대로 다시 매겼
다. 그는 「打令調 2」에 '처용'이란 이름을 처음으로 등장시킨다. 이후 「處容」「처용 三章」「잠
자는 처용」을 발표하고 1969년 장시 「處容斷章—제1부」를 시작해 1991년 제4부를 완성한다.
「處容斷章」 연작시는 1969년 『현대시학』 4월호에 발표한 「處容斷章 1」로 시작되었고 1974년
시선집 『처용』(민음사)에 「處容斷章 1부」를 실었다. 「處容斷章 2부」는 1973년 『현대시학』 5
월호부터 같은 해 9월호까지 발표됐으며 1976년 『金春洙詩選』(정음사)에 「處容斷章 2부」란
이름으로 게재됐다. 「處容斷章 3부」는 그로부터 14년 후인 1990년 『현대문학』 4월호부터
1991년 1월호까지 총 50편으로 발표됐고, 곧 이어 「處容斷章 4부」가 같은 책 1991년 2월호
부터 6월호까지 총 21편으로 발표됐다. 무려 22년에 걸쳐 「處容斷章」이 쓰여진 셈이다.

먼지가 되었는가 티끌이 되었는가
굴러가는 역사의
차바퀴를 더럽히는 지린내가 되었는가
구린내가 되었는가,

— 김춘수, 「打令調 2」 일부

　이 시의 화자는 시인 자신이다. 주어는 '내 사랑은', 술어는 '갈까나'
와 '되었는가'로 되어 있다. '내 사랑'은 어디론가 가고자 한다. 누군가
를 만나고자 한다. 시의 화자가 '동해로 갈까나' 라고 말하는 순간, '용
의 아들 처용아비' 가 등장한다. 그러나 '처용아비'란 이름은 스치는 데
불과하다. 예수가 숨을 거두기 직전에 토해냈던 '엘리엘리나마사박다
니'란 말이 잇달아 흘러나오기 때문이다. '처용아비'의 의미가 더 이상
확산되지 못하고 리듬의 일부처럼 사라져 버린다. 따라서 이 작품은
'처용설화'의 주인공 이름을 단순하게 인용한 데 불과하다. 이 작품은
1959년 월간『思想界』12월호에 발표됐다.[152] 이처럼 「打令調 2」에 '처
용'을 처음 등장시킨 김춘수는 1963년 월간『현대문학』6월호에 소설
「處容」을 발표한 뒤, 1966년 계간『한국문학』봄호에 다시 「處容」이란
시를 발표한다.

人間들 속에서
人間들에 밟히며
잠을 깬다.
숲 속에서 바다가 잠을 깨듯이
젊고 튼튼한 상수리나무가

---

152) 이때부터 계산하면 김춘수는 무려 32년간 '처용'을 읊은 셈이다. '처용'을 시의 본격적인 화
　　두로 삼은 「處容斷章」을 쓴 기간은 22년이다. 한 시인이 이처럼 오랜 기간 동안 특정 설화를
　　수용한 사례는 희귀한데, '처용'의 모습 또한 적지 않은 변모 과정을 겪는다.

서 있는 것을 본다.
남의 속도 모르는 새들이
금빛 깃을 치고 있다.

— 김춘수, 「處容」 전문

이 작품엔 주어가 생략되어 있다. '생략된 주체'가 '잠을 깬' 뒤 겪게 되는 상황을 두 개의 문장으로 나타내고 있다. 사건의 앞뒤 상황이 생략되어 있어 의미구조를 쉽게 밝혀낼 수 없다. 그러나 제목으로 미뤄볼 때, 시의 화자는 '처용'이 되겠고, '처용'이 잠을 깬 뒤에 겪게 되는 상황으로 보여진다.

시의 화자는 작품 이면에 숨은 '함축적 화자'와 표면에 나타나는 '현상적 화자'로 구분되는데,[153] 이 작품의 '함축적 화자'는 '처용'이다. 우리는 시의 화자를 통해 시인 자신이 어떤 존재이며, 어떤 존재가 되고자 하며, 그럴 수밖에 없는가라는 문제에 대한 시인의 생각을 엿볼 수 있는데,[154] '人間들 속에서/人間들에 밟히며 잠을 깨는 처용'은 부당한 폭력 아래 놓인 김춘수 자신을 의미하고 있다고 보여진다. 「打令調 2」의 '굴러가는 역사의 차바퀴'를 떠올려 보면 더욱 그러하다. 이는 김춘수가 역사를 바라보는 시각, 즉 '역사=이데올로기=폭력(暴力)'[155]이란 등식에 기인된 것으로, 시인은 '상수리나무'와 '새'를 대비시켜 현존의 아이러니컬한 현실을 드러낸다.

---

153) 김준오, 『詩論』, 이우출판사, 1988, p.164.
154) Wright. G. T, 김준오 譯, 「시인의 얼굴들」, 『가면의 해석학』, 이우출판사, 1987, p.295.
155) 『三國遺事』의 처용 설화는 하나의 알레고리지만, 나에게는 특히 현대적인 의의를 띠고 있다. 나는 현대의 특색을 暴力과 性行爲의 애너키즘이라는 측면에서 보고 있었다. 내가 폭력(暴力)을 특히 염두에 두게 된 것은 2차대전이 나에게 미친 압력 때문이라 생각된다. 나는 20세가 소금 님사 일세 군국주의의 압력을 직접으로 경험하게 된, 나로서는 우연이라고밖에 할 수 없는 어떤 사건에 휘말리게 되었다. (중략) 20대의 말에 6·25가 왔지만, 끝없이 쫓겨다닌 나는 왜 내가 그래야만 했는지 그 명문을 찾아낼 수가 없었다. 폭력은 나에게 그런 모양으로 왔다. (중략) 나는 이때 역사의 상대성(相對性)과 역사가 쓰고 있는 탈이 이데올로기라는 것을 똑똑히 본 듯했다. (중략) 그렇다 한동안 나에게 있어 역사는 그대로 폭력이었다.—김춘수, 『金春洙全集 2—詩論』, 문장사, 1986, pp.573~574.

이 시의 화자는 '처용', '처용'은 지금 뭍으로 올라온 상태다. 따라서 '숲 속에서 바다가 잠을 깨듯이'는 '바다에서 잠을 깨던 처용이 숲 속에서 잠을 깬다'는 은유가 되겠다. 잠을 깬 시의 화자가 바라보는 풍경은 두 가지다. '젊고 튼튼한 상수리나무'와 '금빛 깃을 치고 노는 새들'이다. 주위의 나무는 싱싱하고 튼튼하다. 그만큼 완강하고, 새들은 금빛 햇빛을 받으며 상승한다. 새들은 '남의 속도 모르고', 그러니까 인간의 폭력에 짓밟히며 잠을 깬 시의 화자엔 아랑곳하지 않고 깃을 치며 논다. 그런 풍경이 시인에겐 아이러니로 비친 것이다. 그 아이러니는 곧 시인이 현실 속에서 겪는 아이러니이기도 하다. 이런 아이러니는 선행 텍스트인 '처용 설화'의 「處容歌」에 잘 나타나 있다.

동경(東京) 밝은 달에
밤들이 노니다가
들어 자리를 보니
다리가 넷이러라.
둘은 내해였고
둘은 누구핸고
본디 내해다마는
빼앗은 것을 어찌하리오.[156]

「處容歌」는 '처용'과 '아내', '처용'과 '역신(疫神)'이라는 대립되는 인물군을 갖고 있다. '처용'의 행위는 '노니다'와 '들다'로 구분되고, '처용'의 갈등은 '다리 넷'을 보고 나서 시작된다. 그 갈등은 상반되는 두 항목, 즉 '내해'와 '누구해', '본디 내것'과 '빼앗긴 것'에 의해 강화된다. '처용'이 이 같은 갈등을 담은 노래를 부르고 춤을 춤으로서 역

---

156) 일연, 앞의 책, p.133.

신과의 화해가 이루어진다는 것이 '처용 설화'의 결말이다.

'처용'이 '다리 넷' 앞에서 겪은 상황은 하나의 아이러니다. 이런 아이러니는 또 하나의 아이러니를 낳는다. 바로 '역신(疫神)을 어떻게 처리할 것이냐'는 문제다. 이미 제Ⅱ장 제2절에서 살펴본 것처럼 서정주의 '처용훈'이 바로 이 장면을 노래한 것인데, 김춘수는 「處容」을 통해 설화적 인물인 '처용', 나아가 역사로부터 폭력을 당한 김춘수 자신이 현실 속에서 겪는 아이러니한 상황을 보여주고 있다.

이때부터 '처용'은 김춘수의 심상 풍경을 담아내는 시적 오브제가 된다. 따라서 「處容」은 선행 텍스트의 모형을 전환시킨 케이스다. '처용'은 「打令調 2」에서 "용의 아들/羅睺羅/처용아비"로 단순하게 인용됐지만, 「處容」에 이르자 그 단계를 뛰어넘어 시인의 심리적 투영을 담아내는 존재로 변용된 것이다.

김춘수의 「處容 三章」은 향가 「處容歌」의 '다리가 넷이러라(脚烏伊四是良羅)'를 핵심 모형으로 삼고 있다. 여기에 『三國遺事』의 「處容郎과 望海寺」편을 서사적 배경으로 취하고 있다.

   1
그대는 발을 좀 삐었지만
하이힐의 뒷굽이 비칠하는 순간
그대 純潔은
쩽이 좀 틀어지긴 하였지만
그러나 그래도
그대는 나의 노래 나의 춤이다.

   2
六月에 실종한 그대

七月에 山茶花가 피고 눈이 내리고,
煖爐 위에서
酒煎子의 물이 끓고 있다.
西村마을의 바람받이 西北쪽 늙은 홰나무,
맨발로 달려간 그 날로부터 그대는
내 발가락의 티눈이다.

3
바람이 인다. 나뭇잎이 흔들린다.
바람은 바다에서 온다.
생선 가게의 납새미 도다리도
시원한 눈을 뜬다.
그대는 나의 지느러미 나의 바다다.
바다에 물구나무 선 아침하늘,
아직은 나의 純潔이다.

—김춘수, 「處容 三章」 전문

    설화를 수용하는 시는 공통적으로 선행 텍스트의 서사를 요약하거나
발췌, 또는 압축한 '함축적 서사(implied narrative)'를 보여주기 마련이
다. 김춘수도 이 같은 과정을 그대로 수용한다.
    「處容 三章」의 화자는 '처용'이다. 이 시는 '처용'의 독백을 통해 선
행 텍스트로부터 추출된 '함축적 서사'를 보여준다. 선행 텍스트의 서
사는 '처용 아내의 부정(不貞)'과 '처용의 태토(態度)'에 집약되어 있다.
「處容 三章」 또한 '그대'와 '나'로 구분된 대립구조를 통해 '순결(純潔)
을 잃은 아내'와 '나의 태도'를 드러내고 있다. 「處容 三章」의 "하이힐
의 뒷굽이 비칠하는 순간/그대 純潔은/型이 좀 틀어지긴 하였지만"은

역신(疫神)에 의해 아내가 순결을 잃었음을 상징하고 있다. 또 '나의 노래 나의 춤'은 곧 '아내의 不貞'을 목격한 이후 '처용'의 태도를 의미한다. 따라서 「處容 三章」의 '1'은 선행 텍스트의 줄거리를 압축한 '함축적 서사'를 보여주고 있다.

'그대'와 '나'의 대립구조는 '그대의 순결/나의 춤과 노래'로 세분화된다. 대립되는 이미지를 살펴보면, '눈이 내리고'(하강)와 '물이 끓고'(상승), '바람이 인다'(원인)와 '나뭇잎이 흔들린다'(결과)로 구분되는데, 대립되는 시어군의 핵심어는 '그대의 순결'과 '나의 노래 나의 춤'이다.

'그대의 순결'과 '나의 노래 나의 춤'은 'A는 B다'라는 식의 은유구조를 지니고 있다. 이를테면, '그대는 나의 노래 나의 춤이다' '그대는/내 발가락의 티눈이다' '그대는 나의 지느러미 나의 바다다' '(그대는) 아직 나의 純潔이다'는 구절이 바로 그것이다. 여기서 '그대'를 수식하는 구절은 (1) '발을 좀 삐었다'와 (2) '하이힐의 뒷굽이 비칠했다'와 (3) '純潔의 型이 좀 틀어지긴 하였다'이다. (1)(2)(3)은 '그대'를 수식하고 있지만 원인과 결과로 연결되어 있다. (1)로 인해 (2)가 발생했고, 그 결과 (3)이 된 것이다. 결국 (1)(2)의 수식은 (3)의 '순결(純潔)'에 이르기 위한 과정이었던 셈이다. 이를 정리하면, '순결'이 이 시의 핵심어가 되겠는데, 그 '純潔의 型이 틀어졌다'는 건 '그대의 不貞'을 암시한다. 선행 텍스트의 '다리 넷'의 상황을 연상케 한다. 결국, '역신(疫神)'에 의해 '순결'을 잃은 상황을 은유적으로 보여준 셈인데, '그래도 그대는 나의 노래이며 춤'이라는 것이 이 시의 전언(傳言)이다. 이런 태도는 '처용'의 '인고주의적 해학'과 일맥상통한다. 그런데 시의 화자는 '그대'의 '부정(不貞)'을 완전히 잊지 못한다. 2장의 '그대는/내 발가락의 티눈'이란 진술이 시적 화자의 심경을 뒷받침하고 있는데, 발가락의 티눈 때문에 걸음걸이가 불편하듯 '그대의 부정'이 잊혀지지 않는다는 것이다.

텍스트의 '처용'은 김춘수의 '인고주의적 해학'을 드러내는 시적 자아이다. 여기엔 '극적 상황'이 개입되어 있다. 즉, 두 개의 상반되는 현실이 극적으로 압축되어 있다는 얘기다. 이것이 바로 김춘수가 「處容三章」을 거쳐 「處容斷章」을 쓰게 된 동인(動因)으로 보인다. '處容歌'에 나타난 '처용'의 현실은 '가랭이 넷을 보기 전'과 '보고난 후'로 극명하게 대비된다. 아내와 역신(疫神)의 간통을 목격하기 전의 세계는 '서라벌 밝은 달에 밤늦도록 노니는' 평화로운 세계이며, 이 세계는 '처용이 뭍으로 올라오기 전 근심 걱정 없던 바다 밑 세계'와 통한다. 그러나 '처용'은 '가랭이 넷'을 보게 된다. 이런 상황을 어떻게 대처할 것인가. 여기엔 역신에 대한 응징, 즉 '자아를 발산하려는 욕구'와 한 걸음 뒤로 물러서서 '자신의 내부로 침잠하려는 인고의 쓰라림'이 동시에 걸려 있다.

이것이 바로 김춘수가 '처용'을 시적 오브제로 삼은 이유로 판단된다. 그는 특히 '처용'의 극적 상황을 연작시 「處容斷章」 창작의 동인(動因)으로 삼게 되는데, 그 상황이란 이미 살펴본 대로 '다리 넷'의 정황에 집약되어 있다. 김춘수는 또 그 상황을 통해 윤리와 악의 문제를 거론한다.[157]

바다가 왼종일
새앙쥐 같은 눈을 뜨고 있었다.
이따금

---

157) 내가 이 재료(材料)에 관심을 갖게 된 동기(動機)는 윤리적(倫理的)인 데 있다. 즉, 악(惡)의 문제—악(惡)을 어떻게 대하고 처리해야 할 것인가에 있었다.—김춘수, 「處容三章에 대하여」, 『意味와 無意味』, 문학과지성사, 1978, p.193.
　그렇다. 한동안 나에게 있어 역사는 그대로 폭력이었다. 〔…중략…〕 폭력을 심리적으로 극복할 수 있는 길이 있을까? 그것은 인고주의적(忍苦主義的) 해학(諧謔)이 아닐까? 극한에 다다른 고통을 견디며 끝내는 춤과 노래로 달래 보자. 고통을 가무(歌舞)로 달래는 해학은 그러나 윤리의 쓰디쓴 패배주의가 되기도 하는 어떤 실감을 나는 되씹곤 하였다. 처용적(處容的) 심리(心理)나 윤리(倫理)는 일종의 구제되지 못할 자기 기만 및 현실 도피가 아니었던가? 이러한 딜레머를 나는 안고 있었다. 〔…중략…〕 내 눈에 역사(歷史)=이데오로기=폭력(暴力)의 3각 관계가 비치게 되면서 나는 도피주의자가 되어가고 있었다.—앞의 책, pp.574~575.

바람은 閑麗水道에서 불어오고
느릅나무 어린 잎들이
가늘게 몸을 흔들곤 하였다

날이 저물자
내 늑골과 늑골 사이
홈을 파고
거머리가 우는 소리를 나는 들었다.
베고니아의
붉고 붉은 꽃잎이 지고 있었다

그런가 하면 또 아침이 오고
바다가 또 한번
생쥐같은 눈을 뜨고 있었다.
뚝 뚝 뚝, 천의 사과알이
하늘로 깊숙이 떨어지고 있었다.

가을이 가고 또 밤이 와서
잠자는 내 어깨 위
그해의 새눈이 내리고 있었다.
어둠이 한쪽이 조금 열리고
개동백의 붉은 열매가 익고 있었다
잠을 자면서도 나는
내리는 그
희디흰 눈발을 보고 있었다

—김춘수, 「處容斷章 제1부 —1」 전문

이 작품은 「處容 三章」으로부터 10년 뒤인 1969년에 발표된 연작시 「處容斷章」의 첫 부분이다. 텍스트의 종결어미는 '~있었다' '~하였다' '~들었다' 등으로 구성되어 변주적 반복을 행한다. 여기서는 의미상 대립구조나 대립항을 찾아볼 수 없다. 단지, '바다' '한려수도' '느릅나무' '베고니아' '사과알' '개동백' 등의 시어가 병렬식을 펼쳐진다. 주로 식물성 이미지로 구성되어 있는데, 시의 화자는 이런 이미지를 통해 한없이 평화로운 정경을 담아낸다. 이는 곧 시인의 유년 시절이다. '현실적 자아'가 이 세계와 분화되기 전의 유년 시절, 즉 신화적 세계로의 회귀이다.

시인의 유년 시절은 곧 처용의 '바다 밑 시절'과 동일시된다. 선행 텍스트는 '처용'을 동해 용왕의 아들로 기술하고 있다. '처용'은 '바다 밑의 세계'에서 뭍으로 올라와 '다리 넷'의 상황, 즉 뭍의 폭력과 악(惡)을 경험하게 되었다. 시인은 자신과 '처용'을 동일시함으로서 '처용'이 인간 세상으로 올라오기 전 '바다 밑 시절'과 시인의 '유년 시절'을 동일선상에 올려놓고 이 시를 써나가기 시작했던 것이다. 그 세계는 시인에게 '윤리도 논리도 심리적 음영조차도 없는' '다만 환한 빛'[158]의 세계였다. 그 세계는 곧 신화의 세계다. 신화의 세계는 '자아'와 '타자'의 경계를 뛰어넘는데, 현실적 삶에 대한 대안의 기능을 한다. 시인에겐 '윤리도 논리도 심리적 음영조차도 없는' '다만 환한 빛'의 세계가 곧 현실적 삶에 대한 대안의 기능적 공간이었던 것이다.

텍스트의 "늑골 사이에 홈을 파고 거머리가 운다", "잠을 자면서도 내리는 흰 눈발을 본다"는 것은 현실적으로 불가능하다. 실제 일어난

---

158) 10년 전에 처용(處容)은 어떻게 나에게로 왔을까? 그는 동해용(東海龍)의 아들이다. 그렇다. 나는 바다가 되어 버린 것이다. 동해가 아니라, 한려수도로 트이는 남쪽 바다. 다도해. 봄에 유자가 익고, 가을에 죽도화가 피는 그러한 바다. 바다는 자라고 있었고 자라는 동안 죽기도 하고 깨어나기도 했다. 〔…중략…〕 처용은 어느새 나와 화해하고 있었다. 그런 처용에게는 윤리도 논리도 심리의 음영조차도 없었다. 그는 다만 흰한 빛이었다.— 김춘수, 『김춘수전집 2— 詩論』, 문장사, 1986. p.574.

에피소드를 기술하는 것이 아니라 몽상의 어떤 상태를 그리고 있기 때문이다. 박이문은 이를 '대상과 의식이, 인간과 자연이, 주체와 객체가, 즉자와 대자가 모든 대립을 초월하여 용해 ― 융해된 세계'[159]라고 말했다.

바슐라르에 따르면 "몽상은 이미지가 탄생할 때의 심리적 상태이며 이미지가 그려내고 있는 세계는 거기에 결합되어 있는 대상들과는 다른 제3의 세계에 가깝다"는 것이다. 따라서 이 같은 이미지 중심의 「處容斷章 제1부」에 나타나 있는 정경들은 현실적 세계의 묘사가 아닌, 비존(非存)의 어떤 내면 풍경이다.[160]

「處容斷章 제1부」는 13편의 작품 중 '10'을 제외한 12편에 바다 이미지가 나타난다. 그 바다는 "곁에서 잠을 자는 바다"(제1부의 '3')이자 "내가 품에 안고 자는 바다"(같은 시)이다. 또 "내 손바닥에 고인 바다"(같은 연작 '8')이며 "어리디 어린 바다"(같은 시)이다. 그리고 '바다'는 자란다. 시적 화자도 성장해 간다.

1)
봄이 가고 여름이 오는 동안
바다는 많이 자라서
허리까지 가슴까지 내 살을 적시고
내 실에 데 긁은 얼룩을 지우곤 하였다.

―김춘수, 「處容斷章 제1부 ― 8」 일부

2)
산토끼의 바보,

<hr>

159) 박이문, 『시와 과학』, 일조각, 1990, p.84.
160) 김준오, 「처용시학」, 『김춘수 시연구』, 흐름사, 1989, p.284.

무르팍에 피를 조금 흘리고 그 때
너는 거짓말처럼 죽어 있었다.
봄이 와서
바람은 또 한 번 한려수도에서 불어오고
겨울에 죽은 네 무르팍의 피를
바다가 씻어주고 있었다.

—김춘수, 「處容斷章 제1부—12」 일부

「處容斷章 제1부」는 이처럼 시종 '～하였다' '～있었다'는 식의 종결 어미를 지니면서 바다의 이미지를 변주한다. 1)처럼 계절이 바뀜에 따라 바다가 자라서 시적 화자의 가슴까지 적시게 되고, 2)에서처럼 바다는 산토끼의 죽음을 껴안으면서 아직은 의식의 미분화 상태인 시적 화자에게 '죽음'이란 존재를 알려준다.

이처럼 「處容斷章 제1부」는 시적 화자의 유년 시절을 소재로 한 '몽상적 공간'으로 인간과 자연, 주체와 객체의 구분이 없는 신화적 세계이다. 이 세계는 '처용'이 인간 세상으로 올라와 아내의 간통을 목격한 고통을 겪기 전의 '바다 밑 시절'이다. 동시에 김춘수가 '역사'란 이름으로부터 폭력을 당하기 이전의 세계다.

돌려다오.
불이 앗아간 것, 하늘이 앗아간 것, 개미와 말똥이 앗아간 것,
여자가 앗아가고 남자가 앗아간 것,
앗아간 것을 돌려다오.
불을 돌려다오. 하늘을 돌려다오. 개미와 말똥을 돌려다오.
여자를 돌려주고 남자를 돌려다오.
쟁반 위에 별들을 돌려다오.

돌려다오.

—김춘수, 「處容斷章 제2부 들리는 소리 —1」 전문

텍스트는 종결어미가 '돌려다오' '보여다오' '살려다오' '울어다오' '불러다오' '앉아다오' '울어다오' '잊어다오' 등으로 되어 있다. 구체적인 대상은 보이지 않고 반복적인 주문(呪文)만 계속된다. 이 주문은 주술적인 리듬을 낳는다.

서시를 포함 모두 9편인 「處容斷章 제2부」는 종결어미가 거의 이 같은 '돌려다오' '보여다오' '살려다오' '울어다오' '불러다오' '앉아다오' '울어다오' '잊어다오' 등으로 채워져 시적 자아의 '상실한 것들을 회복시켜 달라'는 반복적인 주문으로 읽히는데, 끝내 의미론적인 연결고리가 발견되지 않는다.

여기엔 '의미를 극단적으로 배제하고 리듬만 남게 되는 주문으로서의 시'[161]를 실험한 김춘수의 시적 방법론이 강하게 나타나 있다. 그 리듬을 통해 잃어버리고 빼앗긴 꿈과 욕망, 그리고 유년의 순결성을 되찾고자 하는 시인의 '심리적 파동'을 느낄 수 있다.

여기서도 시의 함축적 화자는 시인이지만 '처용'을 등에 업고 있다. 그 '처용'의 모습은 크게 달라져 있다. 즉, 신화적 공간인 바다를 상실하고 인간 세상에 올라온 '처용'이 '역사'라는 이름의 '악'을 체험한 시인 자신의 절망적 현실을 넋두리처럼 읊는 주술적 존재로 변용된 것이다. 여기서 '처용의 얼굴이 사귀(邪鬼)를 물리치는 부적이 되었다'는 처용의 주술적 기능을 연상시켜 볼 수도 있겠다.

호야 옛날에 죽은 내 친구야,
내가 부르면 새다리처럼 가는 다리

---

161) 김춘수, 「장편 연작시 처용단장 시말서」, 『김춘수 문학앨범』, 웅진출판, 1995, p.211.

날개는 접고, 낮인데도
밤에 보는 듯
그는 어느새 다 늙은
땅두릅나무였다.

—김춘수, 「處容斷章 제3부 메아리 — 2」일부

「處容斷章 제3부」는 시적 화자가 어려서 죽은 가난했던 친구 '호'의 혼을 불러 놓고 독백을 하는 형태로 전개된다. 시적 화자는 50년전의 릴케 이야기부터 시작해 '어느새 다 늙은 땅두릅나무'가 된 친구를 회상한다. 그리고 일본 유학 시절의 체험을 비롯해 아나키즘에 대한 이상과 좌절, 6·25 때의 경험 등을 드러낸다. 어린 시절의 상처도 파편처럼 끼어 있다. 특히 연작의 '3' '6' '8' '10' '14' '29' 등을 통해 일본 세타가야 경찰서 감방 생활이 안겨 준 현실에 대한 절망과 소외감이 강박관념처럼 나타나는데, 그것은 '하늘을 다 덮는' '크나큰 나의 日幕'이었다는 것이다.

남의 집을
누가
울타리를 걷어차고 구둣발로
짓밟는다.
남의 넋은
내 발의 고린내나는 말이
있다고는 하지만
걷어차이고 짓밟히는 것은
남의 뼈 남의 살인데
누가 어디서

소리 죽이고 이 갈며

울고 있다.

— 김춘수, 「處容斷章 제3부 메아리—17」 일부

　시적 화자는 '걷어차고 짓밟는 존재'(역사)와 '걷어차이고 짓밟히는 존재'(개인)라는 이분법적 인식을 바탕으로 「處容斷章 제3부」와 「處容斷章 제4부」를 이끌어가는데, 이를 통해 자신의 歷史觀을 투영시킨다. 시적 화자는 또 니콜라이 베르댜에프의 말 '역사를 심판해야 한다'(제3부의 '39')를 시 속에 직접 끼워넣어 역사와 맞서려 한다. "아침에는 죽고/저녁에는 눈을 뜨는 별들처럼/동강난 길은 언제쯤/다시 살아날까"(같은 연작 '4')란 말로 '찢겨진 자아'의 조각들을 모아 자아를 재발견하려는 모습을 보이기도 한다.

　그러나 시적 화자는 역사를 심판해야 한다고 말한 '니콜라이 베르자에프는 이데올로기의 솜사탕'이란 말로 열패감을 드러내는 데 그친다. 뿐만 아니라 "이 바보야 우찌살꼬"라는 탄식을 흘러낸다. 그 이유는 "歷史는 나를 비켜가라"고 말하지만 역사는 "맷돌처럼 단숨에/나를 으깨고"(같은 연작 '17') 가는 존재라는 인식 때문이다.

　이 연작엔 또 신채호, 크로포르킨, 푸르동, 박열, 박열의 아내 金子文子, 베라 피그넬 등의 인명이 등장한다. 이들은 모두 실패한 아나키스트들이다. 김춘수는 "나는 무정부주의자도 되지 못하고/모난 괄호"란 진술로 「處容斷章」 22년의 여정을 끝내는데, 「處容斷章 제3부」와 「處容斷章 제4부」는 김춘수의 '정신적 편력의 보고서'이자 '회색빛 회의론자의 자서전'으로 볼 수 있다.

　이처럼 '처용'을 '주술적 화두'로 삼은 김춘수는 「處容斷章 제3부 메아리」와 「제4부 뱀의 발」을 통해 일본 유학 시절에서 현재까지의 체험을 직접 토로했다. 처용이 인간 세상에서 역신(疫神)과 부딪혀 '악'을

경험했다는 것과 시인 자신이 이 사회에서 직접 겪은 사건들을 동일선
상에 올려놓고 자신의 체험을 보다 구체적으로 진술했던 것이다.

　이상 살펴본 바와 같이, 「處容斷章」은 선행 텍스트인 '처용 설화'의
모티프를 시인 자신의 현실적 삶의 문제로 변용해 선행 텍스트의 모형
을 전환시킨 경우가 되겠는데, 무수한 설화 중 특정 설화가 시인에 의
해 선택된다는 것은 그 설화가 시인의 정서나 현실적 상황과 어떤 식
으로든지 밀접한 관계가 있기 때문이다.

　김춘수는 '처용'의 '상반되는 두 개의 극적 상황'을 자신의 현실과 동
일시했다. 그 상황이란 '아내와 역신의 간통/나의 춤과 노래', '바다
밑 유년의 세계/세속화된 뭍의 세계', '타자를 향한 감정의 발산/내부
로 침잠하는 인고의 태도' 등으로 요약된다.

　김춘수는 이처럼 대비되는 항목에 '역사로부터의 폭력/인고주의적
도피', '상처받은 성년/상처 없는 유년', '객체로 분리된 세계/주체·객
체의 구분이 없는 세계', '신화적 세계/현실적 세계'라는 '개인 서사'
를 투입시킨 것이다. 이를 정리하면 다음과 같다.

■ '處容 설화'와 「處容」시편의 서사구조

인물구분 대립항목	'處容 설화'의 처용(집단서사)	「處容」시편의 김춘수(개인서사)
중심사건	아내와 역신의 간통/뭍의 세상	역사의 폭력/인고주의적 도피
공간	바다 밑의 세계/뭍의 세상	유년의 세계/세속의 성년
인물의 태도	감정의 발산/인고주의적 승화	객체의 폭력/ 신화적 세계로의 회귀

　이상 살펴본 바와 같이, '처용 설화'는 중기 이후 김춘수의 독창적 시
세계를 열어준 오브제이자 인식론적 화두가 되었다. 특히 그의 「處容

斷章」(1969~1991)은 그의 시작(詩作) 활동의 중심부를 이룬다. 그 이유는 무의미의 시 쓰기의 한 정점을 보여주는 것일 뿐만 아니라(제1, 2부) 이 무의미시 쓰기에 대한 해체와 이를 통한 새로운 시 쓰기를 모색하는 과정(제2, 3부)을 보여주고 있기 때문이다.[162]

김춘수의 「處容斷章」의 시행에는 '처용'이란 이름이 한번도 나타나지 않지만 장편 연작시 전체를 이루는 수많은 단장들에 통일된 형식과 의미를 부여하는 기호가 되었다.[163] 결국 시인은 '처용'의 '탈'을 쓰고 '악'으로서의 '역사'와 그 역사 속에서의 피해자로서의 자신의 모습을 비롯해, 자신의 역사관을 다양한 기법으로 보여준 셈이다. 이러한 고전 설화의 해석은 매우 현대적이며 특유의 예술가적 안목과 창조적 에너지를 보여준다는 평가를 받았다.[164]

2. 인물 패러디

한국 현대시는 1970년대에 이르자 설화 공간의 인물들을 패러디하기 시작한다. 고전적 의미의 패러디는 남의 작품을 모방하거나, 모방하되 우스꽝스럽게 보이도록 한다든지 저급한 주제에 적용시킨 의도가 강하다는 것이다.[165] 그러나 현대에 이르러 패러디는 '조롱하거나

---

162) 서준섭, 「순수시의 向方」, 『작가세계』 1997년 여름호, 세계사. p.80.
163) 서준섭, 「전통의 수용과 시적 새창조」, 『시안』, 2000년 겨울호, p.38.
164) 서준섭, 앞의 논문, p38.
165) 패러디의 고전적 정의들을 알아보면 다음과 같다.
　　어떤 진지한 문학작품의 외형만을 모방해 그 내용을 조소하려는 목적으로 창작한 문학 형식이다.— Preminger, A, 앞의 책, 1973, p.601.
　　특정한 작품의 진지한 내용이나 양식, 또는 특정한 저자의 특성적 문체를 모방하여 이것을 대체로 그것과 일치하는 저급한 주제에 적용한다.— 김종대, 『독일문학사』, 법문사, 1981, p.585.
　　남의 작품을 우스꽝스럽게 보이도록 특히 골계적으로 부적당한 주제에 적용함으로써 우스꽝스럽게 보이도록 모방하는 한 작가의 어귀 표현이나 사고의 특징적 경향의 작법을 말한다.— 김윤식, 『문학비평용어사전』, 일지사, 1976, p.282.

희화화시킨다'는 개념을 뛰어넘어 텍스트와 텍스트간의 '반복과 다름'이라는 넓은 개념으로 사용되기에 이르렀다.[166]

린다 허천(Linda Hutcheon)은 패러디를 '차이를 지닌 반복'이라고 정의했다. 여기서 '반복'이 과거의 풍요로운 문학유산을 의미하는 것이라면, '차이'는 작가의 패러디 의도를 나타내는 '비평적 거리'를 뜻한다.[167]

린다 허천은 또 "포스트모더니즘의 예술에서 패러디 형식은 여전히 능동적인 행위(performance)에 가까운 어떤 것이 모더니스트의 폐쇄성이라는 '잘 빚어진 항아리(well—wrought urm)'를 대신할 수 있게 해주는 집합적 참여를 독자에게나 관람객들에게 활성화시키는 역할을 한다"[168]고 말했다.

이 같은 지적은 현대에 이르러 '패러디 텍스트'와 '패러디스트'(예술가), 그리고 '패러디 수용자'(독자, 관람객) 사이의 관계가 매우 능동적이고도 적극적으로 변화하고 있음을 말해준다. 따라서 바흐친은 두 작품, 중첩된 두 개의 언술은 우리가 대화적이라 부를 수 있는 의미론적 관계의 특수한 유형을 형성한다고[169] 말하기도 했는데, 그 언술적 특성을 '대화성(dialogoisme)'으로 설명했다.

이 같은 논의들은 패러디의 '상호텍스트성(intertexuality)'을 환기시킨다. 한국 현대시는 설화를 수용하면서 설화적 인물을 소개하거나 변용하는데 이어 마침내 그 인물들을 패러디하기 시작했다. 여기서 소재 전통은 한 작가가 작가 자신의 주제와 양식으로 저항할 때만 살아 있는 역사적 실체가 되는 것[170]이라는 말을 새삼 음미해 보게 된다.

---

166) 정끝별, 『패러디시학』, 문학세계사, 1997, p.29.
167) Hutcheon Linda, 김상구·윤여복 譯, 『패러디 이론』, 문예출판사, 1998, p.55.
168) 위의 책, p.113.
169) Todorov Tzvetan, 최현무 譯, 『바흐찐 : 문학사회학과 대화이론』, 까치출판사, 1987, p.93.
170) 김열규, 『우리의 전통과 오늘의 문학』, 문예출판사, 1987, p.75.

1) 민중적 투사로의 변신 : 최하림의 「春香悲歌」

한국 현대시에 가장 많이 등장하는 설화적 인물이 '춘향'과 '처용'이 듯이, 시인들 또한 두 인물에 자신의 현실적 체험을 결합시켜 '현존하는 역사적 실체'로 재생시킨다. 설화적 인물에 대한 '비평적 거리'는 시인의 개성을 결정하게 된다.

최하림(崔夏林, 1939~)의 「春香悲歌」는 '춘향'을 1970년대의 시대적 상황을 대변하는 '민중적 투사'로 그려내고 있다.

> 우리들의 침상은 여전히 차고
> 우리들의 자유를 속박하면서 칼들이 번쩍입니다.
> 검은 숲처럼 달은 침묵을 데리고 내려와 있습니다.
> 지친 모든 것들을 버리고 무간지옥으로 흘러가면서
> 死者들이 떼지어 싸우는 투쟁의 투쟁의 무간지옥으로 가면서 어머니여 어머니여
> 우리는 우리의 전모를 드러내는 달을 보고 있습니다.
>
> ― 최하림, 「春香悲歌」 일부

월간 『문학사상』 1974년 9월호에 발표된 이 작품의 제목은 「春香悲歌」이지만, 선행 텍스트인 『春香傳』과의 관련성을 찾아내기 어렵다. 시의 화자가 '우리들'로 나타나 더욱 그렇다. 텍스트는 두 항목의 대립구조, 즉 '자유'와 '속박'이란 두 기둥 사이에 '차가운 침상' '번쩍이는 칼' '침묵을 데리고 내려와 있는 달' '무간지옥' '우리의 전모를 드러내는 달' 등의 사물을 배치시켜 놓고 있다. 이런 풍경 속에서 '칼'들이 번쩍이고, 우리들은 '死者들이 떼지어 싸우는 투쟁의 무간지옥'으로 가고 있다는 것이다. 텍스트는 그 진의를 서서히 드러낸다.

사랑하는 사람의 사랑이 시작하던 달빛 속에서
우리는 압제의 질긴 손을 물리치고
내일은 어머니의 차입까지도 물리치고
죽음의 선물을 맞이하렵니다.
죽음은 사랑하는 사람을 위한 사랑입니다.
아아 달빛 젖은 오늘밤의 영창처럼 음산하게 끝나는 우리의 사랑이여
모든 가해와 싸우고 기절하면서도 싸우던 우리들의 사랑이여
이제는 끝나갑니다. 바다와 같은 그들의 힘이 그를 가게 하고

— 최하림, 「春香悲歌」 일부

'자유'와 '속박'의 대립 구조는 '가해'와 '피해'의 상황들을 담아내는
데, 서두 부분의 '번쩍이는 칼'이 '압제의 질긴 손'으로 바뀐다. 또 '우
리들의 차가운 침상'은 '달빛 젖은 영창'을 거쳐 '죽음의 선물'로 변주
된다.

■ 「春香悲歌」의 서사구조

대립항목 \ 대립내용	가해	피해
인물	그들	우리
비유어	번쩍이는 칼 압제의 질긴 손	달빛 젖은 영창 사랑이 시작하던 달빛
핵심어	압제, 속박	자유, 사랑

이 같은 상황을 통해 이 시의 함축적 화자가 '옥중 춘향'으로 밝혀지
는데, 그 '춘향'이 "압제의 질긴 손을 물리치고" "어머니의 차입까지도
물리치고" "모든 가해와 싸우고", 마침내 '죽음의 선물'을 맞이하려는

투사(鬪士)로 재생되고 있음을 알 수 있다.

이 작품의 화자는 '우리', 즉 단수가 아닌 복수로 되어 있다. 여기에 텍스트 생성의 의의가 있다. 이 텍스트는 가해자와 맞서 싸우는 수많은 춘향들을 제시해 1970년대 중반의 시대적 상황을 가늠케 한다. 이렇듯 춘향은 압제에 항거하는 '민중의 대변자'이자 '투사'로 거듭나게 되었다. 이 텍스트에 담겨진 사랑은 이도령으로 국한된 남녀간의 사랑이 아니다. "모든 가해와 싸우고 기절하면서도 싸우던 우리들의 사랑"이다. 그 사랑은 소외된 자들, 억압받는 자들의 연대의식으로 뭉쳐진 '동지애(同志愛)'가 되겠는데, 1970년대 이르러 '춘향'은 이 같은 '민중적 투사'로 변신하게 되었다.

최하림은 당시의 독재정권과 권위주의 청산 의지를 시를 통해 표출했는데, '민중적 동지애'로 억압의 사슬을 끊어야 하다는 메시지를 담아내기 위해 '춘향'을 '민중적 투사'로 패러디한 것으로 보인다.

2) 햄릿적 욕망의 대변자 : 윤석산의 「처용의 노래」

설화에서는 물론 현대시에서도 '처용'은 여전히 문제적 인물이다. '처용'은 동해 용왕의 아들로서 구름과 안개로 길을 덮어 자연의 파괴를 일으킬 수 있는 힘을 가진 신적 존재이자, 미녀와 급간의 벼슬에 회유되어 인간의 세계로 들어옴으로써 신적 자아를 상실, 왕권에 종속, 지배되는 아이러니를 보어준 인물이기도 하며, 아내를 역신에게 빼앗기는 아픔을 겪음으로써 인간의 애증 관계에 휩싸였던 인물이며, 또한 이를 체념의 춤과 노래로 이겨낸 인물이다.[171] 처용은 신이자 인간이며, 세속을 뛰어넘는 초월자이면서 무력한 체념자이다. 또 춤과 노래의 시인이자 '벽사진경(辟邪進慶)'의 무당으로 해석되기도 한다. 이처럼 복잡

---

171) 이재선,『한국문학주체론』, 서강대출판부, 1991. p.351.

하고 다층적인 의미망을 지닌 처용은 그 어떤 설화적 인물보다도 흥미
롭게 현대화되고 패러디된다. 윤석산(尹錫山, 1947~)의 「처용의 노래」
는 '아내의 부정(不貞)'을 바라보는 처용의 심리를 패러디하고 있다.

　　나는 오늘도 달빛 되어
　　그대의 뜨락에 내려 앉는다.
　　그대의 방,
　　오늘도 불 꺼져 있으므로
　　다만 그대의 뜨락 서성이는
　　나의 이 면구스러움.

　　오늘도 그대 어둠의 疫神에게
　　무참히 능욕 당하며, 더 많은 어둠
　　꿈꾸고 있나니,
　　그대 오늘도 황홀한 어둠이 되어
　　관능의 숲.
　　은밀히 떨어져 반짝이는 별
　　꿈꾸고 있나니.

　　오늘도 달빛이 되어
　　그대의 뜨락
　　다만 서성이는 이 면구스러움.
　　이 밤 나는,
　　가장 처절히 꿈꾸는
　　욕망의 포로가 된다.

— 윤석산, 「처용의 노래」 전문

시집 『처용의 노래』(1992)의 표제작인 이 작품 역시 선행 텍스트처럼 '대립구조'로 짜여져 있다. 인물은 '그대'와 '나', 행위는 '능욕당함'과 '면구스러움', 이미지는 '어둠'과 '달빛'으로 구분된다. 작품 제목과 疫神이라는 시어로 인해 이 작품이 '처용설화'를 선행 텍스트로 삼고 있음을 알 수 있다. 따라서 '그대'는 '처용의 아내'가 되겠고, 시의 화자인 '나'는 '처용'이 된다.

텍스트는 시종 '아내'의 불꺼진 방 앞을 서성거리는 '처용'의 독백으로 채워져 있는데, '처용'과 '처용 아내'의 행동이 기존의 '처용' 시편과 변별성을 지닌다. 즉, 텍스트에서의 처용의 아내는 '어둠의 疫神에게 무참히 능욕 당하며, 더 많은 어둠/꿈꾸고 있'는 것으로 되어 있다. 그 '어둠'은 '황홀한 어둠'이며, '관능의 숲'으로 구체화된다. 그러나 '처용'은 '뜨락의 달빛'이 되어 아내의 '불 꺼진 방문' 앞을 서성거리고 있을 뿐이다. '처용'은 이런 자신을 부끄럽다고 말한다. 그 이유는 '처용' 또한 '욕망의 포로'이기 때문이다. 이 시엔 '처용'이 겨냥하는 '욕망'이 무엇인지 구체적으로 나타나 있지 않다. 단지, 자신 또한 육체적 욕망을 처절하게 꿈꾸는 것으로 묘사된다.

선행 텍스트의 '처용'은 '역신'을 춤과 노래로 물리쳤다. 그러나 텍스트의 '처용'은 아내의 부정(不貞)을 관망하는 아웃사이더이다. 역신에게 능욕을 당하며 더욱 황홀한 관능을 꿈꾸는 아내의 방문 앞을 서성거리기만 할 뿐이다. 그 이유는 '처용' 또한 아내처럼 황홀한 욕망을 꿈꾸고 있기 때문이다. 이것이 선행 텍스트와의 '비평적 거리'이다. 윤석산은 '인고행(忍苦行)', 또는 '벽사진경(辟邪進慶)'의 상징적 인물인 '처용'을 아내의 부정 앞에서 더욱 황홀하게 자신의 욕망을 꿈꾸는, '우유부단한 햄릿적 욕망의 인물'로 패러디시켜 놓았다.

3) 향락적 물신주의의 전형(典型) :
   황지우의 「徐伐, 셔블, 셔볼, 서울, SEOUL」

윤석산의 「처용의 노래」가 '처용'을 통해 인간 개인의 근원적 욕망을
들춰내고 있다면, 황지우(黃芝雨, 1952~)의 「徐伐, 셔블, 셔볼, 서울,
SEOUL」은 물질 만능의 산업사회가 조장하는 성적 욕망을 거칠고도
숨가쁘게 담아낸다.

張萬燮氏(34세, 普聖物産株式會社 종로 지점 근무)는 1983년 2월 24일
18:52 #26, 7, 8, 9……. 화신 앞 17번 좌석버스 정류장으로 걸어간다.
귀에 꽂은 산요 리시버는 엠비시에프엠 '빌보드 톱텐'이 잠시 쉬고, '중
간에 전해드리는 말씀', 시엠을 그의 귀에 퍼붓기 시작한다.

쪼옥 빠라서 씨버주세요. 해태 봉봉 오렌지 쥬스 삼배권!
더욱 커졌쑵니다. 롯데 아이스콘 배권임다!
뜨거운 가슴 타는 갈증 마시자 코카콜라!
오 머신는 남자 캐주얼 슈즈 만나줄까 빼빼로네 에스에스 패션!

〔…중략…〕

간밤에도 그는 외국 바이어들을 만났고, '그년'들을 대주고 그도 '그
년들 중의 한 년'의 그것을 주물럭거리고 집으로 와서 또 아내의 그것을
더욱 힘차게, 더욱 전투적이고 더욱 야만적으로, 주물러주었다. 이것은
그의 수법이다.

〔…중략…〕

　　어쩌구 저쩌구 해서 오늘 장만섭씨는 미스 친가 챈가 하는 여자를 낮에 만났고, 대낮에 여관으로 갔다. 그리고 1983년 2월 24일 19:08 #36, 7, 8, 9……, 그 장만섭씨는 화신 앞 17번 좌석버스 정류장에 늘어선 열의 맨 끝에 서 있다. 〔…중략…〕 그의 손에는 아들, 장일석(6세)과 딸, 장혜란(4세)에게 줄 이티 장난감이 들려져 있다. 보성물산주식회사 장만섭 차장은 무료했다. 그는 거리에까지 들려 나오는 전자 오락실의 우주 전쟁놀이 굉음을 무심히 듣고 있다.

슝슝슝슝슝슝슝슝슝슝슝슝슝슝슝슝슝슝

띠리릭 띠리릭 띠리리리리리리릭

피웅피웅 피웅피웅 피웅피웅피웅피웅

꽝! ㄲㅗㅏㅇ!

PLEASE DEPOSIT COIN

AND TRY THIS GAME!

또르르르륵

그리고 또 다른 동전들과 바뀌어지는

슝슝과 피웅피웅과 꽝!

　　그리고 슝슝과 피웅피웅과 꽝!을 바꾸어주는, 자물쇠 채워진 동전통의 주입구(이건 꼭 그것 같애. 끊임없이 넣고 싶다는 의미에서 말야)에서,

　　그러나 정말로 갤러그 우주선들이 튀어나와, 보성물산주식회사 장만섭 차장이 서 있는 버스 정류장을 기총 소사하고, 그 옆의 신문대를 폭파하고, 불쌍한 아줌마 꽥 쓰러지고, 그 뒤의 고구마 튀김 청년은 끓는 기름 속에 머리를 처박고 피 흘리고, 종로 2가 지하철 입구의 戰警 버스도 폭삭, 안국동 화방 유리창은 와장창, 방사능이 지하 다방 '88올림픽'의 계단으로 흘러 내려가고, 화신 일대가 정전되고, 화염에 휩싸인 채 사람들은 아비규환, 혼비백산, 조계사 쪽으로, 종로예식장 쪽으로, 중소기업 협동조합 쪽으로, 우미관 뒷골목 쪽으로, 보신각 쪽으로

그러나 그 위로 다시 갤러그 3개 편대가 내려와 5천 메가톤급 고성능
핵 미사일을 집중 투하, 집중 투하!

─황지우, 「徐伐, 셔볼, 셔볼, 서울, SEOUL」 일부

시집 『새들도 세상을 뜨는구나』(1983)에 실린 이 작품은 제목을 참
고하지 않고선 '처용 설화'와의 관련성을 찾아내기 어렵다. 시의 '함
축적 화자'인 시인은 34세의 회사원 장만섭의 퇴근길을 시에 옮겨 놓
고 있다. 서울 종로구 화신백화점 부근의 보성물산주식회사에 근무하
는 장만섭의 일상을 시간대별로 재구성해 보면 다음과 같다.

(1) 어제 외국 바이어를 만나 룸살롱에 갔다.

(2) 귀가해서 아내와 섹스를 했다.

(3) 오늘 낮에 룸살롱 아가씨를 다시 만나 섹스를 했다.

(4) 퇴근길에 라디오의 CM을 듣는다.

(5) 아이들에게 줄 장난감을 들고 버스를 기다린다.

(6) 전자오락실의 굉음을 듣는다.

(7) 전자오락실의 화면에서 갤러그의 우주선이 튀어나와 거리를 향해
  총을 쏘고 폭격을 하는 것을 본다.

이처럼 장만섭의 일상은 섹스와 CM과 전자오락에 포위되어 있다.
텍스트는 '徐伐 밝은 밤'과 '1983년 서울의 밤'을 대비시키고, 설화적
인물인 '처용'과 1983년의 '장만섭'을 병치시켜 1980년대를 살아가는
어느 회사원의 일상적 삶의 환경을 극명하게 드러낸다. '1983년 서울
의 밤'은 외국 바이어 접대를 맡은 회사원이 바이어들에게 룸살롱 여자
를 대주고, 자신도 여자를 주물럭거리고, 그리고 집에 돌아와 아내와
섹스를 하는, 그런 밤이다. 처용이 춤과 노래로 역신을 물리쳤다면, 장

만섭은 룸살롱의 접대부와 대낮에 여관으로 가서 섹스를 한다. 그리고 아이들에게 줄 인형 선물을 사서 집을 향한다. 이런 장만섭의 청각에 잡히는 건 온통 성적인 비유로 얼룩져 있는 CM이다. 전자오락실의 동전 투입구까지 '끊임없이 넣고 싶은 여자의 음부'로 보인다.

결국 '徐伐, 셔블'이 '평화스럽고 포용력 있는 설화적 공간'이라면 '서울, SEOUL'은 '섹스와 전자오락이 넘치는 물질만능의 세속 도시'인 셈이다. 처용이 인고행(忍苦行)을 실천한 포용과 화해의 상징이라면 장만섭은 자본주의 사회의 타락한 속물의 전형(典型)이다. 더욱이 장만섭의 아내가 남편의 행적을 '갸꾸로' 이용해 성을 즐기고, 그럴수록 장만섭은 머릿속으로 룸살롱의 여자를 더욱 실감나게 만진다는 상황은 성적 탐닉으로 인해 황폐해질 대로 황폐해진 현대인들의 정신적 현주소를 말해준다. 텍스트는 결국 선행 텍스트에 등장하는 인물의 권위를 추락시킴으로서 자본주의 사회의 물신화된 인간을 고발한 셈이다.

4) 산업공단 근로자의 열꽃들 : 정일근의 「취재수첩·16」

1990년대 이르자 '처용'은 산업화에 오염된 공단 노동자의 모습으로 나타난다. 정일근(鄭一根, 1958~)의 「처용의 도시」는 텍스트 생산자가 직접 설화의 현장을 찾아가 선행 텍스트를 읽은 체험과 현장 체험을 결합시키는 방식을 취하고 있다.

술취한 處容씨(33세, 울산시 남구 개운동)가 공업탑로터리[1]에서 춤을 춘다. 그의 아내는 일주일째 집에 돌아오지 않고 있다. 이 도시의 상징인 푸른 작업복은 누런 때에 찌들었으며 어린 아이와 늙은 어머니는 오늘 저녁도 라면으로 끼니를 때웠으리라. 달 밝은 그날 밤 야근을 하지 않고 돌아온 것이 잘못이었을까 疫神같이 건장했던 그 사내를 용서한 것이 잘못이었을까.

　공업화로 일찍 시든 그의 청춘 때문인가. 하루하루 몸은 야위어 가고 다달이 월급봉투는 기름져 갔다. 검은 강은 입안부터 썩어가 구취를 풍기고 떠나간 물고기와 새들은 다시 돌아오지 않았다. 누구는 호텔 나이트 클럽에서 전라의 춤을 추는 아내를 보았다고 했다. 누구는 憲康王을 따라 서라벌로 도망가는 아내를 보았다고 했다.

　處容씨가 춤을 춘다. 슬픔으로 수그러진 어깨와 탄식으로 늘어진 소매를 가진 處容씨가 마침내 흐느낀다. 얼굴 가득 피어나는 열꽃들을 견디지 못해 흐느끼며 춤을 춘다. 자정 지나자 저마다 열병으로 일그러진 얼굴을 한 수많은 處容들이 기다렸다는 듯이 몰려 나와 춤을 추고, 거대한 이 도시가 밤마다 기어 나와 어기적어기적 함께 춤춘다.

1)공업탑로터리 ; 공업도시 울산의 상징인 로터리. 이름처럼 공업탑이 서 있다.
— 정일근, 「취재수첩 · 16 — 處容의 도시」 전문

　시집 『處容의 도시』(1994)에 실린 이 작품은 선행 텍스트로부터 '처용' '처용의 아내' '역신' '춤' 등의 어군(語群)을 따왔지만 그 원형(原形)을 전혀 다른 모습으로 바꿔 놓고 있다. 그 차이점을 살펴보면, 첫째 선행 텍스트의 '처용'은 동해 용왕의 아들이며 헌강왕의 정치를 보좌하는 벼슬아치이지만 텍스트의 '처용'은 '울산시 남구 개운동'에 거주하는 '33세의 노동자(푸른 작업복)'이다. 둘째, 선행 텍스트에선 '처용의 아내'가 역신과 잠자리를 같이한 것으로만 나타나 있다. 그러나 텍스트에선 '처용의 아내'가 '疫神같이 건장했던 그 사내'를 따라 가출을 한다. 게다가 행방을 알 수 없다. 호텔 나이트 클럽의 댄서가 되었다는 소문이 들리기도 하고, "憲康王을 따라 서라벌로 도망"가는 모습

을 보았다고도 한다.

　셋째, 선행 텍스트에서는 '처용'이 "東京 밝은 달에/밤들이 노니다가/들어 자리를 보니/다리가 넷"이었지만, 텍스트는 야간근무였던 '처용'이 야근을 하지 않고 귀가해 보니, '아내'와 '疫神같이 건장한 사내'가 정을 통하고 있었다는 것이다. 넷째, 선행 텍스트에선 '처용'이 '역신'을 물리치기 위해 춤을 추고 노래를 부르지만, 텍스트의 '처용'은 아내가 가출한 이후 술을 마시고 춤을 추다가 흐느껴 운다. 다섯째, 선행 텍스트의 '처용'은 한 사람이지만 텍스트에선 '처용'이 여러 사람으로 확산된다.

　이처럼 텍스트는 선행 텍스트의 줄거리나 서사를 따르지 않는다. 그 이유는 선행 텍스트의 한정된 의미구조를 뛰어넘기 위해서다. 그렇다면 생성 텍스트가 지닌 '의식의 총체적인 지향점'은 무엇일까?

　텍스트는 '처용'과 '그의 아내'라는 대립구조를 통해 '처용'과 '처용이 처해 있는 환경' 사이의 갈등을 드러내는 데 집중되어 있다. 그 상황을 재구성하면, (1)처용의 청춘이 시들고 (2)처용의 몸이 여위어 가고 (3)처용의 아내가 간통을 하고 (4)처용의 아내가 가출하고 (5)처용이 춤을 추다가 흐느끼고 (6)처용의 얼굴에 열꽃이 핀다는 것이다.

　이 같은 텍스트의 갈등구조가 빚어낸 최후의 결과물은 '열꽃'이다. '열꽃'은 '처용이 처해 있는 환경'의 마지막 추출물이기도 하다. 그렇다면, '열꽃'의 상징적 의미는 무엇인가? 텍스트엔 "검은 강은 입안부터 썩어가 구취를 풍기고 떠나간 물고기와 새들은 다시 돌아오지 않았다"는 구절이 배치되어 있다. 따라서 '열꽃'이란 대규모 공업단지의 오염과 공해를 뜻한다. 결국, '공업로터리'로 상징되는 이 시대의 공업화가 빚어낸 부산물인 셈이다.

　그 '열꽃'은 '수많은 처용의 열병'으로 확산되는데, 여기에 텍스트의 진의가 있다. 텍스트 생산자는 설화의 인물인 '처용'을 설화의 무대로 다시 불러내 공업화로 오염된 1990년대의 삶의 현실을 비판한다. 텍스트는 '처용 아내'의 가출을 이 시대의 공업화가 빚어낸 결과물이라고 말하고 있다. 즉, 공장 노동자 생활로 인해 남편의 몸이 자꾸 여위어 갔으며, 남편이 자주 야근을 해야 했고, 산업사회의 부산물처럼 나이트 클럽이 생겨나 그곳에서 댄서를 해도 생활을 유지할 수 있게 됐기 때문이다.

　텍스트는 마지막으로 '다수의 처용'을 보여준다. 이는 산업화에 오염된 처용의 삶이 이 시대의 보편적 현상임을 환기시킨다. 게다가 시인은 '처용 설화'의 배경인 개운포(開雲浦), 즉 경남 울산시 남구 개운동 일대를 시에 등장시켜 그 공간들이 산업화로 인해 설화적 상징성을 잃어가고 있음을 탄식하듯 말하고 있다.

　이 같은 패러디는 결국 '풍자'와 '불일치의 모방'이라는 패러디의 특성을 통해 상호텍스트성을 추구하면서 당대적 삶의 현실을 담아내는 도구로 쓰인 셈이다. 시인들은 설화적 인물에 자신의 현실적 체험을 결합시켜 당대의 현실적 삶을 비판했는데, 여기서 세계와 동일성 관계에 있는 '신화적 세계'가 세계와 비동일성 관계에 있는 '현대인의 현실적 세계'에 대한 비판적 대안의 기능을 하고 있음을 확인할 수 있다.

3. 모형(母型) 해체

1) CM, 전자오락, 섹스 : 황지우의 「徐伐, 셔블, 셔볼, 서울, SEOUL」

흔히 현대를 포스트모더니즘(postmodernism)의 시대라고 말한다. 이 때의 '포스트(post)'는 '~이후'라는 뜻의 '후기(後期)'와 '~를 지나서' '~를 통과하여'라는 뜻의 '탈(脫)'이란 뜻을 동시에 지닌다. 즉, 모더니즘의 '계승'과 모더니즘에 대한 '반발'이란 의미를 함께 지닌다는 것이다.

포스트모더니즘의 수용 여부와 관계 없이 우리의 현대시나 현대소설이 인유와 패러디를 점점 지배적 장치로 채용해 가고 있는 사실을 우리는 결코 간과할 수 없다. 이것은 예술가의 상상력을 자극하여 낯익음과 낯섦을 재창출하면서 현대문학을 풍부하게 한다.[172]

한국 현대시는 1980년대에 이르자 마침내 설화의 모형 자체를 해체하기 시작한다. 황지우의 「徐伐, 셔블, 셔볼, 서울, SEOUL」은 '처용 설화'의 무대를 1980년대의 서울로 옮겨옴으로서 「處容歌」의 '동경(東京) 밝은 달에/밤들이 노니다가'를 '외국 바이어들과 룸살롱에서 밤늦도록 놀다가' '그년들 중의 한 년의 그것을 주물럭거리고 놀다가'로 바꿔 놓았다. 따라서 '처용 설화'의 핵심 모형인 '다리 넷'의 상황은 붕괴되고 해체되어 그 흔적을 찾아볼 수 없게 됐다.

　張萬燮氏(34세, 普聖物産株式會社 종로 지점 근무)는 1983년 2월 24일 18:52 #26, 7, 8, 9……. 화신 앞 17번 좌석버스 정류장으로 걸어간다. 귀에 꽂은 산요 리시버는 엠비시에프엠 '빌보드 톱텐'이 잠시 쉬고, '중

---

172) 김준오, 『문학사와 장르』, 문학과지성사, 2000, p.54.

간에 전해드리는 말씀', 시엠을 그의 귀에 퍼붓기 시작한다.

〔…중략…〕

  간밤에도 그는 외국 바이어들을 만났고, '그년'들을 대주고 그도 '그
년들 중의 한 년'의 그것을 주물럭거리고 집으로 와서 또 아내의 그것을
더욱 힘차게, 더욱 전투적이고 더욱 야만적으로, 주물러주었다. 이것은
그의 수법이다. 이 수법을 보성물산주식회사 차장 장만섭씨의 아내 김
민자씨(31세, 주부, 강남구 반포동 주공아파트 11325동 5502호)가 낌새 챌
리 없지만, 혹은 챘으면서도 모른 체해주는 김민자씨의 한 수 위인 수법
에 그의 그것이, 그가 즐겨 쓰는 말로, "갸꾸로, 물린 것"인지도 모르지
만, 그가 그의 아내의 배 위에서, '그년'과 놀아난 '표'를 지우려 하면 할
수록, 보성물산주식회사 차장 장만섭씨는 영동의 룸살롱 '겨울바다'(제
목이 참 고상하지. 시적이야. 그지?)의 미스 췬가 챈가 하는 '그년'을 더욱
더 실감으로 만지고 있는 것이다.

〔…중략…〕

  어쩌구 저쩌구 해서 오늘 장만섭씨는 미스 췬가 챈가 하는 여자를 낮
에 만났고, 대낮에 여관으로 갔다. 〔…중략…〕 그 장만섭씨는 화신 앞
17번 좌석버스 정류장에 늘어선 열의 맨 끝에 서 있다. 〔…중략…〕 그의
손에는 아들, 장일석(6세)과 딸, 장혜란(4세)에게 줄 이티 장난감이 들려
져 있다. 보성물산주식회사 장만섭 차장은 무료했다. 그는 거리에까지
들려 나오는 전자 오락실의 우주 전쟁놀이 굉음을 무심히 듣고 있다.
—황지우, 「徐伐, 셔볼, 셔볼, 서울, SEOUL」 일부

텍스트는 34세의 회사원 장만섭의 퇴근길을 보여주고 있다. 이미 앞
절에서 시간대별로 재구성해 본 장만섭의 일상을 검토해 보면, '처용'
과의 관련성을 찾아내기 어렵다. 텍스트는 제목이 암시하듯 「處容歌」
와 「處容歌」에 얽힌 설화를 상호텍스트로 삼고 있지만, '다리 넷'의 상
황을 접한 '처용'의 번민이나 인고주의적 해학이 나타나 있지 않다. 텍
스트는 장만섭이 외국 바이어를 대접하기 위해 룸살롱으로 갔고, '그
년들 중의 한 년의 그것을 주물럭거리고 집으로 와서 또 아내의 그것
을 더욱 힘차게, 더욱 전투적이고 더욱 야만적으로, 주물러주었다'고 말
한다. 게다가 어젯밤에 만난 룸살롱의 여자와 대낮에 여관으로 갔고,
퇴근하여 아이들에게 줄 장난감을 들고 버스 정류장에 서 있다는 것이
다. 여기엔 그 어떤 번민이나 갈등, 인고주의적 태도가 개입되어 있지
않다. 1980년대의 무비판적이고 무반성적인 산업사회, 섹스와 전자오
락이 넘치는 물질만능의 세속 도시를 그대로 옮겨 놓고 있을 뿐이다.

쪼옥 빠라서 씨버주세요. 해태 봉봉 오렌지 쥬스 삼배권!
더욱 커졌씁니다. 롯데 아이스콘 배권임다!
뜨거운 가슴 타는 갈증 마시자 코카콜라!
오 머신는 남자 캐주얼 슈즈 만나줄까 빼빼로네 에스에스 패션!

[…중략…]

숑숑숑숑숑숑숑숑숑숑숑숑숑숑숑숑숑숑
띠리릭 띠리릭 띠리리리리리리릭
피웅피웅 피웅피웅 피웅피웅피웅피웅
꽝! ㄲㅗㅏㅇ!
PLEASE DEPOSIT COIN

AND TRY THIS GAME!
또르르르륵
그리고 또 다른 동전들과 바뀌어지는
숑숑과 피웅피웅과 꽝!

텍스트 생산자는 1980년대부터 본격화된 산업사회의 두 징후, 즉 컴
퓨터 오락과 라디오 CM을·시에 고스란히 옮겨 놓음으로서 당대적 삶
의 사실감을 높여 주고 있다. 뿐만 아니라, 거리에 넘쳐나는 소음들을
통해「處容歌」도입부의 서정적 풍경과 '처용'이 지닌 '인고행(忍苦
行)'이나 '벽사진경(辟邪進慶)'의 이미지를 해체하고 있다. 여기에 물신
화(物神化)된 섹스까지 등장시켜 황폐해질 대로 황폐해진 세속도시의
정신적 현주소를 말해주고 있다.

2) 미군부대 주변의 제비꽃 : 이하석의 「처용의 딸」

1980년대부터 해체되기 시작한 '처용 설화'는 '처용의 아내'와 '처
용의 딸'을 소재로 한 시를 낳기에 이른다. 이하석(李河石, 1948~)은
느닷없이 '처용의 딸'을 시에 등장시킨다.

돌 속으로 보랏빛 세상의 문이
열려 있었다. 제비꽃으로 엮으며 쳐다보는
하늘, 그 보랏빛 언저리로
미군들이 버린 깡통들이 뒹굴고, 깡통에는
노랑 머리칼 날리는 웃는 여자.

엄마는 아직 돌아오지 않았다.

엄마를 기다리며 돌길에 앉아 제비꽃관을
쓰고 있으면 봄마다 아름다운 슬픈
우리나라. 우리나라 코리아.
꽃을꽂아도넌아름답지않아네얼굴은누렇고머리칼은검거든.그래도,엄
만,미군보다는,나를좋아해.부라운은멋져.그렇지만,우리,아빠는,더,멋졌
지,넌엄마도뺏기고동생도없지?넌혼자지?그래,그렇지만,이제,더이상,엄
마에게,아기를,낳아달라고는,않을걸.노랑,아기를,낳았을,때,아긴,죽어
있었고,죽,어,있었고,엄만,그,아길,물,속에던져,돌로,꼭,꼭눌러버렸다니
까,돌로,꼭,꼭,꼭…
돌 속으로 돌 속으로 보랏빛 세상의
문이 또 잠깐 동안 닫혔다.
그 계집애는 그 후 엄마랑, 엄마의 남자랑
바다를 건너갔다고도 하고, 그냥 그 자리에서
제비꽃으로 녹아내렸다고도 하고.

— 이하석, 「처용의 딸」 전문

시집 『金氏의 옆얼굴』(1984)에 실린 이 시의 함축적 화자는 시인이
다. 텍스트는 한 아이가 엄마를 기다리며 길에 앉아 있는 모습을 보여
주고 있다. 그 아이는 미군과 동거하는 한국여자의 딸이다. 제2연의
'그래도, 엄만, 미군보다는, 나를 좋아해'란 구절이 그 사실을 말해준
다. 이 작품의 인물은 '엄마'와 '나', '엄마'와 '미군'으로 대립되고, 행
위는 '문이 열림'과 '문이 닫힘', '기다림'과 '돌아오지 않음', '바다를
건너감'과 '그 자리에서 녹아 내림'으로 대립된다. 이 작품은 특히 '노
랑 머리칼'과 '검은 머리칼', '노랑 머리칼을 날리며 웃는 여자'와 '제
비꽃관을 쓴 계집애'를 대립시켜 텍스트의 의미구조를 강화시킨다. 이
를 정리하면 다음과 같다.

대립인물	엄마/나 엄마/미군
대립행위	문이 열림/문이 닫힘 기다림/돌아오지 않음 바다를 건너감/그 자리에서 녹아내림
대립 이미지	노랑머리/검은 머리칼 노랑머리칼/제비꽃관

이 작품의 제1연은 시의 공간적 배경을 보여준다. '미군들이 버린 깡통들'이 뒹구는 미군부대 주변이다. 깡통에는 미국인, 또는 서양인을 뜻하는 '노랑 머리칼 날리는 웃는 여자'의 그림이 붙어 있다.

제2연은 한 아이가 '제비꽃관'을 쓰고 앉아 엄마를 기다리는 모습을 보여준다. 그 아이 곁에 또 한 아이가 있다. 두 아이의 대화를 통해 '제비꽃관을 쓴 아이'는 얼굴이 누렇고 머리칼이 검다는 사실을 알 수 있다. 이 아이는 곧 한국의 아이다. 그 아이 곁의 '엄마도 뺏기도 동생도 없는 아이'는 '엄마가 노랑 아기를 死産해서 물에 던져 돌로 눌렀다'고 말한다. '노랑 아기'는 얼굴이 노란 '제비꽃관을 쓴 아이'와 동류항이다.

이 작품의 '노랑 머리칼 날리는 웃는 여자'와 '제비꽃관을 쓴 아이'는 너무나 이질적인 오브제이다. 하나가 '깡통'이라면 다른 하나는 '생명체'이다. 하나가 6·25 이후 이 땅에 군대를 파견한 '미국'을 상징한다면, 다른 하나는 '한국'이 되겠다. '노랑 머리칼 날리는 웃는 여자'와 '제비꽃관을 쓴 아이'는 애당초 한 자리에서 만날 항목들이 아니었다. 이 항목들의 매개자는 6·25이다. 시인은 이 작품을 통해 6·25 직후 미군부대 주변의 황량한 풍경을 담아내고 있다.[173)]

시인은 돌 속으로 '보랏빛 세상'의 문이 열렸다가 닫혔다고 표현한

다. 여기서의 '보랏빛 세상'이란 '비현실적 공간'을 의미한다. 시인의
진술처럼 '우리가 모르는 어떤 세계'이다. 그 세계는 아득한 설화의 세
계이거나 불투명한 미래의 세계이다. 이 작품은 마지막에 이르러 '제
비꽃관을 쓴 아이'를 객관화시킨다.

  그 계집애는 그 후 엄마랑, 엄마의 남자랑
  바다를 건너갔다고도 하고, 그냥 그 자리에서
  제비꽃으로 녹아내렸다고도 하고.

  시인은 그 아이가 그 길에 앉아서 죽은 것인지, 바다를 건너간 것인
지 말해주지 않는다. 단지, 제비꽃이 핀 봄날의 슬픈 풍경 하나를 독자
앞에 던져 줄 뿐이다. 그 풍경을 통해 6·25 직후의 황량한 삶, 그리고
한국 현대사의 비극이 아이들에게까지 전이(轉移)되었음을 보여준다.
  문제는 '처용 설화'와의 연관성이다. '처용'에게 딸이 있었다는 기록은
없다. 시인은 왜 「처용의 딸」이란 제목을 붙였을까? 여기엔 텍스트 생산
자의 지극히 개인적인 체험이 개입되어 있다. 시인의 말을 옮겨 보자.

  나는 왜 그녀를 처용의 딸이라 생각했을까? 『삼국유사』의 현장을 찾
아다닐 때, 울산의 옛 개운포 지역 바닷가 둔덕에 앉아 처용을 생각하다
가, 문득 그 계집애를 떠올리면서, 처용의 딸이었으리라는 생각을 했던
듯하다. 그때 메모한 것이 나중에 이 시로 그려졌다.
  처용이란 누군가? 어디든 '우리' 속을 떠다니는 '다른 존재'인가? 그
런 존재가 어느 순간 그 계집애의 아버지가 되어 버린 것을 어떻게 생각

---

173) 전후 황량함 속의 그 어린 시절, 그 아이는 늘 햇빛에 바랜 표정을 하고 앉아 있었다. 그 당시
　　로서는 처음 보는 아름다운 크리스마스 카드를 들고, 초콜렛을 오물거리면서. 그녀는 우리가
　　모르는 어떤 세계와 이어져 있는 존재였지만, 그 때문에 언제나 우리 사이에선 왕따였다.—
　　이하석, 「작품 노트」, 『시안』, 2000년 겨울호, 시안사, p.48.

해야 하나? 그런 그녀가 제비꽃관을 쓰고 들녘에 홀로 엄마를 기다리며 앉아있는 모습을 떠올리면서 왜 나는 어슴프레하게 슬프고 아팠던 가?[174]

시인은 '처용'을 어디든 우리 속을 떠다니는 존재라고 말한다. 처용 은 한국인의 의식, 또는 잠재의식 속에 언제나 살아 있다는 말이 되겠 는데, 그 말을 참고해 봐도 텍스트와의 관련성을 찾아내기 어렵다. 설 화적 인물의 서사성을 차용하기는커녕 선행 텍스트의 모형을 아예 해 체해 버렸기 때문이다.

희미하게나마 설화와의 관련성을 찾아본다면, '처용'은 '다리 넷'의 상황, 그리고 역신(疫神)으로 인해 수난을 겪었다는 대목이다. 처용은 춤과 노래로 역신을 물리치는 '인고행(忍苦行)'을 보여주었다. 그 '수 난'과 '인고행'을 현대를 살아가는 두 모녀에게 투영시킨 정도다. 서준 섭은 이 작품을 '표면적으로는 처용과 무관해 보이는 양공주 모녀의 안타까운 사연을 담은 시'라며 '현대를 살아가는 여성들의 삶 속에서 역사의 한 단면을 보고자 하는 시인의 숨은 의도'가 담겨 있다고 평했 다.[175]

3) 헝겊조각인가, 역신(疫神)인가 : 문정희의 「처용 아내의 노래」

기존의 '처용' 시편은 오로지 '처용'만을 그 대상으로 삼았다. 그러나 '처용 설화'의 권위와 규범이 붕괴되기 시작하자 시인들은 '처용의 딸' 에 이어 '처용의 아내'까지 시에 등장시킨다. 문정희(文貞姬, 1947~) 의 「처용 아내의 노래」는 '처용의 아내'가 시공을 뛰어넘어 오늘날의 독

---

174) 이하석, 앞의 글, pp.48~49.
175) 서준섭, 「전통의 수용과 시적 재창조」, 『시안』 2000년 겨울호, 시안사, p.40.

자들에게 「處容歌」에 얽힌 사연을 직접 말해주는 형식을 띠고 있다.

아직도 저를 간통녀로 알고 계시나요.
허긴 천년동안 이 땅은 남자들 세상이었으니까요.
그러나 서라벌엔 참 눈물겨운 게 많아요.
석불 앞에 여인들이 기도 올리면
한겨울에 꽃비가 오기도 하고
쇠로 만든 종소리 속에
어린 딸의 울음이 살아 있기도 하답니다.
우리는 워낙 금슬좋기로 소문 난 부부
하지만 저는 원래 약골인 데다 몸엔 늘 이슬이 비쳐
부부 사이를 만 리나 떼어놓았지요.
아시다시피 제 남편 처용랑은 기운찬 사내,
제가 안고 있는 병을 셋서방처럼이나 미워했다오.
그 날 밤도 자리 펴고 막 누우려다
아직도 몸을 하는 저를 보고 사립 밖으로 뛰어나가
한바탕 춤을 추더라구요.
그이가 달빛 속에 춤을 추고 있을 때
마침 저는 설핏 잠이 들었는데
아마도 세가 끌어안온 게짐이
벌 난 역신처럼 보였던가 봐요.
그래서 한 바탕 또 노래를 불렀는데
그것이 바로 처용가랍니다.
사람들은 역신과 자고 있는 아내를 보고도
노래 부르고 춤을 추는 처용의
여유와 담대와 관용을 기리며

그 날부터 부엌이건 우물이건 질병이 도는 곳에
처용가를 써붙이고 야단이지만
사실 그 날 밤 제가 안고 뒹군 것은
한 달에 한 번 여자를 찾아오는
삼신 할머니의 빨간 몸손님이었던 건
누구보다 제 남편 처용랑이 잘 알아요.
이 땅, 천 년의 남자들만 모를 뿐
천 년 동안 처용가 부르며 낄낄대고 웃을 뿐

— 문정희, 「처용 아내의 노래」 전문

시집 『남자를 위하여』(1996)에 실린 이 작품의 화자는 '처용의 아내'이다. 이 작품 역시 선행 텍스트처럼 대립구조를 지니고 있다. 대립되는 인물군은 시의 화자인 '저'(처용 아내)와 '처용랑', '저'(화자)와 '사람들'(독자), '저'(화자)와 '이 땅의 남자들'(독자)이며, 중심 사건은 '간통 사건'이다. 선행 텍스트는 '다리 넷'의 간통 현장을 본 '처용'이 춤과 노래로 '역신을 물리쳤다'고 되어 있다. 그 노래가 「處容歌」인데, 그렇게 본다면 「處容歌」는 '간통 사건'의 갈등구조가 남긴 결과물인 셈이다.

「처용 아내의 노래」는 선행 텍스트의 줄거리와 갈등구조를 정면으로 거부한다. '처용 설화'의 모형을 해체한 생성 텍스트를 독자에게 던진다. 텍스트는 '다리 넷'의 상황을 해체하는데, 텍스트의 상황을 정리해 보면 다음과 같다.

  (1) 처용랑이 자리를 펴고 막 누우려다 월경중인 아내를 보고 사립 밖으로 뛰어나가 한바탕 춤을 춘다.

  (2) 처용랑이 춤을 추고 있을 때 아내가 잠들었다.

  (3) 처용 아내가 잠결에 개짐을 끌어안았다.

(4) 처용랑이 그 형겊조각을 역신(疫神)으로 오인했다.

(5) 처용랑이 다시 한바탕 노래를 불렀다.

(6) 그 노래가 처용가가 되었다.

텍스트는 이처럼 '다리 넷'의 상황이 애당초 발생되지 않았다는 것이다. 그럼에도 불구하고 사람들이 「處容歌」를 부르고 처용의 초상을 '벽사진경(辟邪進慶)'의 부적으로 사용했다는 게 '처용 아내'의 전언(傳言)이자 텍스트의 핵심적 메시지이다.

텍스트는 '처용'이 나중에야 형겊조각을 역신으로 오인했음을 깨달았다고 말한다. 그러나 신라 시대 이후 이 땅의 남자들은 「處容歌」의 유래를 제대로 알지 못한 채 여전히 그 노래를 부른다고 텍스트는 전한다.

모든 텍스트에는 텍스트 생산자의 창작 의도가 담겨 있기 마련이다. 문정희는 「처용 아내의 노래」를 통해 처용의 관용을 드러내기 위한 조력자이자 '간통한 여인'에 지나지 않는 '처용 아내'를 시의 전면으로 이끌어냄으로서 남성 중심의 가부장적 사고방식을 비판한다. '이 땅은 남자들 세상'이란 진술이 이를 뒷받침하고 있다.

결국 시인은 '처용 설화'의 모형을 해체, 재구성함으로서 설화 텍스트를 읽는 지평을 넓혀 주었다. 여기엔 페미니즘적 시각이 깔려 있는데, '처용 아내'를 '약골'이자 몸이 냉한 여자, 그리고 병약한 여인으로 그려 남성 중심의 가부장적 가치관의 피해자임을 상징적으로 드러내고 있다.

설화의 서사모형을 해체한 이 같은 유형은 전승 설화의 권위와 규범을 위반함으로써 당대적 삶의 현실을 알레고리적으로 비판한다.

이상 살펴본 것처럼, 박제천 · 강은교 · 최하림 · 윤석산 · 문정희 · 이하석 · 황지우 · 정일근 등의 시인들은 '설화의 전환(轉換)'을 보여주는 텍스트를 생성시켰다. 그러나 설화 소재가 시인별 개성적 시 세계를 열어가는 핵심적 모티프가 되진 못했다.

이들 시인은 '현실적 자아'의 갈등 속에서 '피안의 세계'를 지향하는 초월적 비전을 꿈꾸는 질료로 설화를 수용했으며, 설화를 당대적 삶을 비판하는 '반성적 거울'로 삼기도 했다. 뿐만 아니라 설화의 서사성과 상징성을 통해 삶의 본질과 현상의 상관 관계를 해명하고자 했으며 그 결과물이 곧 시였고 시의 진의가 되었다.

T. S. 엘리엇은 '전통이란 과거의 경험을 현재의 변화하는 요구에 맞게 계속 조정하는 것'이라고 보았으며,[176] "시인의 임무는 새 정서를 찾는 것이 아니라 보편적 정서를 활용하는 것"이라고 말했다.

한국 현대시의 '설화의 전환(轉換)'은 전승 설화의 권위와 규범을 위반함으로써 당대적 삶의 현실을 알레고리적으로 비판했다. 그러나 T.S. 엘리엇의 「황무지」, 폴 발레리의 「젊은 파르크」, 말라르메의 「반수신의 오후」, 예이츠의 「오이진의 방랑기」처럼 신화나 전설, 민담 등의 설화를 당대의 현실로 옮겨와 새로운 문학적 전통을 세우지는 못했다. 또 「사이렌의 침묵」 「포세이돈」 「산초 판자에 대한 진실」 등 F. 카프카의 소설에서처럼 역사와 신화 속의 영웅의 권위를 추락시켜 설화의 전승된 가치를 의심하는 텍스트도 발견되지 않았다.

---

176) Ackroyd Peter, 오영미 譯,『엘리엇』, 책세상, 1999. p.156.

제5장

결 론

　본고는 한국 현대시의 설화 수용 양상을 통시적으로 탐색하기 위해 모두 42편의 시를 설화와 비교, 검토하였다. 그 결과, 한국 현대시는 1920년대 이후 설화를 다양한 방법으로 시에 수용했음을 밝혀낼 수 있었다. 그 방법은 크게 (1)설화의 특정 인물이나 스토리를 인용하거나 재구술한 경우 (2)설화를 인유의 원천으로 삼아 시의 총체적인 지향점을 강화하고 예증한 경우 (3)설화의 모티프를 변용해 시인의 내면 세계나 현실적 삶, 그리고 시의 사상적 배경을 구축하고 표현한 경우 (4) 설화의 인물을 패러디하여 당대적 삶의 현실을 비판한 경우가 그것이다.

　(1)과 (2)는 주로 '설화의 재연(再演)'과 '설화의 확장(擴張)'을 통해 이루어졌는데, 한국 현대시의 설화 수용 초기 단계의 한계와 성과를 동시에 보여주었다. 즉, 설화에 담긴 한국인의 근원적인 의식구조와

상상력의 원형질을 탐색해 일제 강점기 이후 훼실된 민족의 보편적 정서를 환기시켰으며, 서구 문예사조 중심의 시단에 전통적 향토적 정서의 소중함을 일깨워 주었다. 그러나 '설화의 재연(再演)'과 '확장(擴張)'은 언어적 전통은 물론 전통적 삶의 원형을 탐구해 당대적 삶에 새로운 가치 체계를 부여했지만, 설화가 지닌 서사의 의미 맥락을 벗어나지 못했다.

(3)과 (4)는 주로 '설화의 전환(轉換)'을 통해 이루어졌는데, 설화의 서사 모형을 위반함으로써 설화의 전승가치와 생명력을 높인 사례들이다. 시인들은 설화의 모티프를 변용해 기존의 고전 설화 해석에 대한 반성적 텍스트를 생성시켰고, 그러한 메타 텍스트는 시인들의 현대적이고도 개성적인 시 세계 창출의 오브제가 되었다. 설화의 인물을 패러디한 경우, 상호텍스트와의 '비평적 거리'를 유지함으로써 현대에 이르러 '패러디 텍스트'와 '패러디스트'(예술가), 그리고 '패러디 수용자'(독자, 관람객) 사이의 관계가 매우 능동적이고도 적극적으로 변화하고 있음을 말해주었다.

이 같은 시적 구조화의 변별적 징표는 다음과 같은 '반영적 성과'와 '반성적 논점'을 제공했다.

첫째, 한국 현대시는 구전설화, 또는 문헌설화를 개별적인 시작품에 수용함으로써 설화에서 비롯된 구연식(口演式) 화법을 가지게 되었다. 김소월은 설화의 구전방식과 민요의 율격을 활용한 독특한 언어 운용의 민요시를 창출해냈다. 민요시는 1920년대 서구에서 유입된 문예사조의 격류 속에서 한국 시가문학(詩歌文學)의 전통을 계승, 한국 현대시의 정체성 확립과 대중화에 기여했다. 서정주는 설화적 구어체와 토속어를 현대시의 중심부로 끌어들여 산문시의 형식과 어법을 새롭게 개발하고, 역설과 왜곡의 방법으로 활용함으로서 시적 풍자와 해학을 이루어냈다. 박재삼은 설화의 문답식 구연화법을 '우물집이었을레'

‘아니었을레’ ‘눈물져 올줄이야’라는 유보적 서술로 바꿔 구어체의 가
락으로 실어냈다.

둘째, 설화를 수용한 한국 현대시는 주로 설화의 대립적 서사구조를
변용해 ‘서정적 자아’와 ‘시대적 상황’, 인식의 주체인 ‘시인’과 인식의
객체인 ‘타자’, 그리고 ‘현상’과 ‘본질’의 상관관계를 해명하고자 했다.
설화는 하나의 이야기이기 때문에 ‘대립구조’ ‘대칭구조’ ‘병렬구조’
‘순환구조’ 등의 서사구조를 지니는데, 한국 현대시는 주로 설화의 대
립구조를 시적 변용의 원천으로 삼았다. 이를테면, 서정주의 「春香」 시
편을 비롯해 박재삼의 「春香」 시편, 김영랑의 「春香」, 전봉건의 「春香
戀歌」 등이 그것이다. 김춘수의 「處容」 시편, 윤석산의 「처용의 노래」
도 여기에 해당된다. 뿐만 아니라 김춘수의 「打令調 3」, 조지훈의 「石
門」, 박제천의 「月明」, 이승하의 「遇賊歌를 읽는 밤」 등에서도 이를 확
인할 수 있다.

셋째, 한국 현대시는 설화가 지닌 한(恨)과 익살, 그리고 민중적 상
상력이 담긴 ‘집단 서사’를 수용해 민족적 정서의 동질성을 확인시키
는 종족 체험을 안겨 주었다. 김소월의 「접동새」와 조지훈의 「石門」,
그리고 박재삼의 「春香」 시편이 ‘한(恨)’을 매개로 창작되었고 또 ‘한
(恨)’을 순환시킨 작품이었다면, 서정주의 시편들은 ‘비극적 순환’의
고리를 끊는 ‘해학적 교감’을 창출했다. 특히 신동엽의 「阿斯女」「껍데
기는 가라」「4월은 갈아엎는 달」 등 ‘백제계 설화’를 소재로 한 시편들
은 서민들의 구전설화를 인유해 민족 현실에 대한 반성적 메타포를 발
신했다.

넷째, 한국 현대시는 주로 『三國遺事』와 『春香傳』을 선행 텍스트로
취함으로써 기타 문헌설화는 물론 구전설화를 폭넓게 수용하지 못했
다. 이를테면, ‘바리데기 설화’ ‘해와 달이 된 오누이 전설’ ‘도미부인
설화’ 등을 시의 소재로 채택하긴 했으나, 소설이나 희곡 등의 장르와

비교해 보면 소재 편중 현상이 두드러진다. 따라서 좀더 다양한 설화 소재의 시적 변용이 요구된다 하겠다.

다섯째, 한국 현대시는 설화라는 '거울'에 당대의 시대상을 투영시켜 현실적 삶을 비판했다. 1960년대의 「春香」 시편들은 주로 '춘향의 일편단심'을 모티프로 삼아 '사랑의 수난과 곧은 절개'를 노래했다. 그러나 1970년대에 이르자 '옥중(獄中) 춘향'은 강은교의 「춘향이의 꿈노래」에 의해 '사회적 인습의 희생자'로, 송수권의 「춘향이 생각」에 의해 '사회 비판의 메신저'로 표현됐다. 또 최하림의 「春香悲歌」는 '옥중 춘향'을 정치적 사회적 억압 상황에 항거하는 '민중적 투사'로 그려냈다.

1980년대로 들어서자 '처용(處容) 설화'를 시의 소재나 모티프로 삼은 작품이 부쩍 늘기 시작하는데, 황지우의 「徐伐, 셔볼, 셔볼, 서울, SEOUL」은 '평화롭던 徐伐의 달밤'을 '룸살롱이 즐비한 서울'로 옮겨와 향락적 물신주의를 고발했다. 이하석의 「처용의 딸」은 미군 동거녀의 어린 딸을 통해 분단 국가의 비극을 드러냈다. 1990년대에 이르자 '처용'은 윤석산의 「처용의 노래」에 의해 '햄릿적 욕망의 대변자'가 되었고, 정일근의 「취재수첩·16」에 의해 대규모 공업단지의 물질적 정신적 오염을 드러내는 산업공단의 근로자로 그려지기도 했다.

여섯째, 한국 현대시는 1960년대에 이르러 설화 수용의 '개화기'를 맞았고, 1970년대가 되자 텍스트 생성의 다양한 양상을 보여주었다. 그러나 1980년대에 들어서자 설화 수용이 차츰 줄어들기 시작하는데, 이 무렵 두 가지의 특이한 양상이 나타난다. 각 시인들이 설화 현장 체험을 담은 작품을 발표함으로써 고전 설화와의 '비평적 거리'를 갖게 된 것이다. 게다가 도시시와 해체시에 의해 정전(正典)처럼 여겨지던 설화의 서사모형이 붕괴되기 시작한다. 이를테면, 송수권은 전남 남원의 광한루에서 '춘향의 애틋한 사랑'은커녕 '화냥기 같은 사랑의 생명력'을 보게 되고, 이하석은 6·25 직후 미군 동거녀의 딸을 '처용의 딸'로 변용시켜 ‘처용 설화’의 서사모형을 해체시켜 버린다. 또한 문정희는 ‘처용 설화’의 ‘다리 넷’의 상황은 애당초 없었다고 말한다. 처용이 아내의 개짐을 역신(疫神)으로 오인했다며 「處容歌」의 구전 가치에 대한 역설적 의문을 제기한다.

이상 살펴본 바와 같이, 설화는 그렇게 말해졌고 또 말해지고 있다. 설화는 각 시인들이 현실적 삶을 실존적으로 극복해내는 오브제가 되었고, ‘현실적 자아’의 갈등 속에서 ‘피안의 세계’를 꿈꾸게 하는 초월적 비전의 질료가 되기도 했다.

한국 현대시는 설화를 수용함으로서 서구에서 유입된 현대시의 한국적 정체성을 확립하고 한국 시문학사에 개성적 다양성을 제공했다. 그러나 한국 현대시는 서사물로 존재하는 상호텍스트의 인과관계를 뛰어넘는 독특한 시 형식을 창출하고 견지하지 못했다. 다시 말해 비유나 상징, 이미지 등 시의 장르적 특성을 계승, 발전시키는 데 한계를 드러냈다.

게다가 1990년대 중반 이후 텍스트 생성의 주목할 만한 의의를 발견할 수 없어 한국 시문학의 핏줄 속에 스며든 설화에 대한 보다 파격적인 실험과 비판적인 계승이 요구된다 하겠다. 소재 전통은 한 작가가 자신의 주제와 양식으로 저항할 때만 살아 있는 역사적 실체가 되기 때문이다.

본고는 모두 42편의 작품을 상호텍스트와 비교, 검토했다. 그러나 한국 현대시는 설화를 당대의 현실로 옮겨와 새로운 문학적 전통을 세우는 데 미흡했고, 신화 속의 영웅의 권위를 추락시킴으로서 설화의 전승된 가치를 의심하는 텍스트도 발견되지 않았다. 본고는 그 이유에 대한 좀더 면밀한 연구와 텍스트 분석, 그리고 텍스트에 대한 보다 정밀한 미학적 검토를 앞으로의 과제로 남겨 두고자 한다.

1. 기본자료

강은교, 『빈자일기』, 문학동네, 1996.

김소월, 『原本 金素月全集』, 오하근 편, 집문당, 1995.

김영랑, 『金永郎 全集・評傳』, 김학동 편저, 문학세계사. 1981.

김춘수, 『金春洙全集』 1, 2, 3권, 문장사, 1982.

______, 『金春洙 詩全集』, 민음사, 1994.

문정희, 『남자를 위하여』, 민음사, 1996.

박재삼, 『春香이 마음』, 신구문화사, 1962.

박제천, 『달은 즈믄 가람에』, 문학세계사, 1984.

서정주, 『徐廷柱文學全集』, 일지사, 1972.

______, 『徐廷柱全集』, 민음사, 1983.

______, 『서정주문학전집』, 일지사, 1992..

______, 『미당 시전집 1』, 민음사, 2002.

송수권, 『山門에 기대어』, 문학사상사, 1981.

______, 『꿈꾸는 섬』, 문학과지성사, 1983.

신동엽, 『신동엽전집』, 창작과비평사, 1992.

윤석산, 『처용의 노래』, 문학아카데미, 1992.

이승하, 『뼈아픈 별을 찾아서』, 시와시학사, 2001.

이하석, 『金氏의 옆얼굴』, 문학과지성사, 1984.

전봉건, 『春香戀歌』, 성문각, 1977.

정일근, 『처용의 도시』, 고려원, 1994.

조지훈, 『조지훈전집』, 나남출판사, 1997.

최하림, 「春香悲歌」 『문학사상』, 1974년 9월호.

황지우, 『새들도 세상을 뜨는구나』, 문학과지성사, 1992.

계희영, 『약산 진달래꽃은 우련 붉어라』, 문학세계사, 1982.
권문해, 『大同韻府群玉』(卷十).
김열규, 『한국의 전설』, 삼성인쇄주식회사, 1980.
김현룡 編著, 『열녀춘향수절가』, 아세아문화사, 1981.
박진태 外, 『영남지방의 동제와 탈놀이』, 태학사, 1996.
이가원 譯註, 『春香傳』, 정음사, 1978.
일연, 리가원·허경진 譯, 『三國遺事』, 한양출판, 1996.
임석재, 『한국구전설화 — 충청남도편』, 평민사, 1990.

2. 참고자료

김동욱, 『춘향전 이본고』, 명지출판사, 1977.
김윤식, 『文學批評用語辭典』, 일지사, 1993.
김춘수, 『김춘수 문학앨범』, 웅진출판, 1995.
김춘수·이승하, 「시인의 근황」, 『시와시학』, 1992년 봄호.
김희보 編, 『한국의 옛詩』, 종로서적, 1989.
남원문화원 編, 『남원의 고전문학』, 1996.
논장 편집부 編, 『미학사전』, 논장사, 1988.
설성경, 『춘향전의 형성과 계통』, 정음사, 1986.
숭례문 편집부 編, 『미술사전(1— 용어편)』, 숭례문, 1991.
이기영 外, 『불국사』, 한국불교연구원, 일지사, 1974.
이상섭, 『문학비평용어사전』, 민음사, 1984.
이승훈 編, 『문학상징사전』, 고려원, 1995.
한용환, 『소설학 사전』, 고려원, 1992.

허욱 編,『세계철학대사전』, 성균서관, 1989.
황호근,『불국사와 석굴암』, 한국출판사, 1957.
다니엘 베르제 外, 민혜숙 譯,『문학비평 방법론』, 동문선, 1990.
죠셉 칠더즈 게리 헨치 編, 황종연 譯,『현대 문학 문화비평 용어사전』, 문학동네,
          1999.

3. 국내논저

감태준,「근대시 전개의 세 흐름」,『한국현대문학사』, 현대문학사, 1997.
강경화,「현대시에 나타난 春香의 수용 양상」, 건국대 석사논문, 1987.
강은교,「신동엽 연구」,『농제 박철석 박사 회갑 기념 논문집』, 1981.
강재철,「설화의 개념 · 갈래 · 명칭」,『說話文學硏究(上) · 總論』, 단국대출판
          부,1998.
구모룡,「완전주의적 시정신」,『김춘수 시연구』, 흐름사, 1989.
김경희,「미당 시의 나타난 설화적 모티브 연구」, 동아대 석사논문, 1981.
김동욱,『증보 춘향전 연구』, 연세대출판부, 1985
김병호,「한국 근대시 연구 ― 주제의식을 중심으로」, 중앙대 박사논문, 2001.
김선학,「설화의 시적 수용 ― '질마재神話'를 중심으로」,『한국문학연구 제3집』,
          1981.
김열규,『우리의 전통과 오늘의 문학』, 문예출판사, 1987.
김주연,「몽상적 집중과 추억」,『김춘수 시연구』, 흐름사, 1989.
______,「시적 무의미의 의미」,『나의 칼은 나의 작품』, 민음사, 1975.
김준오,『詩論』, 이우출판사, 1988.
______,「처용시학」,『김춘수 시연구』, 흐름사, 1989.

______, 『한국 현대 장르 비평론』, 문학과지성사, 1990.

______, 『詩論』 삼지원, 1991.

______, 『문학사와 장르』, 문학과 지성사, 2000.

김현, 「신화적 인물의 시적 변용」, 『문학과지성』, 1970년 겨울호.

______, 「김춘수의 유년시절 시」, 『현대문학』, 1980년 7월호.

______, 「김춘수와 시적 변용」, 『김춘수 시전집』, 서문당, 1986.

김현자, 「志鬼說話의 詩的 變容에 관한 研究」, 『梨花語文論集』, 1994.

______, 『한국시의 감각과 미적 거리』, 민음사, 1985.

김흥규, 「춘향 — 천의 얼굴」, 『현대시학』, 1971년 4월호.

동시영, 『현대시의 기호학』, 미리내, 2000.

박이문, 『시와 과학』, 일조각, 1990.

박철석, 「김춘수론」, 『현대시인론』, 학연사, 1983.

박철희, 「續·질마재 神話攷」, 『현대문학』, 1972년 4월호.

박화선, 「신동엽 시의 설화수용 연구」, 동아대 석사논문, 1995.

서준섭, 「순수시의 向方」, 『작가세계』 1997년 여름호.

______, 「전통의 수용과 시적 재창조」, 『시안』 2000년 겨울호.

소재영, 『한국 설화문학 연구』, 숭실대출판부, 1989.

송정란, 「現代詩의 三國遺事 說話 收容에 관한 연구」, 동국대 석사논문, 1998.

송효섭, 『설화의 기호학』, 민음사, 1999.

신경림, 「역사 의식과 순수언어 — 신동엽의 시에 대하여」, 『민족시인 신동엽』, 창
      작과비평사, 1999.

신경림·정희성, 『한국현대시의 이해』, 진문출판사, 1981.

신규호, 「박재삼론 — 비애와 절제의 미학」, 『한국현대시연구』, 민음사, 1989.

양혜경, 「박재삼 시의 설화수용 양상」, 『수련어문논집』 제25호, 1999.

오세영, 「고전의 시적 변용」, 『현대문학』, 1980년 6월호.

______, 『현대시와 실천 비평』, 이우출판사, 1983.

______, 「母 상실의식으로서의 恨 ― '접동새'를 중심으로」, 『김소월 연구』, 새문
　　　사, 1986.

______, 「설화의 시적 변용」, 『미당연구』, 민음사, 1994.

윤승준, 「설화의 구조와 형식」, 『說話文學硏究(上)·總論』, 단국대출판부, 1998

이몽희, 「한국 현대시와 巫俗的 연구」, 동아대 석사논문, 1988.

이상설, 「三國遺事 人物說話의 小說化 過程 硏究」, 명지대 박사논문, 1994.

이숭원·박호영, 『한국 시문학의 비평적 탐구』, 삼지원, 1985.

______, 「생명의 속살, 죽음의 그늘」, 『현대시』, 1993년 12월호.

이승훈, 「김춘수, 시선의 응시와 매혹」, 『작가세계』, 1997년 여름호.

______, 『詩論』, 고려원, 1983.

이용훈, 「미당 시의 설화 변용의 양상 ― '신라초'를 중심으로」, 『한국해양대논문
　　　집』, 1981.

이재선, 『한국문학주체론』, 서강대출판부, 1991.

임문혁, 「韓國 現代詩의 傳統 硏究」, 한국교원대 박사논문, 1992.

______, 『한국 현대시와 설화』, 계명문화사, 1996.

장광수, 「김춘수詩에 나타난 幼年 이미지의 變容」, 경북대 석사논문, 1988.

______, 「변신과 익명」, 『가면의 해석학』, 이우출판사, 1987.

장덕순, 『한국설화문학연구』, 박이정, 1995.

장성수, 「타령의 성격에 대한 연구」, 『문학과 언어』 13집, 1992.

장주근, 『풀어쓴 한국의 신화』, 집문당, 1998.

정끝별, 『패러디 시학』, 문학세계사, 1997.

정형근, 「질마재 신화 연구」, 서강대 석사논문, 1999.

조동일, 「삼국유사 설화의 문제와 방향」, 『삼국유사 신연구』, 서경문화사, 1991.

______, 『한국 시가의 전통과 율격』, 한길사, 1982

______, 「김소월 시집에서 님이 존재하는 시간」, 『김소월 연구』, 새문사, 1982.
조태일, 「신동엽론」, 『민족시인 신동엽』, 창작과비평사, 1999.
주옥, 「서정주 시의 설화 수용양상 연구」, 서강대 석사논문, 1983.
최운식, 『한국설화연구』, 집문당, 1991.
최인학, 「한국 설화의 모티프 분류」, 『說話文學硏究(上)·總論』, 단국대출판부,
         1998.
하현식, 『한국시인론』, 백산출판사, 1990.
황지영, 「韓國 現代詩의 處容說話 受用 樣相 硏究」, 서강대 석사논문, 1996.
홍경표, 「처용 모티브의 시적 변용」, 『현대문학』, 1982년 4월호.
홍기삼, 『향가설화문학』, 민음사, 1997.
홍정선, 「단순한 힘」, 『한국 대표시 평설』, 문학세계사, 1983.
허영자, 「현대시에 나타난 신화의 세계(상)」, 『성신여대 연구논문집8』, 성신여대
         인문과학연구소, 1975.
한국민속원 編, 『한국구비문학개론』, 1886.

4. 해외논저

Ackroyd Peter, 오영미 譯, 『엘리엇』, 책세상, 1999.
Adorno. T, 방대원 譯, 『미적이론1』, 이론과실천사, 1991.
Frye. Nodrop, 김병욱 外 譯, 『문학과 신화』, 대현출판사, 1981.
___________, 최정무 譯, 『문학과 신화』, 예림기획, 1998.
Grebstein. S. N, 박철희·김시태 譯, 『문예비평론』, 문학과비평사, 1988.
Hutcheon Linda, 김상구·윤여복 譯, 『패러디 이론』, 문예출판사, 1998.
Jackobson Roman, 신문수 編譯, 『문학 속의 언어학』, 문학과지성사, 1994.

__________, *Closing Statement: Linguistics and Poetics*, ed T.A.Sebeok, Style in Language, the M.I,T.Press, 1960.

Jenny Laurent, *Le poetique et le narratif*, Poetique, 1988.

Lacan. J, 권택영 外 譯, 『욕망이론』, 문예출판사, 1994.

Lawall Sara, *Critics of Consciousness*, Harvard Univ. Press, 1968.

Levi - strauss. C, 왕빈 譯, 「신화란 무엇인가」, 『신화학입문』, 금란출판사, 1980.

Lotman Yuri M, *University of the Mind: A Semiotic Theory of Culture*, Ann Shukman, trans, Bloomington & Indianapolis : Indiana Univ. Press, 1990.

Preminger. A, *Princeton Encyclopedia of Poetry and Poetics*, Princeton Univ. Press, 1974.

Propp Vladimir, 박전열 譯, 『구전문학과 현실』, 홍성사, 1990.

Riffaterre Michael, 유재천 譯, 『시의 기호학』, 민음사, 1989,

Sander. C, 김현권 譯, 『소쉬르의 일반언어학 강의』, 어문학사, 1966.

Todorov Tzvetan, 최현무 譯, 『바흐찐: 문학사회학과 대화이론』, 까치출판사, 1987.

Wilhelm Emrich, *Franz Kafka, Frankfurt am Main*, Athenaum, 1961,

Wright. G. T, 김준오 譯, 『가면의 해석학』, 이우출판사, 1987.